リアル・シンデレラ

姫野カオルコ

光 文 社

もくじ

リアル・シンデレラ

Mary was an only child,
Nobody held her, nobody smiled.
She was born in a trailer, wretched and poor,
And she shone like a gem in a five and dime store.

Mary had no friends at all,
Just famous faces pinned to the wall.
All of them watched her, none of them saw
That she shone like a gem in a five and dime store.

And if you watch the stars at night,
And find them shining equally bright,
You might have seen Jesus and not have known what you saw.
Who would notice a gem in a five and dime store?

a five and dime store／安雑貨店　a gem／宝石、珠玉

プロローグ

平日の図書館。

ざあざあと雨が降っている。

人は少ない。

「この人って……、幸せ？」

私は思わず声を出してしまった。

小さいころからこの人の話を読むたび、小石が靴に入っているような違和感をおぼえたものだが、三十を過ぎて読み返すと、小石ではなく画鋲を入れられた感じさえする。

今日も昨日も一昨日も、同じ話を読んでいる。もとい、同じような話を読んでいる。

イタリア、フランス、ドイツ、中国、インドネシア等々、世界中に広まっているこの人の物語はいくつもバリエーションがあるが、だいたい大筋はこのようなものだ。

《彼女は、お母さんにこきつかわれ、姉妹からも見下されていました。

部屋を与えられず、寒さをしのいで竈《かまど》のそばで寝ておりましたので、いつも灰だらけになっていました。その外見から悪意のこもった綽名《あだな》もつけられました。

＊

ある日、お城で舞踏会が開かれ、お母さんと姉妹は着飾って出かけました。

「わたしも舞踏会に行きたいわ」

彼女が一人庭のハシバミの木のそばで泣いていると、ハシバミの精があらわれて、きらびやかなドレスと貴金属を纏《まと》わせてくれ、髪をといて結ってくれ、御者付の馬車も用意してくれました。キラキラの靴も履かせてくれました。

「ただし午前零時にはもどって来るのですよ。でないとお母さんたちが帰ってきて鉢合わせしてしまいますから。早めに帰って、もとの恰好になって、何もなかったようにしていなさい」

＊

舞踏会で彼女のドレスと髪型と靴はキラキラして、王子の目にとまりました。王子からダンスを申し込まれました。踊っているとたのしくて時間はあっというまにたちました。

「いけない、もう十二時の鐘が鳴ってしまう」

あわてて王子にさよならの挨拶をして、あわてて馬車に乗って帰宅し、あわててもとのぼろ服を着て、竈のそばに身を横たえました。

王子は彼女にもう一度会いたいと思いましたが名前も住まいもわかりません。手がかりは足から脱げ落ちたキラキラした靴の片方だけでしたので、町中の妙齢の娘たちの家を廻って履かせてみるよう家来に命じました。だれもぴったり合う者がおりません。彼女の姉妹はつま先を切ったり、踵《かかと》を切ったりしてむりやり履こうとしましたが履けませんでした。

ついに件《くだん》の彼女が試してぴったり合いました。

「あなたこそわが王子の結婚相手です」

家来は彼女を王城へ連れ帰り、盛大な結婚式が行われました。参列したお母さんと姉妹が悔しさに歯嚙みをして見ていると二羽の鳩が飛んできて、お母さんと姉妹の目を嘴《くちばし》でくりぬきました。こうして彼女はいつまでも幸せに暮らしましたとさ。》

＊

ようは、感情的な母親のもと、粗末な身なりをさせられて暮らしている一人の娘が、不思議な力や強運により、経済力のある支配的地位の男性と結婚する、というもの。

この大筋を踏んだものが各国に散らばっている。この大筋を下敷きにした現代版も多い。数多《あまた》あるこの話のバリエーションを比較したり、源泉はどれかと調べたものもある。主役のこの人を精神分析したものもある。

また、この話のひたすら残酷場面や描写にのみ好奇心を抱く読者も多いらしく、そういう読者に狙いを絞ったものもずいぶんある。

私が幼いころから違和感をおぼえるのは、童話の持つ残酷性ではない。口承の物語や近代以前の物語というのは、この人の話に限らずおしなべて残酷なものである。どの作者のどのバリエーションが最古なのかが定まらないことでもない。順番は気にならない。

この人の受動的に過ぎる姿勢にでもない。この批判は一九七〇年以降に目立つが、私がこの人の話を初めて聞いたのは三、四歳、読んだのは五、六歳のころであったので、これくらいの年齢では、この人が受動的だからだめだとは考えない。私の子供のころからの違和感は……。

（主人公が目立たないいじゃないか）

これである。

ヘンゼルとグレーテル兄妹や、嘘ばかりつくピーターや、赤頭巾、桃太郎、浦島太郎などは、ちゃんと主人公が目立つのに、この人の話は、この人以外の登場人物が目立つのである。母親がすごく目立つ。姉妹も目立つ。彼女たちのあの手この手の意地悪の趣向に目を奪われてしまう。グリム版だとハシバミの精の知恵も目立つし、ペロー版だと御者になる鼠の変身ぶりも目立つ。国勢調査よろしく領土内を一戸一戸、靴の片方だけを持ってまわる城の役人も目立つ。主人公以外の登場人物がおもしろく、だから違和感をおぼえたのである。主人公以外の人物の活躍をおもしろがっていていいのだろうかと。

大人になって読み返せばどうなのだろうと期待して読んだところ、今度は子供のころには気づかなかったこの人のせちがらさに、せめて物語のヒロインには清く美しくいてほしいという祈りを、灰だらけにされたような心地がした。この人がお母さんからされたように。するとますます脇役たちに関心が向き、これはもう彼らのディテールこそがこの物語を牽引しているのだと納得した。

この人の話を読み直せと言ったのは矢作《やはぎ》である。

「きみは女子だから、この人の受け持ちね」

矢作俊作《しゅんさく》はいちおう社長だ。いちおう、というのは社長などという役職名をいちいちつけるほどのこともない、七人所帯の小さな編集プロダクションだからである。〈ベイエリア〉という。

「かつて日本では、明治時代に翻案小説が、大正時代には浅草オペラが流行した。西欧の物語を、しっくりぴったりに日本化してたんだ。ベルギーを歩く清《きよし》とぶち、いいじゃないか。ハイカラだよ」

ハイカラという日本語が好きでアパートという日本語が大嫌いな矢作は、有名な童話をいくつか翻案小説にして、きれいな挿絵をふんだんに入れた大人向きのムック本にして出版する企画をたてたのだった。

事務所はもとは横浜の山手にあったが、現在は原宿にある。

ざあざあ降る雨の中を、私は傘をさして重い鞄を背負ってもどった。

「進んでる？」

背後から私のＰＣ画面を矢作がのぞきこんだ。

「いいえ」

「ぎっしり書いてあるじゃん」

矢作俊作は横浜山手に生れ育った。祖父の代から、敷地の一部に集合住宅を建てていた。〈ベイコーポ〉といって、そこの一室が〈ベイエリア〉だった。

「これは読んだやつの……、各国のバリエーションのたんなる要約ですから」

私は終了キーを押して機械を切り、椅子を矢作のほうへ回転させた。

「矢作さん、この企画なんですけどね……、私が受け持ちになったこの人なんですが……、どうも……」

「どうも何？」

「……この人ってどうよ、って気がするんですが」

「うん、する」

「えっ、矢作さんも？」

「意外な反応だったか？」

「ちょっと」

「おれ、男だからしっかり読んだのがわりと遅かったの。中二だった。絵本じゃなくて岩波の小さい字のやつで読んだ。学校の図書館で。男子は女が主人公の話を、女子は男が主人公の話を、試みに読んでみなさいっていう国語の先生の指導で読んだんだけど……」

何ともしれない腹立ちをもって読み終えたと矢作は言う。

「おれ、この人を応援できなかった。この人は継母や連れ子から意地悪をされるけど、彼女たちがしたことと同じ意地悪で下品なことを、この人もやり返すじゃん。ワタシはお城の舞踏会に行くのよ、でもアナタは行けないのよという継母たちの意地悪に対し、ハシバミの精に頼んで自分も行けるようにするというのはやり返しだろ？　ワタシは王子様の花嫁選びにエントリーするのよ、アナタはエントリーできないのよ、という意地悪に対して、奥の部屋から賢《さか》しらに出てきて靴を履いてみせるというのもやり返しじゃないか。ゲロくね？

この人が、〈いい〉とか〈すてき〉だと思ってることや望んでいることは、継母とその連れ子と同じなわけじゃない？

つまりこの人の価値観と、継母たちの価値観とは寸分違わないから、エグい合戦ものにしか見えなくてさあ……」

中学生にあっては読書は勉強の一種である。物語の意義や主題を考えて読むことが正しい読書だと思うふしがある。

「こういう意地悪をだれかにされたら、あなたはその倍の意地悪をやり返しなさいと推奨する話なのかと考えたよ」

十三歳の矢作少年は読んでいるあいだ、戦闘を強いられているような強迫感があったという。また、王子と結婚したこの人がその後幸せに暮らしていけるような気がせず不安になったと。

「結婚したらしたで、王子の母親が新たな継母になるわけじゃない？　じゃまた継母に意地悪されるんじゃないか、大きな他国が攻めてきたら、また泣きながら灰をかぶって寝るんじゃないか、ずっとずっとこの人は満たされずに暮らしていくんだろうなって……」

矢作は悲観的な少年だったのだろう。

「何でこの人が勝った女の代表みたいになってんの？　何で〈シンデレラ〉という単語が、女性の幸せや成功の象徴になってんの？　そもそもこの人、美しくないじゃん」

矢作は時計を見た。

午後十時十五分。

「おれなあ……」

パイプに煙草をつめる。十時を過ぎるまで矢作は喫煙しないのである。数十年前に、願をかけるつもりで喫煙は夜の十時から十二時の間に一服のみと決めたのだそうである。

一九六〇年代末の〈ベイエリア〉起業当初は、書き係の矢作、それに絵係一人、意匠係一人、会計係が一人。計四人だった。イラストレーターという職業名は、世間に広まりつつあったがライターとデザイナーはまだまだ一般的ではなかった。特ダネ記者やファッションショーで活躍する服飾考案家を指すようにしか知られていなかった時代である。

《こんなものは学生の会社ごっこだ》

初代会計係の親御さんからは言われたそうだ。だが、むやみに規模を拡大したり、無謀な人材投資もせず、地道に収益を増やして堅実な編集プロダクションとして成長させた。山手から原宿に移転してずいぶんたったころに、私は求人誌の公募に応じて一員になったのである。最初にやらされた仕事は窓のカーテンをロールスクリーンに取り替えることだった。まだ学生だった。そしてそのまま今日に至る。

「きみもそのコーヒー、外で飲んだら?」

外というのはベランダのことだ。室内で喫煙しないのも矢作式なのである。私はマグカップを持って彼の後から、狭いベランダに出た。

「おれ、幸せっていうのは……、幸せっていうか美しいっていうか、善きことっていうか……そういうのって、泉《せん》ちゃんみたいな人生だと思うんだよな……」

「センチャン? だれです? その人」

「うん? 泉ちゃんか……。泉ちゃんってのは……、この事務所を立ち上げた時、会計をしてもらってたやつの義理のお姉さんだったことがある人」

「何ですかそれ。怖い話や芸能人の噂話によくある、友達の友達のバイト先の店長の話なんだけどさあ、みたいな……」

「ほんとにそうだからしかたがない」

渋谷区内にも鳴く虫がいる。夏から秋に変わる草の中で鈴虫が鳴き始めている。パイプのそばでマッチの火が灯る。

「そろそろ十五夜だなあ。十五夜といえば泉ちゃんだなあ。そうだなあ」

そうだなあ、そうだなあ、と言って、矢作は続けた。

「……企画を変えよう。きみ、長編ノンフィクション、書きなさい」

リッチ アンド ハピネス。豊かさと幸福。このテーマでセンチャンとやらいう女性について取材をしろと矢作は言った。

「えーっ、いきなりそんな。翻案小説の企画を受けてくれた版元が怒りますよ」

「そっちはそっちでちゃんとやってもらう。おれもきみも生活しないとならない」

「長編ノンフィクションだなんて……。だってそのセンチャンって人、有名な人ではないんでしょう？」

「全然」

いとも簡単な矢作の返事。

「いいじゃん。有名人の成功談や一代記なんか、もういっぱいあるじゃん。ごくふつうの人なのにものすごい幸せだったら、そのほうがすごいじゃん。きみ、ぜひ泉ちゃんの取材をしたまえ。rich《リッチ》 and《アンド》 happiness《ハピネス》. good《グッド》 and《アンド》 beautiful《ビューティフル》」

富み善き美しきお姫様の物語。矢作は繰り返した。

こうした次第で私はセンチャンこと、倉島泉《くらしません》という女性について取材を始めた。二〇〇一年初頭であった。それが二〇〇七年になってしまった。

もっと早くに終える予定であったのだ。だが、ほかの仕事と並行しての作業だったので、取材の申し込みをした相手と自分の都合が一致する日時を調整するのが大変だった。しかも取材相手のほとんどは長野県在住なのである。移動でさらに手間がかかった。何より締め切りがないのがよくなかった。どうしても掲載や出版の決まっている仕事のほうが先になってしまう。

長くかかったが、ともかくも取材をまとめあげることができた。

矢作の趣味で始めたような仕事であったが、私は私で、取材するうち倉島泉に強い興味をおぼえていった。こんな人もいるのだと一人でも多くの人に伝えたいというパッションが胸に溢れた。

たくさんの方にお話を伺ったが、読みやすさを優先して敬称敬語は極力略させていただいた。また、幾人もの語り手と区別するために、私自身は自称を「筆者」とした。
《むかしむかしあるところに……》
取材の初日、諏訪《すわ》に向かう特急〈あずさ〉の中で、冗談でこの「はじまり」をノートに書いた。取材をまとめ終えた今は、冗談でなく、この「はじまり」が、彼女にはもっともそぐうように思われてならない。
《倉島泉。一九五〇年生れ》
筆者の手の中に一葉の写真がある。
大勢で撮った写真。最後列の向かって右端に彼女は写っている。皆から一歩下がってしまったようだ。一歩引いた足が見える。腕をどでんと無骨に下げ、手はグーになっている。
むかしむかしあるところに、倉島泉という娘が住んでいました……。

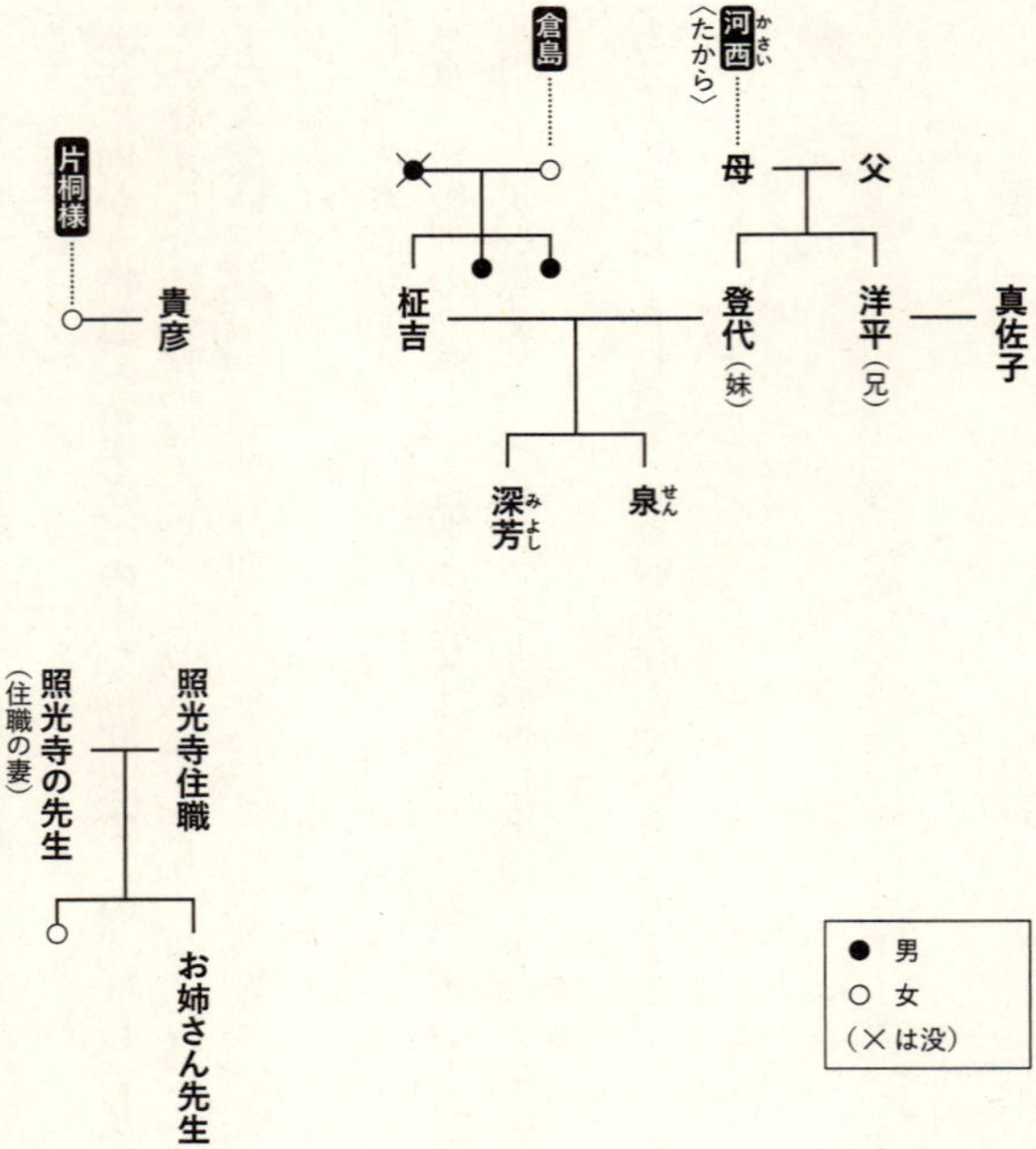

倉島
河西《かさい》
〈たから〉
片桐様
母
父
柾吉
登代（妹）
洋平（兄）
真佐子
貴彦
深芳《みよし》
泉《せん》
照光寺住職
照光寺の先生
（住職の妻）
お姉さん先生
● 男
○ 女
（×は没）

一　父・柾吉

1

倉島泉。

ノートのはじに、倉島柾吉《くらしままさきち》は鉛筆で書いた。

「泉《せん》は四月二十九日生れ。昭和天皇といっしょずら。西暦で言うと……」

柾吉はごく若いころは秤屋に奉公していた。算盤《そろばん》ができた。指を動かして計算をする。

「一九五〇年ずら」

午後八時四十八分生れ。

「諏訪の〈たから〉の家で生れよった」

妻、登代《とよ》（旧姓・河西《かさい》）の実家は〈たから〉という料理屋である。秤屋を辞めて、この店を手伝うことにした柾吉は、塩尻から諏訪に越した。以下は柾吉から聞いた話である。彼が見たことや聞いたことや思ったこと、また、彼がたぶんこうなのだろうと想像したこと等々、筆者に話してくれたことを構成したものである。

②

……一九四九年。十月。

塩尻。

毛沢東が中華人民共和国の成立を宣言したニュースが新聞に出た日の夕方である。

秤屋から柾吉がもどってくると玄関先に登代が立っていた。

「眼鏡の女の先生のとこに行ってきた」

塩尻には珍しい女医がいて、その病院に行ってきたと言う。

「へえ……、大丈夫なんか？」

後に登代から言われた。《あんた、鬱陶しそうに訊《き》いたわ》と。彼女の腹を《不機嫌そうに見て、こそこそ目を逸らせた》と。しかし、柾吉は、自分が鬱陶しそうな言い方をしたつもりも、不機嫌そうに腹を見たつもりも、むろん目を逸らせたつもりもない。

言いわけだと登代は後々、ことあるたびに言うのだが、柾吉は彼女を心配したのである。

妊娠したとは思わなかった。腹に両手を当てていたから、腹が痛くて病院に行ったのだと思ったのだ。眼鏡の女医の病院の屋根の看板には「産科」とともに「内科」とも書かれていた。

「あんたの子だよ、うれしくないの？」

父親はあんただよ。あんたの子だよ。

父親はあんただよ。あんたの子だよ。

登代は繰り返した。

「あ、そっか」

あの日のことが、柾吉の脳裏を過《よぎ》った。

「そっか、うっかりしとったずら」

思い当たることを、した。

「ね、ね。諏訪にいっしょに行ってちょうだいよ」

「そうだな、行かんといかん」

「あんたの次の休みに、ね。お父さんも見舞いたいし、ヨウ兄さんにも教えたいし。名前も兄さんに考えてもらうほうがいいわ」

「うん、うん」

それで二人で〈たから〉に行った。

《我が死のこと、くれぐれも公に明かすまじ。我が屍《しかばね》は諏訪湖に埋めよ》

武田信玄は遺言したという。

盆のように丸い湖を、八ヶ岳、車山、鉢伏山といった山々がくるりと取り囲んだ温泉地帯である諏訪は、叱られた子供が好むような地形である。

叱られたとき、無念なとき、さびしいとき、子供がこそっと隠れるように身をひそめる場所。諏訪湖を取り囲むあたりは、そんな隠れ場所のような一帯であった。

塩尻から中央線という在来の電車に乗って駅を降り、登代と並んで湖のほとりに立った柾吉は故郷でもないのにほっとした心地になった。

「やぃー、やぃー、よう来た。上がれ上がれ」

ソップ型の相撲取りのように巨体で声の大きい義兄は河西洋平《かさいようへい》という。洋平は柾吉の背中をばんばん叩いた。

「すげえ上等の酒が手に入ったずら。こいつあ、うまいずら」

湯飲み茶碗に冷や酒を注ぐ。

「ヨウ兄さん、柾吉さんは下戸《げこ》よ。お正月にお屠蘇を飲んでひっくり返ったくらい」

登代がべつの茶碗に茶を注いでくれた。

「ほぉゆうかえ。そりゃ、寂しいのう」

洋平は柾吉に出しかけた茶碗を自分のほうによせ、ぐび、とうまそうに飲む。柾吉は下戸の身が女々しいかんじがして、話題を変えた。

「お義父さんのぐあいは、どんなもんで……」

義父は先月から臥せっている。

「年でえから、しょうがねえ。もう九十じゃ」

洋平も登代も、遅い子であった。なかなか子に恵まれず、貰い子をしようかという話が親族で出て、出たとたん思い出したように洋平と登代を授かったのだった。

「それはそうと、柾吉さんよ、あんた、秤屋勤めをこの先もずっと続けなさるつもりか？」

今ならオーベルジュとでもいえば通じるが、当時〈たから〉は「泊まることもできる料理屋」という中途半端なものだった。洋平は中途半端さを払拭したがっていた。

「ずっと、と訊かれても……、あまり先のことは考えたことはないもんで」

「鯉《こい》が捌《さば》けるそうな」

「いちおうは」

「算盤もできるそうな」

「それは得意ずら」

「ほおゆうかえ、そりゃ、ええのう。おれは〈たから〉を、ちゃんとしたいと思っとる。泊まることもできる料理屋なんちゅうのは、どっちつかずでいかん。日本はどんどん復興しとる。〈たから〉の名のとおりにしたいと思うずら。

入って来たお客さんが縮こまってしまうような旅館じゃのうて、諏訪に旅行して家に帰って、帰ってから何年たってもおぼえていてもらえるような旅館にしたいんじゃ。思い出は買えん。旅の永遠の宝になるような、〈たから〉にしたいんじゃ」

客室がみな諏訪湖に面するように設計できる場所には、すでに昔から大きな旅館が建っている。こうした旅館の並ぶ界隈の奥に〈たから〉は位置している。諏訪湖を観光で訪れる客は、たいてい昔からの旅館に行ってしまう。

「何とかしたい。柾吉さん、塩尻じゃのうて、諏訪に越してきて〈たから〉を手伝うてくれんだけ」

洋平に請われ、柾吉は肯《うなず》いた。

「はあ、わしでよかったら……。よろしくお願いします」

上に二人の兄のいる柾吉にしてみれば、秤屋で算盤をはじいてついでに掃除をするのも、料理屋で算盤をはじいてついでに魚を捌くのも、さしたる差はない。

「ねえヨウ兄さん、聞いてくれる?」

親分肌の兄に幼女のころから庇護されてきた四歳下の妹らしく、登代は甘えたような声を出した。

「わたし、赤ちゃんできたのよ」

「うほう、そりゃあ、めでたいずら」

うほう、うほう。雷か花火かというほどの大声で、洋平は笑った。

「でかした、登代。これで親父も心残りがなくなった」

物品が充分にそろわない店をあれこれと仕切るのに忙殺されていた洋平は、妹に遅れて、妹より年齢は僅かだが下になる妻を娶っていた。

「わしとこも諏訪の神さんに頼んどるんじゃが、まだ頼みをきいてもらっとらんで」

上田から娶った妻に諏訪大社で子を授かる祈禱をさせたという。

「そいつぁ、よかった。登代、ありがとうよう。よかったのう」

兄は妹の懐妊を大喜びした。柾吉に酒を注ぎ、柾吉が辞退する、それを自分で飲む。この繰り返しが居間ではおこなわれた。

「男でも女でも、生れてきた子の名は泉と書いて、せんという名前はどうじゃ。諏訪には姫さんがいたっちゅうが、武田信玄に攫《さら》われて囲われた人生じゃ。男でも女でも自分で自分の人生を歩いていけるよう、涌《わ》き出づる泉《いずみ》。せんと読むなら男でも女でも通用する」

「やぃー、いい名前じゃない。ねえ、あんた」

登代が褒めた。

「ああ、いい名前ずら」

登代が褒めるから、柾吉はいいと思った。

若夫婦は塩尻から諏訪に越し、泉は諏訪で生れた。きわめて安産であった。

しかし。

泉が生れる前日に登代と洋平の父親が死んだ。

前から臥せっていた父親だから、これはみなが覚悟していたことであったが、泉が生れた夜には、母親もぽっくりと亡くなってしまった。

自分が産んだばかりの赤子が泣く横で、父母を同時に失った登代は泣いた。

葬儀いっさいが終わってから、豆電球だけにした部屋で、登代が赤ん坊を抱きながら、ふと洩らしたことばを聞いたとき、柾吉は少し厭な気分になった。怖いような気持ちの悪いような厭な気分に。

「何だか不吉な子だわ。父さんと母さんの生き血を吸って生れてきたみたい」

無事に初産をすませた母親が、こう言ったのである……。

「誰似かしらねえ」

乳飲み子の顔つきなどというのは、どの子もさして差がないものなのに、顔をのぞきこむ大人はたいていこう言う。

柾吉も泉の顔を見て考えた。

洋平に似ているように思われた。急死した義母にも似ているように思われ、塩尻の炭屋にいる自分の実母にも似ているように思われた。また、血縁者でもないのに塩尻の眼鏡をかけた女医に少し似ていると思ったりもした。

ただ登代にだけはどこも似ていなかった。これはだれもが無邪気にみとめた。

そして一九五二年、二月。

妹が生れた。

「まあ、お母さんそっくり」

「登代さん似の別嬪さんずら。こりゃ、お店の看板娘になるずら」

妹は深芳《みよし》と命名された。

「何と、片桐様の婿様が名づけられたそうずら」

名付け親が近所で話題になった。

彼らが「何と」と言うのは、片桐家が諏訪随一の名門だからである。本家令嬢の入婿である片桐貴彦《かたぎりたかひこ》が考えた名前であった。雅やかな家の出の婿様は、ちょうどこのころ、切手収集から、姓名判断に凝り性の的を変えていたのだった。

③

泉は丈夫だった。

かたや深芳は腺病質だった。大病こそしないが、始終熱を出して寝込んだ。

柾吉も登代も常に深芳を心配するのは当然のことである。

「泉はお姉さんだから、しっかりしてないとだめだぞ」

柾吉は口癖のように泉に言った。

「上の子は厳しすぎるくらいに厳しく躾けたほうがいいんだって」

登代は口癖のように柾吉に言った。

「だって初めての子だからって、どうしても親は、かわいいかわいいって甘やかすでしょう。それで甘えて弱い子に育ちがちになるんですって。多少、突き放すくらいに厳しくして、しすぎることはないんですってよ」

教育評論家がそう言っているのを聞いたと。

「教育チャンネルに出てた人が言ってた」

そう言われるとそういうものなのかと、柾吉は思う。

子供はどんどん背丈がのびるから、どんどん服がきつくなる。泉より少し年長の子のいる家が近所に何軒かあったから、そこからもらった服を泉には着せた。

だが深芳には、駅前で、ときには松本まで出向いて買った新品の服を着せた。

「やいー、またきれいなおべべを買ってやったんかい」

上田の出の義姉の真佐子や、

「赤ん坊の時分から着道楽かね」

店に出入りする八百屋や魚屋や米屋に言われる。

「ゼイゼイと苦しそうな息をして熱を出していたのがよくなると、やっぱり親としては、あよかったとほっとして買ってしまうもんだで」

柾吉は深芳をだっこして、

「なあ、病気に勝って偉いもんなあ、ミーちゃん」

と笑いかける。ミーちゃん、ミーちゃん。繰り返す。

彼のズボンの膝を、泉が摑んで立っている。あちこちの家からのもらいもののお古の服や靴を纏《まと》っている。色合いがちぐはぐで継ぎ接《は》ぎがある。それに全体的にぶかぶかしていた。今の若い世代は奇異に感じるかもしれないが、戦後とはいえ昭和二十年代や三十年代、いや四十年代でも前半までは、まだ継ぎ接ぎのある服を着ている者はよくいた。とくに子供は。

「へえ病気してたの、そりゃ辛かったねえ。よくこらえたねえ。偉いねえ。ミーちゃん」

道端で、父と二人の娘に出会った人も、深芳をミーちゃんと呼びかける。

「ミーちゃん、めんめえおべべ着せてもらって、お姫さまみたい」

ミーちゃんを誰かが褒めると、深芳は柾吉の胸にきゅうっと顔を埋めてから、そうっと上目で相手を見た。そのしぐさがまたかわいらしく、人は深芳を褒める。

花が咲いたようなにぎわいが自分の頭上でおこると、泉はあえかな息を吐いて笑った。柾吉のズボンを摑んだまま、彼の足の陰に隠れるようにして平和に笑った。

熱が出たりぐったりすることの多い深芳をいつも抱っこしていた柾吉は、自分のずっと低位にいた学齢前の泉が笑うところを見逃した。

「泉はほんの小さい時分から、仏頂面というか無表情というか、まあ、よくいや、いつも感情が安定しとるというか……」

《平和な感じがします》と、彼女を形容したのは菩提寺の住職夫人である。

声質のせいなのか、深芳の笑い声は明るく目立つ。泉が笑っても目立たない。だから人は彼女が笑っているところを見かけないのである。笑っていることに気づかない。

くう。

あえていえば、こんな響きである。

くふ。

とも聞こえないではない。

ふう。

とも聞こえる。

こんなふうな、息のような声を洩らして笑うのである。

当時の日本は経済復興に驀地《まっしぐら》であった。そして事実、頑張れば頑張っただけ国民の目に成果が見えた。がむしゃらに働くことがたのしかった。数字となって即、反映されるのだから。

《もはや戦後ではない》

まだ敗戦の影をひきずっていたからこそ経済白書はこの表現を使ったこの時代、多くの親は自分の子供に対して、現代より神経質ではなかった。

子と親はもっと単純な関係だった。養われる者と養う者。庇護される者と敬われる者。太く強い「家」が在って、その中で子と親は現代より単純に暮らしていた。かかる単純さの中にあって乱暴にいうなら、柾吉は、深芳の外見のほうが泉の外見より好きだった。

「ミーちゃんは、登代さんにそっくりだけど、おでこの形や顔の骨の形は柾吉さんね」

深芳については皆がそう言う。比して泉については、あの贈答品屋が、

「ほんとにあんたの子かい？」

などと厭な冗談を言うのである。

あの贈答品屋というのは諏訪と塩尻の間にある店のことである。屋号はちゃんとあるのだが、あの贈答品屋で通っている。贈答品の売り上げはなきに等しく、いろんな人のことをいろいろと嗅ぎ回って得たものを……甚だいい加減な情報であるのだが……売って暮らしている。戦前からそういうことをしている、あの贈答品屋だ。

洋平が〈たから〉の板場にもう一人雇おうとした若い男の素性を、登代に頼まれて調べてもらいに行った時に、柾吉は揶揄されたのだった。

「登代さんは色っぽいんだから、知らぬはなんとかばかりなりなんじゃないのかい」

贈答品屋としては彼なりに最大に褒めたのである。登代は美人だ、美人のかみさんを持ててけっこうなことだと。褒めて、少しからかったのである。

しかし、酒も飲まず、賭け事もせず、プロ野球中継だけが趣味の巨人ファンの柾吉に、こ

ういう言い回しは通じない。気になって、それからしばらくは泉の顔を見ないようにしたくらいである。

ある日、微熱のある深芳を柾吉は病院に連れていった。微熱でしかないのに、近所の小児科ではなく、塩尻の、眼鏡をかけた女医のところに連れていった。それも、いつもなら家においていく泉を連れて。

「お袋にワカサギを持っていってやる」

というのは名目で、女医に柾吉は頼んだ。

「血液型を調べてもらえんか」

と。泉は柾吉と同じA型であった。登代もA型。深芳はO型であった。

「おかしなところはありませんよ」

女医に諭された。

4

……一九六〇年。四月二十九日。

泉が小学校四年。

深芳が三年。

祝日であり、泉の誕生日である。

柾吉はいつもより二時間も遅く起き、ぼうっと居間にやってきた。登代はまだ寝ている。客相手の稼業だから、日曜や祝日に休めたり家族四人で過ごせることは、まずない。とくにゴールデンウィークは〈たから〉のような料理屋兼旅館でさえ、予約で埋まる。

それがどういうわけか今年は、五月に入ってからは全日予約が入っているのに、四月二十九日だけが宿泊客もなければ料理屋の予約もない。それで柾吉も登代も遅寝をしていたのだった。

「お父さん、おはよう」

いつものように泉が朝食の支度をしていた。

このころ、まだシリアルとは呼ばなかったコーンフレークというものが日本で発売されるようになり、これだと子供でも容易に支度ができる。賄い食はほとんどが魚と野菜の醤油味だから、牛乳をかけて食べるフレークの味は舌の気晴らしにもなる。

泉は居間で寝る。卓袱台《ちゃぶだい》を片づけて布団を敷いて寝て、朝になると布団をかたづけて卓袱台を出す。

「どうだった、昨夜《ゆうべ》は」

「だいじょうぶだった」

深芳は身体が弱いので四畳ながら洋室を一部屋与えられている。泉は夜中に一度起きて、ベッドで眠る妹のようすを見てやることになっている。夜中の妹のようすについて父が姉に問うのが、朝の挨拶代わりだ。

「冠がとれてたけど」

くう。泉は息を洩らした。それは彼女が微笑んだしるし。

冠というのはベッドを買ったさいにおまけでもらったものだ。松本の井上デパートで、登代と柾吉は店員に薦められるままにフランスベッドを深芳のために買った。店員は〈プリンセスの冠〉という子供用の、飾り鋲のついたカチューシャをくれた。それを深芳はいたく気に入り、舞踏会の夢を見るのだと言って、寝るときに頭につけるのである。

「危ないからベッドの宮に置いておいた」

「そうか、そのほうがいい。ミーが怪我したら大変だ」

柾吉は新聞を開いた。

このころの〈たから〉は、敷地に三棟がばらばらと建っていた。各棟は二階建て。料理屋と厨房のある棟、客が泊まったり風呂に入ったりする棟、それに柾吉家族と洋平夫婦の私宅棟。洋平らは二階を使っていた。

客のために用意するのとはべつに南信日日新聞を柾吉家族と洋平夫婦でとっており、新聞の運び役はいつも泉がする。

「義兄さんもさすがに今日は寝坊だろう。新聞持ってくのはもっとあとでよいぞ、泉。何で今年は今日だけこんなに暇になったかな、どうしたことずら」

あーあと伸びをした柾吉の目に、「陛下」と「誕生日」という新聞の活字が入った。

「そうか、泉は今日が誕生日だったな……」

深芳は二月五日が誕生日である。二月上旬はたいてい客が少ない。深芳の誕生会を名目にして、従業員の慰労会を兼ね、年に一度、全員でゆっくり食事をする日になっている。皆ですきやき鍋をつつき、ケーキを食べる。だが四月二十九日は、毎年、猫の手も借りたいくらいに忙しい。誕生日を忘れられることにかけては、陛下と泉は同じであった。

「たまには井上デパートに連れてってやろう」

「ほんと？」

スプーンを卓袱台に並べていた泉がふりかえる。

「ああ。何かプレゼントを買ってやろう。何がいい？」

「えー。誕生日のプレゼント？」

くふう。泉は息を吐く。プレゼントという言葉の派手な響きに臆したのだ。が、それは柾吉には、

「なんだ、そんなにうれしくなさそうだな」

と、映った。

「そんなことない。そんなことないよ」

泉はよけいに臆した。表情が硬くなる。よけいにうれしくなさそうに、柾吉には映る。

「ダッコちゃんでいいか？」

思いついた品を柾吉は挙げた。やや不愉快そうな声になってしまった。

父の不愉快を察した泉はますます臆した。口をぎゅっと閉じてしまい、ひたすら何度も首を縦にふった。

「よし、じゃあプレゼントはダッコちゃんな。深芳もいっしょに連れてってやろう。みんなで食堂でお子さまランチを食べて、ホットケーキも頼んでやろう。どうだ、泉、うれしいか？」

泉はただ首をふる。

「そうか。そうと決まったら、早く朝飯をすまして、出かける用意をしないとな」

柾吉は登代を起こしに行った。

廊下との仕切りの暖簾を登代がじゃらと分けたのを見ると、コーンフレークの箱を皿に傾けかけていた泉は訊いた。

「あ、お母さん、どれくらい食べる？」

「何なの、泉。パジャマのままで行儀の悪い。パジャマのままで朝御飯のしたくなんて。ちゃんと着替えなさい」

まだ寝ていたいのを起こされて虫の居所が悪くなってるなと、柾吉は思う。

「牛乳をこぼしたりするといけないから……。あの、その、照恍寺《しょうこうじ》さんからもらった服が白いから……。あの、うんと、今日は学校が休みだから、四月二十九日だったから、白い服を着て照恍寺さんへ行って、庭をぐるっとまわることにしようって昨日から決めてて……。だからね、照恍寺さんの服をね、昨日の夜からここにかけて用意しといたのに、御飯の支度するときに汚してはいけないと思って……」

それでパジャマにエプロンをつけていたのだと、だいたいこんなふうなことを泉はしどろもどろで登代に言った。

「言いわけはみっともない。やめなさい」

「ごめんなさい」

「なんだって、松本に行くんだって？　なら、深芳も起こさないとだめよ。あの子は支度に手間どるから。いい、泉、あんたはお姉さんなんだから、妹のことはちゃんと見てやらないと」

「ごめんなさい」

「ここはいいから、深芳を起こしてきて」

「うん」

「はい、と言いなさい。うちのような仕事をしている家の子はね、いつでも、はいと言うように癖をつけとかないと」

「うん……はい」

「よし、泉、いっしょにミーを起こしにいこう」

寝起きの頭がすっきりするまで登代を一人にしておいたほうがいいだろう。柾吉は泉とともに深芳の部屋に行った。

「ミーちゃん、起きて。朝御飯よ。早く食べようよ。今日は井上デパートに行くんだよ」

深芳をゆすった。

「お姉ちゃん、わたし、朝御飯は食べたくない。もうちょっと寝てて、元気になったら服を着る」

「起きたら元気になるよ。起きようよ」

「そうだ、起きたら元気になるぞ、ミー」

柾吉はふとんをまくって、深芳をゆすった。熱い。

「あ、こりゃいかん。熱を出しとる」

柾吉はいったん布団をもどし、泉をふりかえった。

「泉、松本行きは中止ずら。おまえは先に朝御飯を食べてしまいな。服を着替えて、新聞をヨウおっちゃんのところに持っていってくれ」

柾吉は深芳を背負い、登代もつきそって、病院に向かった。

「お姉ちゃん、ごめんね」

出がけに、深芳は泉に詫びた。

「自分の具合が悪いのに、姉ちゃんのことを気づかって、やさしいのう、ミーは」

背中をふりかえった柾吉に、彼の肩にかかった深芳のか細い指が見えた。

一方、照恍寺からもらったというレース襟のついた提灯袖《ちょうちんそで》の白いブラウスは、泉にはまるで似合っていなかった。甘いレースが泉をどしんと重量感を増して映した。いかにも気が利かない岩のように、長女は父には映った。

2　照恍寺の先生／お姉さん先生

1

照恍寺は河西家の菩提寺である。

〈たから〉からは、歩くには難儀だが自転車ならすぐだ。

泉が小学生だった一九六〇年代、住職夫人は硬筆習字の先生のようなことをしていた。

「書き方ですよ。あなたくらいの世代の人だと、もう小学校でなさらなかったかしらね。一筆箋みたいな大きさの、枡目のある紙に2Bの鉛筆で字を書いて……、あ、おぼえてらっしゃる？　そう、あれよ。あれを付近の子供たちに教えるというか、書かせてね、直してやったりしてたんです」

矍鑠《かくしやく》とした夫人であるが正式な書道の有段者ではないのだそうだ。

「書き方はつ
いで
だったんです。お寺なもんだから、このとおり広いでしょう？　農家やお商売屋さんのお家の子は親御さんにかまってもらえないから、うちで鉛筆習字の練習や宿題をしたりしてれば、同じような年の子が集まってるからさびしくないじゃない？」

それで当時は、子供たちからもその親たちからも、〈照恍寺の先生〉と呼ばれていた。

「娘も手伝ってくれてました。そのときはまだ高校生だったのですけど、音楽が得意でね、子供たちにオルガンを弾いたり歌をうたってやったりしていたものですから、娘まで〈お姉さん先生〉って呼ばれていたわ。まあ、実質、保育園よね」

その〈お姉さん先生〉の提案で、十年後に本当に幼稚園として認可を受けたのである。

「人生なんて、後《あと》になればみんな、なるほどねえってものだけれど、そのさなかには先のことなんかわかりゃしないでしょう。わたしも住職も、ゆくゆくは正式な幼稚園にしようなんて思ってもいなかったんですよ」

泉の笑い方や佇まいを、「平和だった」と形容したのは、この人である。

「泉ちゃんは、うちがまだ書き方教室だったころに来てたの。待ってて……」

住職夫人は席をたち、ファイルを持ってもどってきた。

「これ」

クリアファイルの一ページに、枡目のある硬筆習字の紙が入っている。名前の欄に倉島泉とある。

「先週、押し入れをクロゼットに作り直してもらって……、古いものをぐちゃぐちゃに詰め込んだ柳行李《やなぎごうり》が出てきて、その中に入ってたの」

習字箋には赤ペンで、〈よろしくってよ〉と書いてある。

「まだ高校生だった娘が先生ぶってふざけて書いたのよ。何が〈よろしくってよ〉よねえ」

夫人は娘の少女時代の思い出の品としてこの紙をファイルにしまっていたのだった。

《葉のしげる枝の先にむらさき色の小さな花が咲いている。花のひとつひとつは小さい。先が四方に割れている。》

小学生の字であるからまだ完成された筆跡ではないが、伸ばす、撥ねる、が正しい字であった。枡目いっぱいに書いてある。流麗というよりは「正確」と評したほうが合っている。

「そういえば娘は、松本の井上デパートで泉ちゃんの伯父さんの洋平さんにチキンライスをごちそうになったことがありました……」

以下は、〈照恍寺の先生〉と〈お姉さん先生〉が話してくれたことを構成したものである。

2

……一九六〇年。四月二十九日。

午前十時過ぎ。

河西洋平が泉を伴って照恍寺に来た。

「あら、泉ちゃん、お早う」

先生は膝をまげて、なじみの生徒の身長に合わせた。

「おはようございます」

いつものように杓子定規な挨拶を、それはそれは丁寧に泉は返した。

「親父とおふくろの法要のことで参りました」

洋平も深々と頭を下げた。

「住職を呼んでまいりますので、どうぞ、お次の間のほうへ」

本堂に入る手前の八畳間に、先生は座布団を三枚敷いた。

「お茶を淹れましょう」

「いやいや、奥さん、どうぞかまわんでくんなさい」

豪快な河西洋平の声は寺全体にとどろきわたりそうである。

「おっ、そうだ」

洋平は泉をふりかえる。

「泉、大人の話なんか退屈だろう。外で遊んでてよいぞ。和尚さんと大事な話が終わったら迎えに行ってやるから」

洋平が言う。

「うん……あ、……はい」

泉は庭に出た。

照恍寺の先生は住職を呼びに行き、茶を出し、三人でお次の間にいた。しばらくして、泉のようすを見に庭に出た。

3

桶置きのそばの大きな地蔵の前に、泉は立っていた。

首から財布をかけている。

(あの財布は……)

先生が泉にやったものだ。ミツワ石鹼の三人娘のシールがぺたっと貼り付けられた薄っぺらいビニールの蝦蟇口《がまぐち》は、紐がついて首から下げられるようになっている。白いブラウスも、吊りのついたチェックのプリーツスカートも先生がやった。泉の服や持ち物がいつも粗末に過ぎるのを見かねて、娘がもう着なくなったものから新品同様のものを選んだ。

《どうもありがとう》

無表情に泉は受け取った。

ちびた鉛筆を削ってやったとき、手洗いを貸してやったとき、そしてブラウスとミツワ石鹼の財布をやったとき、どのときも、どの厚意に対しても、泉は平等だった。だから無表情であった。無表情で、いつも、とてもとても丁寧であった。

そんな泉は、先生がやった提灯袖のブラウスを着て、先生がやった財布を地蔵の前で開けている。

「いかほどになりましょう」

地蔵を相手に買い物をしている空想をしているらしい。

「泉ちゃん、こんなところでお買い物？」

ぽっち。財布の閉まる音。空想に没頭していたのか泉の口は真一文字に閉じられた。

「驚かしてしまったかしらね。伯父さんと和尚さんのお話、まだかかるみたいよ」

「わかりました。待っています」

「ほほほ、では待ってましょうね。深芳ちゃんのお加減はいかが？」

「………」

泉はうつむく。

「またご病気に？」

泉が肯く。

「今朝……」

柾吉から井上デパートに連れて行ってやると言われたが中止になったことを、泉は照恍寺の先生に話した。

「そうだったの。じゃあ、お姉さん先生と……」

ちょうど娘が行くようなことを言っていたからいっしょに行ったらどうかと、先生が提案しかけると、

「ほおだったんかい。そんならわしが井上デパートに連れてってやりょう」

洋平の大きな声がした。

「ほおだことがあったんかい。登代があわてて門を出て行くから、どうしたんかと思うとったら。奥さん、ついでにお嬢さんもいっしょにどうですかい」

申し出るや、大きな声で名前を呼んだ。

「泉はいつも、あんたはお姉さんなんだからと、母ちゃんからきつく言われてますんじゃ。たまには妹役をさせてやって下さらんか。今日は泉の誕生日なんで」

「まあ、今日は泉ちゃんの誕生日だったのね。それはそれは……」

照悦寺の先生は泉の頭をなでた。

洋平もなでた。髪の毛がぐしゃぐしゃになるほど。

先生は、泉の祖父、洋平の父の生前を知っていた。実直な一本気な板前だった。洋平もそうであった。が、妻の家に婿に入った父親とはちがい、洋平は家の総領として育ったので、職人肌ではあったが豪放な雰囲気の人である。

《ありゃ酒が好きで、毎晩の酌を欠かさない。客に酒を出す前に自分で飲んで身上を潰さん

とよいが》

　と、夫の住職がよく言う。

「おう、泉、んならこれから、照恍寺のお姉さん先生もいっしょに井上デパートに行こう」

「ううん」

　泉は首を横にふった。

「なんで？」

「ミーちゃんが熱を出しているのに、そんなことしたら罰があたる」

「そんなことないわよ」

「そんなことあるかい」

　先生と洋平は同時に言った。

「深芳は病院に行ったから大丈夫だ。お医者に診てもらって、フランスベッドで静かに寝てたらけろっと元気になる。いつもそうだろが。家には父ちゃんも母ちゃんも店の者《もん》もいる。うちの真佐子もいる。今日は客も少ない。なんの心配があるけえ。さあ、お姉さん先生、松本にご一緒しましょう」

　さあ、さあ。雪駄のまま洋平は泉の手を引いて寺を出た。先生は門まで見送った。

4

この日、洋平はダッコちゃんを泉に、お姉さん先生にはイミテーションのホットドッグを買ってくれたという。

「だってわたしはもうダッコちゃんは持っていたのよ。あのころ大流行りだったんですもの。それならほかの物をって洋平さんに訊かれたから、たまたま目についたのがお料理の模造品だったの。当時のものよ。そんなによくできてないわ。子供がままごとで使うやつ。目玉焼きとか、エビフライとか。おもちゃ売り場だったからね、そんなものがあったの。

みんなミニチュアサイズだったのに、何でかしらね、ホットドッグだけ実物大だったので、書き方教室でみんなで遊ぶときに使えるかと思って、じゃ、これって洋平さんに言ったのよ。よその家の人から気軽にもらっていいような値段だったから」

後日、それを彼女は泉にやることになる。

「父も母も泉ちゃんのことを、あの子はだれにも似てないね、って言ってたけど、わたしは洋平さんに似てると思ってた。

洋平さんはお相撲さんみたいで……、あなた、明武谷《みようぶだに》って知ってる? あのお相撲さんに似てた。幕内になったとき、あ、洋平さんだって……。父母も、ほんとだ似てる似てるって……。豪快な人でねえ。ものすごく盛大に笑うのよ。あの人が笑うと、何でもかんでも一気にお目出たくなったな……。泉ちゃんはおとなしいから、そこが洋平さんとは全然ちがうから、みんな洋平さんと泉ちゃんの顔が似てることに気づかなかったんじゃないかな」

元・お姉さん先生は自分のアルバムを筆者に開いて見せてくれた。

「よくわからないかもしれないけど……、これ見て」

段ボールだろうか。ホームレスの塒《ねぐら》のようなものが写っている。

「井上デパートに行った次の次の年に撮ったの。箱の外から撮ったの。中で撮ったのはこれ」

もう一枚を指さす。

満月と団子の絵が写っている。四分の一ほどに、人の頭頂らしきものが写っている。ぼやけている。

「泉ちゃんなの。わたしがシャッターを押すのを畏《かしこ》まって待っててくれたんだけど、カシャッていうときに、うつむいてしまったのかしらね」

月と団子の絵を貼った前にすわる泉を撮ろうとして失敗してしまったのだそうだ。

「全体にピンボケだし。失敗写真をあげるのもナンだしなあって、あげなかったのよ」

大きな窓のある部屋だったが、段ボール箱の外に出て中の泉を撮ったのでどうしても光度が足りなかった。

「秘密基地なんだって、泉ちゃん言ってたわ。ホットドッグのお礼にわたしにだけ特別に見せてあげるって案内してくれたの。洋平さんのこと、気にしてたのね……」

5

……一九六〇年。四月二十九日。正午。

おもちゃ売り場を出たあと、洋平は泉に言った。

「泉は誕生日が毎年、店が忙しいときで残念じゃのう。だから特別にソニーのトランジスタラジオを買ってやろう」

「ええっ」

びっくりしたのはお姉さん先生である。ソニーのトランジスタラジオは当時、公務員の初任給の一・五倍ほどもした。まだ小学四年の泉より、高校生先生のほうにこうした知識はあった。彼女は泉に値段を教えた。

「そんな高いもの……」

泉はやっとびっくりして洋平を見上げる。

「もちろんじゃ。そのうちじゃ」

「なあんだ、調子がいいんだから、河西のおじさんたら」

「あっはっは。わしは酒を飲むと、まっと調子がいいぞ」

そして洋平は巨体をしゃがませた。

「トランジスタラジオは泉が元服したら買ってやろう」

泉を仰ぎ見るようにして言う。

「げんぷく？」

「十五歳のことだ」

数字を言われた泉の黒目がわずかに上に移動する。元服の年までにあと何年あるか、暗算をしたらしい。

「いいよ」

「いい？　何がいいんだ」

「買ってくれなくていい」

「なんで？」

「中三になってるから」

「中三になってたら何で買わなくていいんだ？」

「そのころになったら睡眠学習機が発明されてるから、そっちにしてほしいから」

「睡眠学習機？」

「かぶって寝ると、寝てるあいだに勉強ができる機械よ、おじさん」

先生が説明した。

書き方塾にはだれかの不要になった小学館の『小学四年生』がおいてあり、泉と先生は一緒に〈きみたちが大人になったら〉というページを読んだのである。倉島家でとっているのは『小学三年生』だ。小学館の学年誌は、妹の深芳の学年に合わせて買っているのである。金を出して学習雑誌を買うのなら、頭のよい深芳のほうに合わせたほうが得だという理由で。腺病質な深芳であったが、成績は泉よりずっとよい。とくに算数と音楽といった、よくできることが目立つ科目が得意だった。体育も。よく「見学」になるのに、深芳は、跳び箱を跳ばせれば軽やかに高く跳ぶ。かけっこをさせればすいっと一着になる。

泉はといえば、どのような場面でも深芳の反対である。算数と音楽と体育が苦手である。よって、いかにも鈍く遅くみなの目に映り、鈍くて遅いとみなから言われ、素直にそれを泉は信じていた。

「私は勉強がよくできないから……」

同じ高額を支払うのなら睡眠学習機を買ってくれと泉は言うのである。

「寝てる間に賢くなれる機械か、そりゃいいな。じゃあ睡眠学習機が発明されたらすぐ、わしが買ったるわい。泉には何か褒美をやらんといかん」

「何で？」

「泉はしっかりしてて偉いからだ。深芳の世話をいつもようしてやっとる。妹が勉強がようできるのは、姉ちゃんが助けてくれとるからだ。のう、先生も、そう思うずら?」

洋平は先生の背中を強く叩いた。

「ほっ、ほんとにっ……」

急に叩かれた先生は噎《む》せながら言った。

「……ほんとに泉ちゃんは偉いわ」

「偉い祝いに、昼めしを食いに行こう」

雪駄ばきを大股にして洋平は二人を食堂に連れていった。

「ヨウおっちゃんは、いじんみたいに堂々と歩くね」

旗のたったお子さまランチを前に、泉は洋平に言った。

「ほんと、片桐様の片桐大社長みたいだわ」

「何を言う。わしはほんとに〈たから〉の社長じゃないか」

洋平はおかめ蕎麦の、丼のうえにのった具を肴に日本酒を飲んでいる。

諏訪の旅館組合の寄り合いがあると、洋平に勝つ者はいないと評判になるほど、彼は酒が強かった。つまり、飲んでも乱れることはいっさいなかった。

飲むと、平素の、ややこわもてが崩れ、声がいくぶん静かになる。飲むとむしろおだやかな雰囲気を同席者に与える酒である。

「泉が元服するころには〈たから〉がまっと繁盛しとるように、わしはまっとがんばるずら。

泉に約束しとこう」

洋平は泉にげんまんをした。

「そしたら睡眠学習機で丑三つ時に勉強するとよい」

「うん……、あっ、はい」

「算数が苦手なら掃除をすりゃええ。掃除も立派な勉強ずら。世の中何でも勉強になる。なあ泉、卵の上についとる、その旗はどこの国の旗じゃ?」

「イギリス」

「ほう。なら、向こうの席で食べとるあの子のは?」

「ドイツ」

「ほう、よう知っとるのう。いいか、泉。妹の深芳は身体が弱い。だから父ちゃんも母ちゃんも、どうしたって心配する。それは弱い者《もん》を思いやってのことじゃ。泉は身体が金持ちじゃ。父ちゃんと母ちゃんが妹の心配をようしたからって、金持ちの泉はぜったいけちけちすんない」

リッチマンじゃ。

洋平が泉をそう形容したのを、先生はとくに印象深くおぼえている。泉はリッチじゃ、と言ったときの、「リッチ」という英単語が、まさに潤沢にテーブルに響いたのを。

「これからの日本は男か女か関係なく仕事をするようになる。わしとこには子供がおらん。

泉が〈たから〉の跡取りじゃ。おぼえとけ、泉。これだけはようおぼえとけ」

洋平は泉と今一度げんまんをした。

「どうぞこれからも、泉の習字をよう見てやって下さい。お願いします」

洋平は先生に深々と頭を下げた。

それから松本城界隈を散歩して、大井戸のそばの店で洋平は二人にバヤリースジュースを注文してくれ、自分は冷や酒を飲み、中央線に乗って帰った。

泉の誕生会ではあったが、先生はこの外出を、美しい春の日として後年になっても思い出した。うららかな陽気に洋平はごきげんで、ふだんは大人しい泉が彼に手をつないでもらってスキップしていた。

「ワ、ワ、ワー、輪がみっつ」

母が彼女にやったというミツワ石鹸娘の財布がスキップに合わせて、泉の胸でぽんぽんと跳ねていた。

元服したら睡眠学習機を買ってやるという約束。

約束は果たされることはなかった。この日の夕刻、洋平は死んだのである。

帰宅すると、《ああ、暑い暑い、もう真夏が来たようだ》と言って風呂に入った。いつまでたっても風呂から出てこないので、妻の真佐子が見にいくと湯船で眠るように死んでいた。脳卒中だった。

6

照恍寺に洋平が亡くなった知らせが入った。お姉さん先生ではなく、母親の先生のほうが自転車で〈たから〉にかけつけた。

店の前には臨時休業の貼り紙。通された私宅棟の二階は、すでにひととおりの騒ぎが落ち着いたのか、重苦しく沈んでいる。

「何でとめなかったの。何でお酒をあんなに飲ませたの。昼間から飲むのはやめてとあんたは何で言わなかったの」

小学生にすぎない泉を前に、じくじくと化膿した傷口のように登代が泣いている。

「何で、あんたはとめなかったの」

「登代さん、そんなの無理よ……」

先生は泉を別の部屋へ行かせた。子供時代の登代がいつも洋平に守られるように近所の子供たちのあいだでお姫様でいたのを先生は見ている。最愛の兄の急死のショックで母親である立場を忘れてしまっているのだろう。

「死に神みたいに……」

「死に神って……」

「奥さんのことじゃありませんで……」

柾吉が先生の袖を引いた。彼は廊下に先生を出させ、耳打ちをした。泉の生れた前後に登代の父母が死んだことを。

「偶然にすぎんこっちゃが、今度は義兄さんがこんなことになってしもうたもんで……。あんなに元気だった義兄さんが急にこんなだもんで、すっかりヒステリーになっとるんです」

「そうでしたか……。登代さん、辛くて情緒不安定になってしまって、自分が誰に何を言ってるのかわかってないのね、きっと……」

廊下で柾吉と立ったまま相談をした先生は、数日、泉を照悦寺に預かることにした。

「泉ちゃん、洋平さんはね、お酒の飲み方をまちがえてしまったの。それだけなのよ」

着替えを風呂敷に包んで寺に来た泉に、先生は言った。泉は泣いていなかった。〈たから〉でも泣いていなかった。通夜でも。告別式でも。

洋平が死んで、泉は涙ひとつこぼさなかった。

泉の顔はずっと岩のようだった。岩のように重く、堅く、動かなかった。

かたや通夜と告別式の間じゅう、深芳はしくしくと泣いていた。ビスクドールのように可憐な少女の、うちしおれて涙するようすは、弔問客の涙を誘った。

「泉ちゃんはきっと泣けないほど悲しかったのだと思うわ」

お姉さん先生の指は、アルバムのクリアシートにはさまれた、月と団子の絵の写った写真の上をつうと滑る。

「泉ちゃん、きっと身体も顔も凝り固まってしまうくらい悲しかったのよ。だって、その日のその日なのよ。その日、さっきのさっきまで、洋平さんは豪快でやさしくて、ふだん大人しい泉ちゃんが口数も多く、スキップしてたのに、それが突然パッて……。泉ちゃんは泣いてる余裕なんかないくらい悲しかったんだと思うわ。茫然自失になってたんだわ」

だがこれは県立短期大学の幼児教育学部を卒業し、保育士として多くの子供と接する日々を四十年近く続けた今だから人にも説明できることだとお姉さん先生は言う。

「母は年の功でそのへんのこと、ちゃんと酌めてたんだろうな。やっぱり和尚の妻だから、どなたかが仏様になった直後の家族と接する機会が多かったでしょう。そういう状況での親族の生《なま》の感情のぶつかりあうところは、なまじ和尚の父より、むしろ母のほうが目の当たりにする機会が多かったから。だから、泉ちゃんをしばらくうちに泊まらせたんだと思う」

当時は、泉を冷静な子だと思った。

「だって、わたしは……。お姉さん先生だなんて呼ばれていたけど、そのときまだ十七の小娘なわけでしょう。泉ちゃんはすごくクールなんだなあって……」

泉の「秘密基地」に案内されてようやく、そうじゃなかったのだ、その反対だったのだと感じた。だが、

「感じるということと、それをちゃんと自分以外の人間にも説明できるということとは別でしょう。やっぱりまだ小娘だったのよ、わたしは」

泉の「秘密基地」に案内されたのは、洋平の三回忌の年であった。

「えーっと、一九六二年かな。県短に合格した年よ。ゴールデンウィークの始まるちょっと前に下宿から帰って来たの。泉ちゃんは六年生になったとこ……」

8

……一九六二年。四月二十五日。

短大生のお姉さん先生はカメラを自転車籠に入れてスタンドを上げた。

父の住職から短大合格祝いにカメラを買ってもらったので、写真サークルに入っていた。

諏訪湖の風景写真のための場所探しに出ようとしているところだった。

そこに住職がもどってきた。

「まだ小学五年なのに深芳ちゃんという子は、細かい配慮のできる子だ」

父は娘に言った。

彼は洋平の三回忌の読経に出向いたのであった。客が多い時期なので、〈たから〉では二十五日にずらして法事日にしていた。

読経後の会食で酒が出た。集まった者たちに酌をしてまわっていた登代だったが、勧められて自分も飲むうち、さめざめと泣き始めた。《ヨウ兄さんは、あの日、昼から飲むようなことさえしなけりゃ……。誰かが止めてくれさえしたら……》と。周囲はなだめた。そこに深芳が水を持ってきた。《はい、お母さん、飲んで。お水を飲んだら落ち着くから》と手ずからわたされ、登代はごくごく水を飲んだ。飲むと登代もはっとして、《いやだわ、取り乱してしまってごめんなさい》とみなに詫び、そのあとは深芳が出席者の前でオルガンを演奏してみせ、法事もぶじに終わったのだそうだ。

「泉ちゃんはどうしてた?」

短大生になったお姉さん先生は父親に訊いた。

「焼香のときにはいたが、そういえば、どうしたのだろう……。登代さんがあんなに泣くものだから、みんなあわててしまって、そっちに気をとられてしまってた」

「そう……」

先生は自転車にまたがって寺門を出た。湖のほとりを漕いでいると、向こうから少女が歩いてくる。

(泉ちゃん?)

うつむいているので顔が見えない。

すれちがいざま、自転車のスピードを遅めた。ぶつぶつと念仏を唱えるような声がした。

(泉ちゃんじゃない?)

自転車をとめ、ふり向いた。

提げた布の鞄に見覚えがある。某のおばさんからもらったと言って、書き方教室に来るときにいつも提げていた。

(あの鞄だよね?)

某さんの家は男の子ばかり三人で、長兄から順にマジックで棒線を引いて名前が書いてあった。泉は苗字から棒線を引いて、倉島泉、と拙い字で書いていた。

他家の三兄弟からのお下がり鞄に、不満なふうもなく、泉はいたって素直に提げていた。ところどころ汚い糸目があった。それは泉が繕《つくろ》ったのであるが、自分で繕えたことを、うれしそうに見せてくれたことがある。

「泉ちゃん」

名前を呼んでみた。立ち止まらない。

(あら？　ちがった？)

追いかけた。

うつむいた少女は、ぶつぶつと何か唱えている。やはり泉だ。

「泉ちゃんてば」

ようやくふりかえった。

「お姉さん先生！」

白馬の王子ならぬ自転車の短大生に、少女は駈けよった。

「泉ちゃん、どうしたの？　ずいぶん熱心なようすだったけど」

「謝ってたの」

「謝る？」

「百回、謝るとごめんしてもらえるの」

「ごめんしてもらえる？　だれに？」

お姉さん先生が問うと泉は法事の席であったことを、こまぎれに話した。

「へえ……」

適当に相槌《あいづち》を打ったが、よくわからなかった。なぜ泉が謝ることにしたのか。なぜ百回なのか。わからないが、泉が伯父の死について自分を責めていることだけはわかった。

「そうだ、泉ちゃん、ホットドッグをあげようか」

もっと後年であれば、もっと気の利いたことが思いつけたかもしれない。だがまだ短大生だったお姉さん先生は、このときはこんなことくらいしかひらめかなかった。

「洋平おじさんがくれたホットドッグがあったじゃない。あれね、泉ちゃんにあげる。自転車に乗って」

先生は泉を荷台に乗せて照恍寺までもどった。

洋平からもらったイミテーションのパンを、洋平の三回忌にその姪にやったところでどうなろうというものでもない。ただ伯父の死を姪が謝らずにすむように、少しでもしてやりたかった。

「あげる」

先生は贋ホットドッグを泉にわたした。

「今でも洋平おじさんは泉ちゃんの心の中に生きてるわよ。わたしの心の中にも生きてるわ。みんなの心の中に生きてるのよ」

言ってから、

「なんちゃってね」

と、ぽんと泉の肩を叩いた。

斜《しゃ》に構えたい盛りの十九歳の当時は、自分がお定まりの表現で小学生を励ましているのが、少しきまり悪かったのである。

「このホットドッグは泉ちゃんが持ってて」

「ありがとう」

些《いささ》か埃で汚れてしまった贋のパンを、泉は真のパンのように両手で持ち、

「ありがとう」

帆布地の鞄にパンをしまった。

「お礼に先生には特別に秘密基地に案内する。もう一回、自転車に乗せて」

「へえ、どこにあるのかしら」

先生は泉を荷台に乗せて、彼女の言う秘密基地に向かった。

9

〈たから〉の敷地には草ぼうぼうのスペースがある。

「秘密だからね。見つからないようにね」

灌木と草をかきわけて、泉は先生を二階建ての倉庫に連れていった。階上は布団や漆器類といった湿気を避けなければならないものがしまわれ、階下は漠然と未整理のまま、いろんなものが置かれているという。

帆布の鞄から鍵を取り出して、泉は倉庫の戸を開けた。先に中に入ってがさがさと何かを

動かした。内部が明るくなった。

観音開きの大きな窓の下に布が落ちている。カーテンレールはなく、桟に布をひっかけて日除けにしてあったらしい。

大きな段ボール箱がある。YAMAHAのロゴが大きく印刷されている。

（そういえばお父さんがさっき、深芳ちゃんがオルガンを弾いてくれたと……）

オルガンの入っていた箱なのか。

「ここ」

泉はオルガンの箱を指した。

「デラックスでしょう。お父さんにもらったの」

泉は吉報のように先生におしえてくれるが、彼女の父母は、妹にはオルガンを与えて習わせ、姉には箱しかやらないのである。

「こうやって入る」

簞笥の抽斗に足をかけて、泉は段ボール箱の中に入った。先生も倣って入った。畳んだシーツが敷いてあった。

「へえ、すごいじゃない」

先生と泉は向かい合って、ぎゅっと膝をかかえた。

「お飾りもしてあるの」

箱の内側に、月と団子の絵が貼ってあった。

「すごくおいしそうな団子と、きれいな十五夜お月さまだわ。泉ちゃんは絵が上手ねえ」

「ううん。ミーちゃんが描いたの」

「そうか、深芳ちゃんの絵か……」

箱しか与えられない泉を先生はかわいそうに思ったものだが、後年、このとき泉が、絵もオルガンも深芳はとても上手なのだと先生につたえた、そのつたえ方に、自らを恥じる。妹の長所を他者に報せる姉には、どこにも妬ましさがなかった。妹に比しての自らに対する落胆もなかった。これに勝る豊かさがほかにあるだろうか。

「ミーちゃんたらこんなにおいしそうに描けてるのに捨てるっていうんだもの。だから、もらったの」

箱の内側には、婦人雑誌か何かのカラーページも切り抜いて貼ってあった。オムレツとサラダと巻き寿司。

「どれもおいしそうだね」

「うん。今日からホットドッグもここで食べられるようになった」

先刻、先生がやったイミテーションを、泉は膝の上に乗せ、にぎり、口の前まで持っていって、食べるまねをして、また膝にもどした。

「食べても食べてもなくならないホットドッグ」

「うふふ、じゃあ、今度わたし、コーヒーの写真をどっかから調達してきてあげるわ」

「ほんと？」

「写真サークル部員だもの。まかしといてよ」

こうして、コーヒーのないこの日、先生はまずは泉を撮ったのだった。

筆者が見せてもらった写真はそれである。

後日、彼女はコーヒーの写真を撮った。コーヒーの入ったカップが二組ある食卓。遠景で父母が睦まじくスプーンを用意している。これは〈信写論〉という長野県の写真愛好家グループ主催の、地元新聞社も後援する写真展で優秀作品に選ばれた。

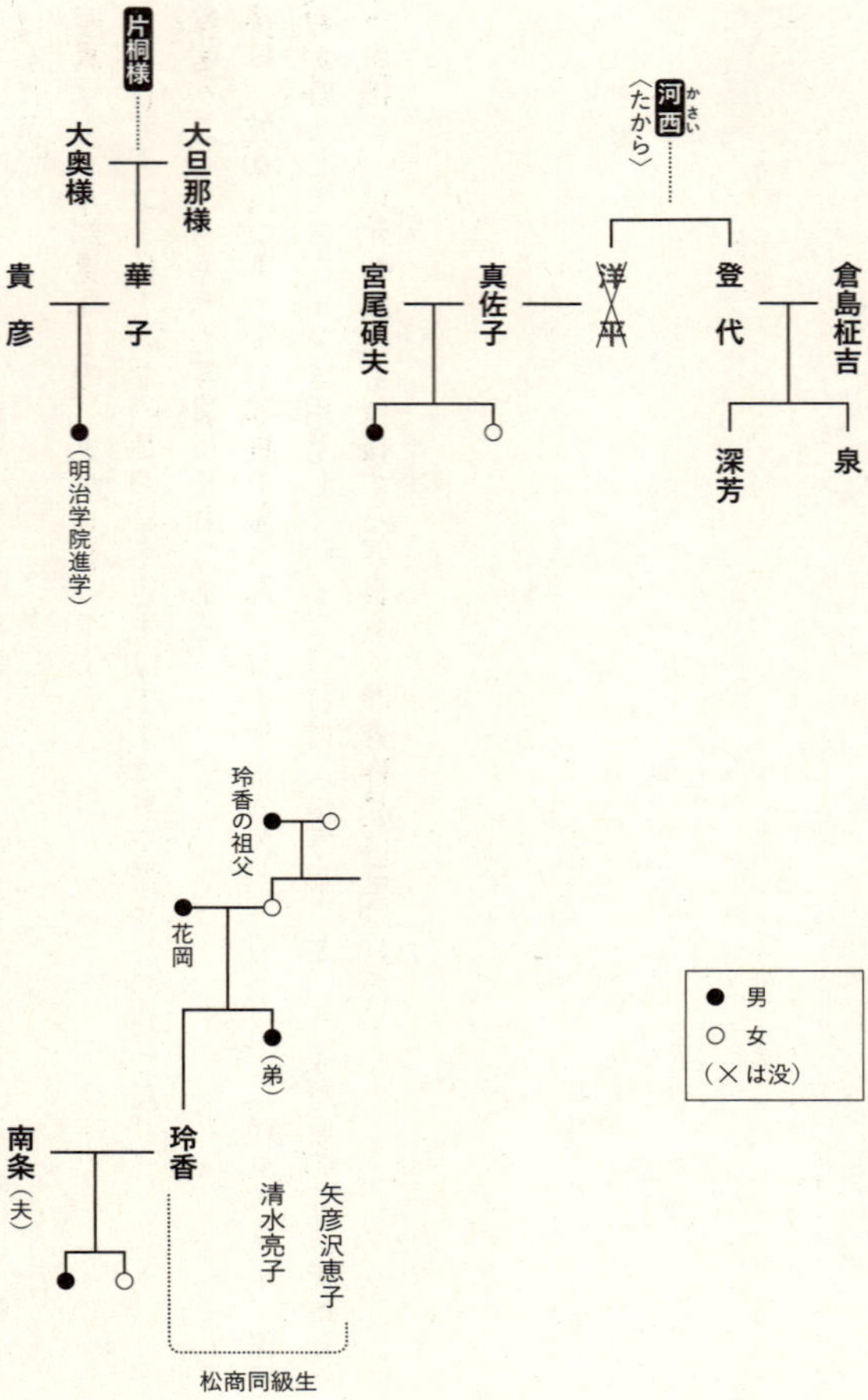

片桐様
大旦那様
大奥様
華子
貴彦
（明治学院進学）
河西《かさい》
〈たから〉
登
代
洋平
真佐子
宮尾碩夫
倉島柾吉
泉
深芳
玲香の祖父
花岡
（弟）
玲香
南条（夫）
清水亮子
矢彦沢恵子
松商同級生
男
女
（×は没）

3　はとこ同士の碩夫と真佐子

1

秘密基地に入るのに泉が足をかけていた箪笥は、短大生も不安なく足をかけられたほどしっかりした造りだった。

この箪笥は、現在は〈たから〉のオリジナル製品を保管するのに使われている。

「娘夫婦んとこに置いてあるのを見られたでしょう？　あれは権蔵《ごんぞ》の家の、先代がまだ若いころに作ってもらったんだ。おれが上田からこっちへ来たころは、権蔵の家で一番偉かったのは、権蔵の爺さんだったな。先代の親父《おや》っさん」

倉庫は権蔵の爺さんに建ててもらった。

「腕のいい大工で、洋平さんのお父さんからのつきあいずら」

宮尾碩夫《みやおせきお》が、権蔵《ごんぞ》の家と呼ぶ工務店は〈たから〉の近くにある。〈たから〉を建てるときも、改築するときも、ずっと権蔵の家に発注してきたのだそうである。

独身時代の碩夫は、上田から諏訪に移ってきて、この権蔵の家に下宿していた。

「洋平さんが死んでからは、うちの二階はレデース寮になってたから」

洋平の死後、〈たから〉の私宅の二階は、未亡人の真佐子と住み込みの仲居三人が起居する女子寮のようになっていたという意味である。

「おたくが見られるようにして下さったあの映画も、権蔵の家で建ててもらった倉庫に機械をしまっといたのがよかったんだな。傷もなくて、きれいな映画だったずら」

映画と碩夫が言ったのは、８㎜フィルムのことだ。長野県の歌のコンクールのもようを撮ったものだった。

富士写真フイルム社の「フジカシングル８」。昭和史に残るＣＭで有名な製品で撮ったフイルムを、筆者は碩夫から借りて〈ベイエリア〉に持ち帰り、ＤＶＤにする作業をした。それを返却するさいに、碩夫の家族（真佐子・康子《やすこ》・健《けん》）や、彼らの古い知人たちとともに見た。

宮尾碩夫は〈たから〉の前板長である。洋平の死後に板長を継いで七年経って真佐子と結婚した。現在は板長を長男の健が継いでいる。

「こんなんがまた見られるとは思わんかった。みんな、あんなに喜んどったずら、なあ」

碩夫は真佐子と同じ上田の出だ。二人は、父親と母親がいとこという親戚である。碩夫は真佐子より三歳年下。高校を出てからずっと上田市内の大きな料亭で働いていた。そんな親戚がいるのよと妻から聞いた洋平が〈たから〉に呼んだのである。一九六〇年の正月明けだった。

「洋平さんはいい大将だったけど、ようは知らん。おれが〈たから〉に来て、ほとんどすぐに亡くなってしまったから」

碩夫が来た年の四月に、洋平の不運は起きた。真佐子、登代、柾吉から頼まれ、碩夫は洋平に代わって〈たから〉の板長になった。洋平のことは《よう知らん》碩夫だが、泉と深芳の姉妹のことは、彼女たちが小学校四年と三年のころから見てきた。

「残りの弁当をセン坊がみんな食べてたな。うん、そういや、そんなことがあった」

町内会でバス旅行に行ったときのことを、碩夫は話してくれた。

食欲がないと言って深芳が弁当を半分以上残したのを、泉がみんな食べたというのである。

《おう、すごいなセン坊》

板場の者が、みなで言った。

「すると、セン坊は……ありゃあ、どう言やいいのかなあ……うーん、どう言やええずら……。どう言や……」

碩夫はしばらく考える。

「……そうだ。安心した顔をしとった」

誇らしげな顔ではなく、安心した顔。

「今でこそうちの旅館も、痩身美容によいとか、太りすぎを直すとかいう宿泊プランをプッシュしてるし、料理も多く出し過ぎんように細心の注意をしとるが、これは〈時代〉っちゅうやつずら。

あのころはよ、まだ、めしをうんと食べるのがいいことだったんだ。子供なんかだと、めしを残さず食べると健康優良児だつって褒められたんだ」

おそらく泉は、丈夫な子という役が自分に割り当てられた仕事だと心得ていたのではないかと碩夫は言う。

「板場のもんが外の流しんとこで魚の鱗を取ったり里芋を洗ったりしてると、セン坊はじいっと食い入るように作業を見とった」

碩夫は小さい丸い手をしている。指も短く、丸い。こういう手の持ち主は概ね、抜群に器用である。

「セン坊も指は短いずら。あの子は手を使うのが好きな子で、掃除やら洗濯やら草むしりやら何でもようしよう子だった……つうか、登代さんがセン坊にばっか用事をさせてたから。まあ、ミーちゃんが身体が弱かったんで……、しかたないな。

あのころなんてのは、今みたいに細かい作業ができるぴたっとした便利な手袋とか、効き目のいいハンドクリームとか、そんなもんないから、セン坊はトゲん中に手突っ込んだみてえにあかぎれをいつも作っとった。子供のころから婆あみてえな節くれだったガサガサの手をしとったずら。けどよ、昔の子供っつったら、みんなそんなもんだったずら」

　魚捌き、芋の下ごしらえを熱心に見ていた泉は、何でもよく食べる元気な子供であった。

「セン坊と違ってミーちゃんは食の細い子でなあ。おれが来たころはしょっちゅう熱を出したり咳き込んだりしとった」

　それが中学生になってから、めきめき元気になったのだという。

「自転車は危ないってんで、登代さんがミーちゃんには乗らさんようにしとったから、中学に歩《あ》いて通っとった。ちょっと遠かったもんで、それがちょうどいい運動になってよかったんだろうな。諏訪の温泉場あたりじゃミーちゃんは、名前を言わんでも、〈あのきれいな〉ですんどったずら」

「〈たから〉さんとこの、あのきれいな」「〇年〇組の、あのきれいな」「絵の上手な、あのきれいな」「オルガンを弾く、あのきれいな」。「あのきれいな」といえば、それは諏訪では深芳を指した。

「セン坊は朝食の支度をして片づけて掃除をして大急ぎで自転車を漕いで通学しとったが、ミーちゃんは姉ちゃんに剝いてもらった林檎とミルクの朝食を食べて、食べてすぐ動くと身体に悪いというんで、ゆっくり髪の毛をといて、ゆっくり歩いて通学するもんだから、そのへんの人がゆっくり観賞するチャンスがあった……」

　次からは碩夫と真佐子から聞いたことを中心に構成したものである。

2

……一九六六年。

五月下旬。

午後三時になる、少し前。

片桐家の大奥様が、手伝いの女性に包みを持たせて〈たから〉の私宅の呼び鈴を押した。三時前から五時前というのは、食べ物を扱う商いでは、店の者が休憩や用足しで外出する頃合いである。たまたま碩夫と深芳だけが私宅にいた。

「校長先生から伺いましたよ。深芳ちゃんにコンクールで着ていただいたらどうかと思って持って参りましたのよ……」

大奥様はジョーゼットのワンピースを差し出した。

「深芳ちゃんはきれいだから、映えるんじゃないかしら……」

きれいな深芳は、もうすぐ長野県の音楽コンクールに出場することになっている。小学生のときに団子を供えた十五夜の月の絵をクレヨンで上手に描いた彼女は、絵も上手かったが、歌はさらに上手かった。鈴をころがすような声という表現は彼女のためにあった。オルガン教室に通っていたので音程をはずさない。

片桐の大奥様は優勝を願って高価なドレスを持ってきて下さったのだった。片桐家の事業の一つである片桐物産はコンクールの協賛企業だった。

「ねえ深芳ちゃん、ちょっと着てみせてちょうだい」

「そうだそうだ、おれはコンクール当日には店があって行けねえから、こんな立派なドレスを着たとこだけでも見せてくれよ」

大奥様と碩夫に言われ、最初ははにかんでいた深芳だったが着替えてきた。

「まあ、コスモスのお花みたいだわ」

ぴったりな表現だ。やさしい色合いの、やわらかな生地は、するりとした身体つきの深芳が着ると花びらを纏《まと》っているようによく似合う。

「ほんとだ、お城の舞踏会に行けるずら」

「やだ、セキおっちゃん、大袈裟なんだから……」

うっすらとワンピースの色のように深芳の頬が染まる。いっそうコスモスのようである。

「ほんとに園遊会に行けるわ、深芳ちゃん。お洋服ってね、好みがあるから、贈るとなると難しいでしょう。よけいなことはしないでおこうかしらってずいぶん悩んだんだけど、見た瞬間に、これ深芳ちゃんにいいんじゃないかしらって思ってしまったのよ。先週、東京に用事があってね、華子《はなこ》と銀座に行ったおりに買ったの」

華子というのは片桐家の長女である。松本にある片桐邸に住んでいる。

「泉ちゃん、元気でやってるわよ」

片桐の大奥様が泉のようすをおしえるのは、泉がこの年の四月から華子の住む片桐邸に下宿しているからだ。松本にある松商学園という古い商業高校に進学したのである。

富裕の大奥様は、気まぐれに近く高価な新品の洋服を妹に贈ったように、姉には松商学園に進学するよう助言を与えたのである。泉に与えたというより、登代に与えたというほうが的確か。片桐夫妻は、登代と柾吉の仲人だった。

「深芳ちゃんも松本の高校に進学するんだったら、ぜひうちにいらっしゃってね。姉妹でうちにいらっしゃればいいわ」

登代にもそう伝えておいてくれと、大奥様は碩夫に頼んで帰った。

3

「松本の片桐様っていうのは……、戦前はこのへんの御領主様みたいな御大尽で、セン坊やミーちゃんが中学生だったころでもまだそんな雰囲気があったんだ。今だって、今なりに、まあ、そんな意識は向こうにもおれら庶民にもあるよ。なんせ経済力が違うから」

碩夫は、泉が松商学園に進学することになった経緯について話してくれた。

「片桐様の家っていうのは……」

片桐家は諏訪の郷士で養蚕を副業としていた。維新後まもなく繊維業で富を築いた。〈たから〉からもう少し湖より離れたところに入母屋屋根の大邸宅がある。

洋平・登代の兄妹が赤ん坊のころに、本家は松本に、分家は長野に越して、それぞれに西洋風の、これもまた豪邸を建てた。そのため温泉郷の者たちは、この名家を「松本の片桐様」「長野の片桐様」と、本家と分家を区別して呼ぶ。

諏訪の和風の屋敷は、一族の集まる法事や祝い事や、それに静養に、別荘として使われている。深芳にジョーゼットのワンピースを与えた本家「松本の片桐様」の大奥様は、片桐物産社長を入婿に継がせて会長職に落ち着いた大旦那様とともに、一年の半分を諏訪の別荘で過ごしていた。

《宮仕えやサラリーマンのお家ではないのですから、御長女さんは商業高校に行かれるのがよろしいんじゃないかしら》

大奥様は登代に言ったという。

「御大尽のお屋敷の、御隠居身分の会長の奥様にしてみりゃ、よその家の娘の進路について助言するというより、ふと思いついて、軽い気持ちで言われたんだろうよ」

大奥様はこうも言った。

《登代さんもうちにいたんですもの。娘さんがまたうちに来て松商学園に通うなんてすてきだわ。うちのことは親戚だと思っててちょうだいね。

松商のような伝統のある商業高校ですと、長野全域から生徒さんが集まるでしょう？　家が遠い生徒さんたちは、あちこちで下宿なさっているみたいですわよ。そういう方と同じに宅に下宿して、宅の姪にでもなったつもりで通われればよろしいわ》

もしかしたら三日後には、こう登代に言ったとは忘れてしまったかもしれないくらいの気軽さで。

「けどよ、登代さんには重大に響いたんだ」

登代は女学校を出たあとに、松本の片桐様の家にいたことがあった。

いわゆる女中奉公ではない。「尋常小学校を出た後に女学校に通える程度の家」の娘を、松本の片桐様の家に一年から三年ほど住まわせ、家事手伝いをさせながら、礼儀作法や生け花や習字のお稽古をさせる。そのうちに良縁を片桐様から紹介してもらうのである。こうしたことは戦前には、そして戦後は朝鮮動乱のころまでは、片桐家についてのある家にはよくあることであった。さりとてだれでもが住み込めるわけでなく、「松本の片桐様のお屋敷の出」であることは言わば箔であった。登代はこうして片桐様の家にいて、柾吉との縁談をもらったのである。

登代のあとにもう一人か二人、そんな娘がいたが、日本経済の成長とともにいなくなったようだ。

「登代さんは、センぼうを松商に行かせるかどうかっていうより、片桐様のお屋敷に三年間住まわせるかどうかをものすごく悩んでた……」

　そして碩夫に相談してきた。

「そんなこと、おれなんかに訊かねえで柾吉さんに訊けよと言ったんですよ」

《とっくに訊いた》と登代は言った。

「柾吉さんも、うちの（筆者注・真佐子のこと）も、そうしろと答えたって」

　申し出について碩夫が登代にさらに詳しく訊いてみたところ、会長夫妻の孫、潤一《じゅんいち》が春から東京の明治学院という信州ゆかりの文豪の出た大学に進学することになっていて、会長夫妻の長女である社長夫人がさびしがっている。それで思いついたことゆえ泉の下宿代などは不要である。八畳ある部屋に勉強机やベッドなど必要なものも用意するとのこと。

「それ聞いておれも二人と同じように、そうしろと答えた。いい話だと思った。セン坊はずうっとミーちゃんの陰になってるみたいなとこあったから、高校の三年間くらいはにぎやかな松本にいるのもいいじゃないかと思ったんだ」

　だが登代は何か気乗りしないふうであった。片桐家は格式を重んじるから大変だとか、今はああ言ってるが、いざ泉が住んでみればいちいち口うるさいのではないかとか、何とか碩夫に申し出を受けるなと言ってもらいたそうなのである。

「そりゃ格式のある家っていうのは気苦労もあるだろうよ。けど、それも含めて、おれはセン坊にはいい話だと思ったんだ。だって未来の〈たから〉の女将《おかみ》なんだから、名門のお屋敷に三年間も寝泊まりして行儀見習いできるのは勉強になる」げんに登代に、茶道、華道、書道、礼儀作法の心得があるのは「片桐様のお屋敷の出」だからである。

「そうだろ、と登代さんに言ったんだ」

するとぐずぐずと歯切れ悪く、言いわけのようなことを言ってうつむいていた登代がはたと顔をあげて言った。《だって泉を片桐様のお屋敷に住まわせるなんてことすると、片桐様と御縁づいて、あとで泉に縁談が来たりしない？》と。

「へんだろう？　すごく」

登代の心配は耳を疑うほど奇異に聞こえた。名家と懇意になれて、しかもそこから長女に縁談が来る可能性を、母親が厭うのは奇異ではないか。

「へんだと思うのはおれだけじゃないと思うよ。おたくだってへんだと思わんか？」

碩夫は登代に、泉に良縁が来るののどこが悪いかと訊いた。《だって泉は饂飩《うどん》喰らいだし……》、そう言ったあとは続かない。

「親っつうのは、自分の子をもうちっとなんとかしたいって欲があるもんだから、つい点数つけが辛くなってしまったんだろうが……」

それにしても片桐家からの申し出をはじめから断る必要はない。碩夫は登代に言った。

「今こうしてどうのこうの言ってたって松商は入学試験に合格しなけりゃ、いくら行きたくったって行けんずら。受けてみて合格したら申し出を受けたらええじゃねえかつったんだ。そしたら登代さんもあっさり、《そういやそうね》って。そんで、ものはためしでセン坊も受けて、合格したんでね……。

うん、そうだね、松商行ってセン坊はよかったよ。たのしそうだった。仲のいい友達もできたしな。そうだ、たしかミーちゃんの歌のコンクールに、その人もセン坊といっしょに来てくれて……、おまえ、その人といっしょに帰って来たんだったか？」

碩夫は真佐子に訊いた。

「いいえ、その方は泉ちゃんといっしょに来ることになってたんだけど、当日、急用ができて来られなくなったのよ。泉ちゃんは松本から貴彦様と二人で会場に直行したの」

真佐子は夫にではなく、筆者のほうに顔を向けて答えた。

歌のコンクールの時には、まだ彼女は碩夫と再婚していなかった。洋平の七回忌を済ませ、さらに月日を経て、親戚同士で幼なじみの二人は夫婦《みょうと》になったのだ。

これからしばらくは彼女から聞いた話が主になる。

4

筆者がＤＶＤにしたというのは、長野市で開かれた歌のコンクールの独唱部門で優勝した深芳をフジカシングル8で撮った8㎜フィルムである。

「片桐の貴彦様に頼んで撮ってもらったの……」

母方の血筋が公卿だという入婿の片桐貴彦様は趣味人の凝り性であった。切手収集の次は姓名判断、その次はボクシング観戦、そして続くは、ちょうどこのころの8㎜撮影だった。

この日、撮られたフィルムのほとんどはむろん深芳であるが、登代と柾吉、真佐子もけっこう写っている。深芳は貴彦様が、親族は泉が撮った。

土曜の夜に貴彦様からフジカシングル8の取り扱い方を教えてもらい、長野市のコンクール会場で、貴彦様とともに撮影役をしていた泉は、

《ワタシニモ　ウツセマス》

扇千景のCMコピーをおどけて真似していた。受けなかった。泉の声は小さかったし、何よりこの日は、登代も柾吉も、貴彦も真佐子も、深芳の華々しい活躍で頭がいっぱいであった。

《ワタシニモ　ウツセマス》

それでも泉は何回か念仏のようにコピーを唱えた。動いている人間を動いているままに撮影できる機械に興味があったようだ。

『荒城の月』を深芳は独唱した。8㎜フィルムに声はない。ステージの中央に立った深芳は、片桐の大奥様からプレゼントされた淡いピンクのワンピースを着ている。なるほど大奥様の

称賛のとおり、コスモスのように可憐である。

ほっそりとした身体に小さな顔がのって、そこにはらはらと花びらが散るように小さな造作が付いている。相対する者を圧迫しない、かろやかな容姿である。

深芳がフィルムから消え、かわって偉い先生らしき人が数人映る。胸に勲章のような名札をつけた、とくに偉いらしい先生が、壇上のマイクで口を動かす。大きく画面が揺れて暗くなる。と、金色のトロフィーと賞状を持った深芳が映る。画面はまたいくぶんぐらぐらする。深芳がまた映る。登代も映る。ハンカチで深芳の頰を拭いてやっている。

優勝しても、深芳にはひけらかす雰囲気がない。秋の日のコスモスのように、ひたすら可憐で、風にそよぐようだ。

「あのきれいな」「倉島さんとこの、あのきれいな」「歌の上手な、あのきれいな」といった別名というか枕詞とともに認識されていた深芳であったが、こうした表現が彼女についてまわりはじめたころ、姉の泉にも、別名のような枕詞のようなものがついてまわった。「妹とは違って」「下とは違って」「上の、きれいじゃないほうの」「上の、練習台のほうの」。

「だから……、松本の片桐様の申し出を受けるようにって碩ちゃんが登代さんに強く勧めたのはつくづく正解だったたって思っています」

真佐子は言うのである。

「映画を見れば、おたくもおわかりだと思いますが、ミーちゃんはこんなにきれいでしょ。

よくラブレターをもらうようになりました。その渡し役はいつも泉ちゃんでした。泉ちゃんはえぼつらないで渡してたわ。（筆者注＝えぼつる＝不機嫌でいじけるという意味の方言）

泉ちゃんは、ラブレターだとか男の人だとかおしゃれに無関心というか……、何てったらいいかしら……、興味津々になる的《まと》が、ほかの人と全然違うのよね。

ラブレターの渡し役をするにしたって、ふつうなら差出人を気にするでしょう。でも、泉ちゃんは、〈倉島深芳様〉と書かれたインクに雨がかかっても滲まないことをいつまでも気にしてたりするの」

真佐子は今でもよくおぼえている。

大雨の日に、他校の男子生徒が泉を呼び止めて深芳への手紙を渡してきたそうである。承知した泉が受け取るさいに雨が手紙に降りかかった。が、インクは滲んでいなかった。

《何でだろう？　油性マジックじゃなかったはずなの。万年筆……だと思ったんだけど、滲んでなかった。水に流れない特殊なインクが発明されたのかな。それとも前からあるの？　知ってる？　ねえ、伯母ちゃん、どう思う？　何でかな》

と、泉は一週間くらいずっとインクの種類を調べていたという。

「映画に泉ちゃんが映ってるとこ、もう一回見ます？　わたしが撮ったんですよ。コンクールが終わって、帰ろうとして、ホールを出るちょい前に。機械の使い方がよくわからなかったから、貴彦様に横についててもらって、ただ持ってただけなんだけどね」

画像再生機のスイッチをもう一度入れる。

泉が映る。

松商学園の制服を着ている。心配そうな顔をしている。当時の最新機器を持たされて緊張している真佐子を心配しているらしい。

画面が揺れる。撮り手の真佐子が揺れたのだ。

「このときね、貴彦様が裏声出して、女みたいにシャナシャナと扇千景の真似をされたのよ」

それで笑ってしまい手元が揺れた。泉も笑った。

その笑い方には特徴がある。

左足が三十センチほど後方に下がる。左手がグーになる。

右足も三十センチほど後方に下がる。右手がグーになる。

両のこぶしをグーにして、一瞬、顔が硬くなってこわばる。そして間をおいて、ようやく笑顔が咲くのである。

「寝ているときみたいな、くうくうって息を吐くのよね」

くうくうと小さな息で笑うのである。くふうと笑うのである。両手をグーにして。

登代と柾吉は泉のことを仏頂面であるとか、うれしそうにしないとかよく評した。父母にそう評された娘は、だが笑い方にこそ特徴がある。

「泉ちゃんはね、笑うのが人よりワンテンポどころかスリーテンポぐらい遅いから、みんな気づかないのね。泉ちゃんが笑うときには、もう、その場は別の話題になってるのよ」

吉事のさいには、皆はその出来事なりその人なり、中心を見ているわけで、泉のほうを見たりふりかえったりしない。

コンクールの独唱部門で深芳が優勝したことを、泉はいたくよろこんでいた。

「康子が生れたときも、健が生れたときも」

吉事に遭遇したときの泉はひどく感動するのである。たとえそのとき、自らには何らかの凶事がふりかかっていたとしても、吉事のほうに目を奪われてしまう。両手をグーにして、くうくうと息を吐く。

だからべつの言い方をすれば、泉はよく笑う人だった。

だが彼女が笑っているところを、たいていの人は見そびれる。

「これは映画だから写ってたけど、写真というと、もうまるで写っていないのよね。なんか撮られる瞬間にひっちゃる（筆者注・後ろに下がる）の」

現在とはちがい、かつては写真を撮るという行為は非日常なことであった。特別な贅沢であった。子供が勝手にカメラにさわることはできなかったし、だれかひとりを大きく撮るような機会は、見合いだとか入学・卒業だとかしかなかった。

写真といえば学校や地域の行事でのプロの写真屋の撮った記念写真、でなければ、旅行先での写真であった。旅行は非日常だから、素人写真とはいえこれもまた一種の記念写真である。なんの変哲もない日常生活を写すなどという無駄遣いを庶民はしなかった。記念写真を撮るときには、皆、かしこまって撮り手からの合図を待っている。「はい、いいですか」と声がする。すると泉の身体はびくっとして、亀が甲羅の中に首をひっこめるように肩をすくめてうつむいてしまう。

「頭のてっぺんとか、ひてぐち（筆者注・額のこと）しか写ってない写真ばっかりよ。泉ちゃんはお姉さんだからね、いつも妹を気づかってたのよ。だから泉ちゃんは松本に行ってよかったって言うの。お姉さんって立場を忘れて高校生活をエンジョイしてたと思うわ」

高校時代も泉の成績は良くはなかった。泉なりに懸命に勉強するのだが要領が悪く、真ん中より5〜7番下の席次が関の山だった。

独唱で優勝した翌年に、深芳は岡谷東高校に進学した。かつて諏訪の主力産業であった養蚕の技術を学ばせた女学校を母体とする女子高である。もうこのころ深芳はすっかり丈夫になっていたのであるが、かつての印象がどうしてもあるせいか、登代は彼女を自宅から通わせると頑固なまでに主張した。

「ミーちゃんも高校生になった年に、わたしと碩ちゃんは結婚したんです」

真佐子が籍を碩夫の宮尾に入れた。男性である碩夫を気づかって。

「おれはそういうことはどうでもよかったんだけど……。まあ、そんなわけで〈たから〉は、登代さんとこが本家で、おれらのとこが分家つうことにして、二家族で住みやすいように、権蔵《ごんぞ》の家に頼んで改築してもらったんだ」

諏訪大社に子宝祈禱までしてもらったのに洋平との間に子供ができなかった真佐子であったが、碩夫との間には、すでに三十半ばであったのにもかかわらず、すぐにできた。

「そんな年で初産だったから、とにかく健康でいてほしかったんで、上の娘は康子で、一つ下の息子《ぼうず》は健にしたんだ」

健康なのが一番幸せだと、碩夫と真佐子は夫婦互いに肯き合った。

4　高校でいっしょだった南条（旧姓・花岡）玲香

1

「へえぶちゃらざあ、って言うのよ。もう捨てようよ、ってこと」

南条《なんじょう》（旧姓・花岡《はなおか》）玲香《れいか》は教えてくれた。以下は彼女から聞いた話を構成したものである。

「わたしはずっと松本だけど、母が諏訪なのね。母方の祖父母の家が諏訪にあったの。岡谷東高校って、深芳ちゃんの通ってた高校の近くに」

玲香は泉の高校時代からの友人である。《へえぶちゃらざあ》と、やはり諏訪出身の夫から言われ、テープを捨ててしまった。

「だってオープンリールのテープなんて、今、どうやって再生するのよ。カセットテープだってもう再生するの大変だっていうのに。

えっ、８㎜で撮ったやつが泉ちゃんとこで見れたの？　そっかあ、文明の利器の専門家なら何とかしてくれたのかなあ。でも、それでもきっとダメだったわ。泉ちゃんとこの倉庫は保存がよかったのよ。わたしなんかテープを長いこと剝き出しで放っておいたもの。あれはダメよ」

玲香は一九六八年に、オープンリール式のテープレコーダーで、ラジオ番組を録音した。『パックインミュージック』という深夜放送を。

「泉ちゃんがよくリクエストのはがきを出しててね、よく読んでもらってたの。きっとまた読まれるわ、録音《と》ったげようって思って頑張ったんだけど……」

はがきを読まれるといっても曲名と名前と、ほんのひとことである。

「〈松商3—4の花岡玲香さんへプレゼントします〉とかなんとか、そんなやつ。それだけのことなんだけど、アラン・ドロンのナッちゃんの声でラジオで読んでもらえるのが、あのころはキャーってことだったの。とりあげられるとうれしくってうれしくって。だから録音したかったのよ。だってラジカセなんてまだなかったのよ。高三になってやっと売り出されたの。でも、あのころは、そんな新しい電化製品を高校生がすぐに買ってもらえなかったわ。あのころは、ラジオを録音しようと思ったらラジオの前にどでんとテレコを置いて、スイッチのとこに手をやって待ち構えて録音して、録音してるあいだは音たてないように抜き足差し足」

深夜にそんなに苦労して録音したが、その夜は泉のリクエストはがきは読まれなかった。

気を取り直して別の日にも、つごう四、五回は録音を試みたが、テレコの前で待ち構えた日にかぎって泉のはがきは読まれない。

「待ち構えてるときに、ちゃんと読まれたこともあったのよ。始まってすぐくらいに。それなのに、わたし、あわてちゃって操作をまちがえて……」

　朝は早くに学校に行かなければならない高校生だったから、そうそう録音ばかりにかまけてもいられず、結局、玲香が長く持っていたテープには、野沢那智と白石冬美の独特のかけあいによる番組と、玲香のくしゃみだけが入っていた。

「あのころのラジオって、そりゃあもう、おもしろかったの！　今のテレビのバラエティなんかとはダンチよ。今の深夜ラジオともダンチ。だって収録じゃない。あのころは生放送だったんだよ。笑わせてもらって励ましてもらった。だから結婚しても持ってたんだけど、聞けないんじゃ、持ってたってしかたねえずらって主人が……」

　夫に《へえぶちゃらざあ》と言われ、レトルトカレーの袋や、息子が搾りきったヘアワックスのチューヴといっしょにゴミ袋に入れて出した。

「朝、学校に来ると決まってラジオの話だった。パック派じゃないオールナイト派の子もいたわ。あのころは親に内緒でみんな、丑三つ時にラジオをこっそり聞いてたの。こっそり聞くのがまた、えも言われぬカイカンだったの。

　みんなせっせとリクエストはがきを出してたのに、泉ちゃんだけが抜群の確率で読まれてたのは、あれ、きっと泉ちゃんの字が読みやすかったからね」

流麗な筆跡ではない。だが正確でだれもが読みやすい文字。照恍寺の先生もそう言っていた。

「上の泉ちゃんは字が目をひいて、下の深芳ちゃんは外見が目をひいたの。わたしのお祖父ちゃんまで深芳ちゃんのことを知ってたのよ。わたしが松商に行ってたころは、お祖父ちゃんまだ元気だったんだ」

硬そうな、量の多い直毛の髪が、南条玲香の顔に一抹の少年っぽさを与えている。それが実年齢よりひとまわり若く映る。今でも「あのころ」のまま、「あのころ」の女学生のようである。十代の女学生のように、ぽんぽんとよくしゃべる。

彼女が話すと、話題に拘わらず聞いているほうはほがらかな気分になる。高校時代の泉もそうだったのだろうか。

「お祖父ちゃんたら、深芳ちゃんが岡谷東高校から家に帰る……あ、家って、〈たから〉さんね……、深芳ちゃんが家に帰るときにうちの前の道を通るころに合わせて門のそばの盆栽の手入れをしてたのよ。『水戸黄門』の入浴シーンをたのしみにしてるお爺さんっているじゃない、あれといっしょよ」

松本市内にあった玲香の実家にも、この祖父の住まう諏訪の家にも、泉は遊びに来たことがある。

「深芳ちゃんと二人で来たこともあったの。祖父は大喜びよ」

祖父は孫娘とその友人の三人を写真に撮った。

「これ。泉ちゃん、うつむいちゃってるわね。うちのお祖父ちゃんがシャッター押す直前に、《はいっ、深芳ちゃん》って、野太い声をものすごく大きくして言ったのよ。それでわたしは吹き出したみたいな顔になってるし、泉ちゃんはビクッとしたの」

亀が甲羅の中に首をひっこめるように、泉は肩をすくめてうつむいてしまった。

深芳は、姉を気づかったのか、首が泉のほうに少し傾いている。深芳にはその日が玲香と初対面であったため、手や手首が不安げである。それが彼女をか弱く見せる。

「お祖父ちゃんは孫と仲良しだった泉ちゃんのことはおぼえてなくて、歩《あ》いくのに不自由するようになった今でも深芳ちゃんのことはようくおぼえてるのよ。きれいな子だった、きれいな子だったって。もう、この写真は冥土の土産になるわね。

わたしは松商の矢彦沢恵子さんとか清水亮子《りようこ》さんのほうがバツグンの美人なのになあって思ってたけど、えーっとね、何ていうのかな……、うまく言えないんだけど……、どう言ったらいいのかな……、うちのお祖父ちゃんみたいに、きれいだって決める所にいるような人にウケる顔とか雰囲気っていうの？　深芳ちゃんはそういう美人だったの。

うんとね、うちのお祖父ちゃん、商工会議所の役員だったのよ。そういうとこって全国どこでも、ミスりんごとかミスお蕎麦とか決めるじゃない。ううん、違うのよ、商工会議所やミスお蕎麦はどうでもいいのよ……、要はいろんなミニ世界に、そのミニ世界のアイドルを決める、そのミニ世界では偉い爺さんが集まるような所があるってこと。そういう爺さんが集合する場所でウケるタイプっていうのがあるじゃない。わかるでしょ？　えー、なんでー？　わかんないかなあ……。まあ、いいわ、この話は。とにかく、諏訪のへんじゃ、深芳ちゃんはきれいなので有名だったの、あのころ」

　あのころ……。この一語は、若くなくなった者すべての胸をきつく搾る。

「あのころ、たのしかったわ……。今みたいに、女の子が大学や短大に行くのがものすごく当たり前ってかんじじゃなかったの。だから、あのころは高校時代が青春の真っ只中よ。え、今も？　そうか、そうだよね。そういや、うちの子もそうだった。でも自分の子供のことは、子供って見てるから、自分も同じ年齢のころにはどうだったかっていうふうに遠景から見られないのが親ってもんだから」

　高すぎず低すぎず、空気の洩れない聞き取りやすい声質である。

「ほんとにたのしかったの、あのころ。ああ、もどれるものなら、もう一回もどりたい。一週間でいいわ。一週間だけ、タイムマシンであのころにもどってみたいわ」

　あのころ、あのころと、玲香は繰り返す。

　彼女がたのしい青春を送ったあのころは、公害という文字が新聞や雑誌で目立った。ベトナムでは戦争が長く続き、日本経済は右肩上がりで、大学生はデモをして怒っていた。

あの時代については毀誉褒貶《きよほうへん》あろう。ただたしかに日本人が老若男女、現在より昂奮していた。そんな時代である。

「深芳ちゃんの事件も……、事件なんて言ったりしちゃいけないか……」

揉め事、と玲香は言いなおす。

「あんな揉め事も、あの時代のせいってところもちょっとあるかもね」

玲香は深芳の事件については祖父から聞いたという。

「かわいそうだって、お祖父ちゃんは言ってた。深芳ちゃんがじゃないのよ、泉ちゃんを」

つねに妹と比較され、妹より劣っていると評定される姉。祖父の話によると、男だけが集まるような場では、《あそこのぶさいくな姉は、あのきれいな妹がこの世に出るための予行演習だった》と口さがないことを言う者さえいたらしい。

「そんなことを言われて、あんな揉め事になって、それで泉ちゃんのことをかわいそうだってお祖父ちゃんは言ってたんだけど、でもね、泉ちゃん、いつもたのしそうだったよ。え、わたしといたから？　そう言ってもらえるのはうれしいけど……。ほかの人にもそう映ってたと思うよ。ちょっとね、コツが要るんだけどね」

泉がたのしんでいるのだとわかるには泉の癖を知っておく必要があるのだそうだ。

「あの人、すぐ目をつぶるのよ。私よりおしゃべりな亮子さんとかが一気にまくしたてると、一所懸命人の話を聞いて、そのうち人の話に夢中になって目をつぶるの。つぶらなくても、俯《うつむ》き気味にじーっとしてるの。慣れない人にはそれが仏頂面だとか無愛想に思われがち。人の話を聞くのがすごく好きなのに聞きベタというか。

クラスの子はみんな慣れてたから、ちゃんとわかってたと思うよ。片桐さんのお屋敷の方もわかっていらしたんじゃないかな。泉ちゃんはお屋敷でかわいがってもらってるんだなって、少なくとも私は思ったよ。ソニーの、何とかいう名前の性能のよいラジオを泉ちゃんに買ってあげたのも片桐さんだもん」

元服年齢十五歳の泉は松商合格祝いに、睡眠学習機ではなくソリッドステートイレブンという愛称のトランジスタラジオを、貴彦と華子から贈られた。

十代の女生徒たちにとって、外国映画に出てきそうな片桐家の洋館はあこがれの的であった。玲香はこのお屋敷に泉を訪ねるのがうれしかった。

2

……一九六八年。

松本の片桐邸。

この屋敷を訪れるときは、泉の部屋ではなく、シャンデリアのぶらさがったドイツ天井の応接室で会うことを花岡玲香は望んだ。この部屋に入れるのがたのしみだった。玲香はいつものように紅茶とバームクーヘンを出してもらった。

「泉ちゃんのクラスメイトさんですもの」

と在宅時は、家政婦ではなく華子様手ずからワゴンをしずしずと押してきて下さり、ごきげんようと挨拶をしてくださる。

〈たから〉に遊びに行ったときに、登代は華子様を《権高だ》と評していたが、玲香には気前のよい印象の人であった。もちろん「さすがに上品」だとも思っていた。

華子様とじかに接する機会が玲香にはさほどないから、泉を見てそう思っていた。松商に入って一年からずっと同じクラスの泉は、他の生徒の中にあって挙措がきわだって上品だったからである。あるときそれを褒めると、泉は恐縮して玲香に大学ノートを見せてくれた。

〈行儀ノート〉とマジックで記されている。

辞儀の仕方やその角度、履物の脱ぎ方そろえ方、箸の持ち方、上げ下げ、箒の持ち方さばき方、雑巾のしぼり方、衣服の畳み方、干し方、等々、日常の挙措の作法について厳しく、時には、叩いて間違いを叱責するほど、華子様は泉を躾けた。華子の教えを、泉はノートに書いておぼえて身につけていたのである。《サッと一回でおぼえられるとよいのだけど、私は何でもニブいからノートに何度も書いて復習をしないといけない》と言っていた。それで、

（そうか、華子様を見習うから上品なのか、さすがは名門の奥様だ）

と玲香は、泉を通して華子様に感心したのだった。

厳しい奥様と同じ屋根の下で暮らすのは気疲れしないかと玲香が泉に訊くと、

《しない》

いたって簡明な返答をした。《華子様は間違ったら間違ったと言い、よくできたらよくできましたと褒めて下さるので疲れることはない》と。

「泉ちゃんとおそろいよ」

今日はパイロット万年筆を華子様からいただいた。

「泉ちゃんにさしあげた物も、それも、どちらも新品ではないの。ほら、このあたり傷がついているでしょう。プレゼントだなどと言えるものではないんです。だからお二人とも、きらくに使ってくださるとうれしいわ。よく使って、お二人とも御学業に励まれませ」

「はい、ありがとうございます」

「ありがとうございます」

玲香と泉は二人で頭を下げた。

「夜中のお勉強のとき、ラジオの深夜放送に夢中におなりになりすぎませぬよう」

「はい、そうですね」

「はい、ほんとです」

玲香と泉が同じように、同時に返すと華子様は笑った。痩せぎすで肉が薄い華子は、笑うと皺がたくさんできる。だが、尖った鉤鼻《かぎばな》を持つ華子の、人によっては険のあると見る顔は、皺ができるとかわいらしくなる。

「では、ごゆっくり」

華子様が応接室を出て行くと、泉はドアを開けた。ドイツ天井の広い応接室にはドアが二カ所ある。台所からつづく廊下側と、玄関側と。泉は両方のドアをわずかに開けた。

「それ、エチケット?」

玲香は訊いた。

「まあ、そう。私はこのお屋敷の人ではなくて、しばらくおいていただいているという立場で未成年なわけだから……」

泉は目を閉じる。

「……その立場で友人の花岡さんと会うにあたり、提供していただいている二階の私のお部屋ではなく応接室を使うとなると、ここが使用中であること、使用者が淑女として公明な態度でいることを、さりげなく示すためにドアは少し開けておくこと」

〈行儀ノート〉に記したことを思い出しているのか杓子定規な説明のような口調になった。

「淑女として公明な態度って、どんなの?」

「………。バームクーヘンを小さく切ってぽんと放り投げて口で受けないとか」

「ドアを閉めたらさっそくそんなことする人いないわよ、高校生にもなって。小学生でもあるまいに」

「小学生のころはした？　花岡さん」

「した。落花生なんか」

「私も」

箸が転んでも、バームクーヘンが落ちてもおかしい年頃の二人はよく笑った。

「礼儀作法や生け花を奥様に教えてもらってるのなら、そのうち泉ちゃんもお習字の段がとれるんじゃない？」

華子はS流派の書道師範でもあった。

「ううん。お習字だけは教えていただいてない」

「えーっ、せっかくなのに、どうして？」

「ひとつきほどは教えていただいたのだが、私の手《て》蹟は硬筆の癖がついてしまっているのだって。それは悪いことではなくて、ペン書きに向いてるってことだから、自信をもってペンで書いておゆきなさいって、それで万年筆とボールペンのセットを下さったの」

「そうだったのか。じゃあ、わたし、ほんとに便乗しちゃったのね。おそろいの万年筆で那智チャコパックにまたリクエストしよう」

「花岡さん……、今日は見てほしいものがあるのだが……」

「なあに、あらたまって」

「中間試験の終わった日に矢彦沢さんたちといっしょに大安楽寺に行ったでしょう？」

大安楽寺というのは大きなわらじが飾ってあるので有名な寺だ。そこで泉はわらじに見入っていた。

「あんなに大きいから目の仕組みがよく見えたじゃない？　自分でも編めるんじゃないかと思って、郷土資料館と図書館なんかに行って調べた」

『わらじの編み方』という大判の本があった。古い本だった。顔を近づけると黴《かび》くさかった。住所と名前を書けば三週間貸してくれるというので借りて帰った。煤《すす》けて色あせた本であったが、図解や説明文がわかりやすかった。

「それを見て編んだっていうの？」

「うん」

「だって、藁は？　藁はどうしたの？」

「そこなんだ！　藁じゃないもので編んだ」

得意気な泉。

「藁じゃないもの？」

「そう。ぜひ見てほしい」

玲香が返事をする前に、泉は応接室を飛び出し、不要になった手拭いやハンカチを裂いて紐にしたもので編んだわらじを持って来た。

「へえ、色がまちまちだから、かえってきれいになるのね」

「うん。前に一度、教えてもらったことがあった」

〈たから〉に宿泊していた客が、親切に教えてくれたという。

「わらじは、昔の人が履いていたんだよ。昔の人はみんな編んで履いていたんだよ。昔の人が編んだように編んだら、今なのに昔のようにわらじができて、履けるんだよ。タイムマシンで昔の物を今の世界に持って帰ったみたいじゃない？」

「じゃあ木の枝を板にキリキリ摩擦させて火をおこすのもおもしろい？」

「うん」

「エッ、まさかおこしたの？　火？」

「おこしたかったのだけど、何度やってもダメだった。きっともっと力が要るのね」

「まさか、ほんとにおこしたとは……」

「擦り方が足りなかったのかな……」

　泉は壁の一点を見つめて黙りこんでしまった。緻密な装飾をほどこしたシャンデリアがぶら下がった応接室で。過去に試みた火おこしがうまくいかなかった原因を考えているらしい。こういうことが泉にはよくある。何か良いことに出会ったり、良かったこと、興味深かったことを思い出したりすると、固まったようになってしまうのだ。

　たとえば……、体育の授業中に鉄棒の得意な生徒がくるくると大車輪の演技を披露したとき、英語の得意な生徒が外国人のようにテキストを読んだとき、口笛の得意な玲香が複雑なメロディの歌を奏でたとき、泉は固まったようになる。

目にしたものの良さに感銘しきるのである。

我を忘れて、良いことに感銘するのである。他者の誉れに心から敬服して感動するのである。あまりに感銘するので顔の皮膚が全体にこわばって、無愛想な表情に見えてしまう。こわばって無愛想なまま、両手をグーにして対象に見とれる。ごくごく近くにいた者だけが、こんなときの泉が、くうくうとあえかな息を吐いているのに気づく。

玲香はそんな泉に慣れていたので、いつもの調子の友の傍らで、華子様が出してくれた極上のバームクーヘンを食べ、樫の棚の上に飾ってあった貴彦様が過去に熱中した切手収集のコレクション・ブックを見ていた。

3

片桐邸は年頃の娘の憧れであったから、玲香はここで、姉を訪ねてきた深芳と会うこともよくあった。

「でも、来なくなったの」

姉が高校三年の一学期の期末試験のあとから、深芳は片桐邸に来なくなった。どうしたのかと玲香が泉に訊いたところ、《私の勉強の邪魔になるからって言ってたけど……》と泉もよくわからぬふうであった。とはいえ諏訪では会えるわけだから、とくに気にはしなかった。

後年、玲香だけが、ある初夏の日のできごとについて知る。

「上の子が生れたころ、母が転んで骨折で入院したの。そしたらすぐ主人の母も腎盂炎で入院して……」

玲香本人も初産の疲労がひどかったので、短期間だけ家事を手伝ってもらう人を頼んだ。

「名前は伏せておくわ。Aさんでいい？」

ふとしたことでAさんが、若いころに片桐邸でお手伝いをしていたことがわかった。

「わたし、あのころがなつかしくて、じゃあ、あのすてきなお屋敷で会ってたかもしれないわねってAさんに言ったの」

するとAさんは、華子が厳しくて気づまりだったから辞めたと言った。

「泉ちゃんのお母さんもさあ、Aさんも、華子様のこと、権高だとか厳しいとかって言うんだけど、わたしも泉ちゃんといっしょで、ぜんぜんそんなふうに思わなかったのよ。そりゃ、きちっとした方だとは思ってたけど……」

率直に玲香がAさんにそう言うと、彼女は当時の自分が見たできごとを話した。

「わたしたちが高三だったとき、Aさんはね……」

その年の初夏に玲香本人が見たことと、Aさんの話を照らし合わせると、次のような次第になる。

④

土曜。

……一九六八年。七月。

一学期の期末試験の最後の科目は英語だった。department。この名詞を訳して、形容詞形を記せ。これが最後の問題だった。

部門。課。省。departmental。玲香は、泉やほかの同級生といっしょに、売店で買ったパンと牛乳の昼食をとりながら解答をたしかめ合い、おしゃべりに興じていた。試験が終わったことでほっとして、みな、ずいぶん長く教室に残っていた。

そのころ。

前日で期末試験を終えた深芳は、片桐邸に姉を訪ねてみた。約束はしていなかった。

「いらっしゃいませ。お姉様はまだ学校からおもどりになっておられません」

片桐邸の玄関で深芳に応対したのはAである。

「どうぞ深芳さん、お上がりなさいな。泉ちゃんはすぐにもどりましょう」

華子が奥から出てきて、Aに飲み物の支度を指示した。

(奥様は、泉のことは泉ちゃんと呼ぶが、深芳のことは深芳さんと呼ぶ。自分のこともAさ

んと呼ぶ。もう一人のお手伝いさんのことは、ちゃんをつけて呼ぶ。奥様は気難しい人だ）Ａは思いながら、

「こちらへ」

深芳をまず、玄関の前のドアから応接室に案内し、窓を開けた。

「ドアは少し開けておくものなのですってね」

泉からそう聞いたと深芳はドアを少し開けてＡに言った。

「へえ、さようでしたか」

Ａと深芳が話していると、

「やあ、いらっしゃい」

廊下側のドアから貴彦が入って来たので、Ａは彼と入れ違いで応接室を出た。ドアを少し開けて。

「深芳ちゃんも試験だったの？」

「それは昨日で終わって、今日は校庭の草むしりだったのですが、適当に口実をつくって早引けしてきたのです」

「そうか、ズルしちゃったんだな」

貴彦と深芳の話す声、カシンとスプリングの軋む音を、Ａは聞いた。ふりかえる。貴彦は深芳の隣にすわっていた。家人用の一人掛けのソファにではなく、客人用の長いほうのソフ

ァに。並んですわっていた。

（……）

Aは二人をもっと見ていたいと思った。小走りで台所に向かい、カルピスの用意をして盆にのせると、

「わたくしが持っていきます」

すっと台所にやってきた華子が、すっと持ち上げて、行ってしまった。

Aはカルピスの瓶を戸棚にしまい、製氷皿に水を入れ、台を拭き、気づいた。

（あ、ストローを忘れた）

ストローを持って応接室に向かった。台所からそのまま応接室へつづく廊下ではなく、サンルームを抜けて玄関に行ける廊下から。そこを足音をたてぬように歩いた。Aは応接室から離れたくなかった。カルピスも自分で持ってゆきたかった。なぜかはわからない。いらっしゃいと貴彦が深芳のそばに寄ったときから、応接室の様子に好奇心がわいたのである。

サンルームを抜けるとき音楽が聞こえてきた。Aに曲名はわからない。何かわからない高尚な音楽。サンルームの大きなゴムの木の鉢植えの陰から応接間のほうを窺った。

（奥様だ）

応接室の前に華子が立っている。盆を持ったまま。

Aはさらに足音をしのばせ玄関を過ぎ、次にはコートかけと柱の陰に立った。高尚な音楽

は、情熱的な楽器が情熱的な旋律を奏でるクライマックス部分になっている。それがAの足音や衣ずれの音を隠した。

貴彦が見えた。貴彦が深芳を見ているのが見えた。高尚な音楽がやんだ。じいじいじい。針だけがまわる音。じーっ。蟬が飛んでいった。七月の午後二時。じっとりと暑い。深芳は貴彦にじっとりと見つめられているのを感じている……。感じているはずだとAは感じた。顔、喉、胸、あし。あし、臀、胸、喉、顔。視線が上から下へ動くと、また下から上へ動く。

「深芳ちゃんは、きれいだねえ」

「そんな……」

深芳の頰がぽっと染まる。

廊下側のドアがノックされた。開いた。背筋を伸ばした華子が入ってきた。もとよりまっすぐの姿勢は反り返ったようになっている。

Aはサンルームにかけもどり、台所をぬけ、令夫人と同じコースで応接室まで行き、ドアの前で声をかけた。

「ストローをおつけいたしますのを忘れまして、持ってまいりました」

「ああ、そうだね、ありがとう」

貴彦の声がした。応接室に入った。そのときはもう貴彦は立っていた。立ってレコードのジャケットを見ていた。

「おそれいります」

深芳はAに頭を下げる。Aはストローをグラスの横に置く。

「お飲み」

レコードを片手に持った貴彦が、やや腰を折ってコースターごとグラスを深芳の前に押す。

「ありがとうございます」

深芳は貴彦に頭を下げる。

「深芳ちゃんは、お姉さんとちっとも似てないね」

貴彦は華子のほうに顔を向けた。

「登代さんに似てますよ」

華子は深芳のほうに顔を向けた。

応接室は静かだった。

Aは盆を腹に当てて、主人のどちらかが自分に、何らかの新たな用を言いつけるのではないかと待っていた。

そこに泉がもどってきた。

「あっ、ミーちゃん、来てたの？」

「ちょっと前に」

深芳はソファから腰を浮かせた。

「深芳ちゃん、今日はうちで食事をしていくといい。泊まってゆけばいいじゃないか。明日、日曜だから二人をどこかに連れていってあげるよ」

貴彦は深芳に泊まることを勧めた。

「そうなさいな」

華子も勧めた。勧めたのに、

「そろそろ潤一がもどってきますのよ」

一人息子が東京から帰省することを、貴彦に告げた。

「昨日、電話があって、デモをするとか物騒なことを言うので、わたくし、一生懸命とめたんですの。あなた、潤一がもどってきたら、男親としてゆっくり将来のことなどについてアドバイスしてやってください」

「アドバイスねえ……」

貴彦はレコードの棚から、さらに一枚のＬＰレコードを抜き、妻のことばを流すように、またレコードを棚にもどした。

この日の気温と湿度のように、五人ともじっとりと手持ち無沙汰になった。

「そうだわ、泉ちゃん、まだ日が高いのですし、着替えたら深芳さんとふたりで、駅前のにぎやかなところにでも行ってきたら？　試験も終わったのだから」

じっとりとした静けさを、華子がさっくりとやぶった。

「そうですね。ミーちゃん、そうしようか？」

姉に訊かれ、妹は肯く。

「カルピスを飲んでちょっと待っててくれる？　私、私服に着替えてくる」

泉は自分にあてがわれている、かつて登代も寝起きした二階の西の角の部屋に行った。貴彦は書斎に行き、華子も部屋を出、深芳は氷がすっかり溶けたカルピスの残りを飲み干した。

「どうもごちそうさまでした」

立ち上がり、空のグラスをAが持っていた盆にのせた。

「わたし、お玄関を出たポーチのところで待っています」

「もうじきにいらっしゃいますでしょう」

Aは深芳について玄関側のドアから出た。つまさきを靴にいれかけた彼女に、靴べらをわたす。深芳が玄関のドアを開けかけたとき、華子が玄関に出てきた。

「Aさん、もうよろしくってよ。お台所であなたも何か冷たいものをお召し上がりなさい」

「はい」

Aは玄関に立つ二人を背にして台所のほうへ向かった。向かって、そっと応接室に入り、応接室の、玄関側のドアのそばにほんの三十秒、いや、ほんの十五秒ほど立っていた。

「深芳さん」

華子の、息をひそめたような声がした。Aは耳をそばだてる。

「今後、二度とうちに来ないで下さる？」

内緒ごとを囁くような甘い息づかいで、冷たい声がした。

深芳の顔から血の気がひいているにちがいない。自分に言われたわけでもないのに、Aは確信した。Ａ自身がそうだったから。

（やっぱりね……）

なぜだろうとはＡは訝しがらなかった。

「姉妹ですから仲がよろしいでしょ。諏訪とちがって松本は都会だから、ついいっしょに遊びたくなって、互いに勉強に身が入らなくなります」

そんな理由ではない。Ａは思う。たぶん深芳もそう思っているはずだ。

「長いお休みのときに諏訪で存分に姉妹で御一緒なさいよ。よそさまのお嬢様をおあずかりしている責任が宅にはあります。泉ちゃんの成績が落ちては、宅が恥ずかしいわ」

ぜったいにこれが理由ではない。Ａは確信して応接室を出た。ずっとその部屋にいるわけにはいかない。

三十分ほどすると、勝手口から泉がひとりでもどってきた。

「あら、もうお帰りに？」

Ａは生ゴミを捨てているところだった。

「バス停までいっしょに行ったのですが、ミーちゃんが頭が痛くなってきたと……」

片桐邸にもどって泉の部屋で夕食まで横になっていてはどうかとすすめたが、そこにちょうどバスが来た。深芳は飛び込むようにそれに乗って帰ってしまったという。

「何だか慌てていました」

「さようでしたか。きっと、ご自分の慣れたお家の、慣れたお部屋でゆっくりされたかったのでしょう」

Aは自分が盗み聞きしたことを洩らしはしなかった。

「今日は暑いのでバテてしまわれたのですよ。お家でくつろいでいらっしゃれば、深芳さんもじきに元気になられますよ」

「そうですね、きっと」

泉はAが自分を励ましてくれていると受け取ったようだった。

5

玲香の家を手伝っているときも、Aさんは郵便物や訪問客や電話に強い興味を示したという。

「悪い人じゃないのよ。よくないことはしなかった。好奇心旺盛なのよ。それで……家の中のこと手伝ってもらうのには、ちょっとやりづらくて」

だからかえって、Aさんのしゃべったことは、でまかせや絵空事ではないと玲香は思うのである。

「深芳ちゃんがさっさとバスに乗っちゃったって日のことが、結局、アレになる原因だったのよね、今からするとね」

アレというのは、先刻、玲香が「深芳ちゃんの事件」といった、ある揉め事のことである。

「そんなことがなけりゃ、もっといくらでもスムーズに事が運べただろうに、気にしちゃったから、めちゃくちゃ大事《おおごと》に揉めたんだわ」

玲香は壁にかかった時計をゆびさした。

「あれ、深芳ちゃんの結婚式の引き出物だったのよ。わたしは式には出席しなかったんだけどね、泉ちゃんが持って来てくれたの。あなたの会社はデザインもなさってるのでしょう？あれ、あのころの品にしてはしゃれてない？」

二十センチ四方ほどの、石膏のような白い盤に、銀色の針だけがついている。数字はない。

「揉め事があったって、けんかしたって、なんだって、たのしかったわ、あのころはね」

あのころ……、深夜放送を聞いて夜更かしし、定期試験の出来に喜んだり悲しんだりしていた彼女たちの日々は、揉め事を孕みながらも、おっとりと過ぎていった。

泉が高校を卒業したのに一年遅れて、深芳も卒業した。

卒業後数年、泉は片桐物産で事務員をしていた。

深芳は週三日は、諏訪駅前のオルガン教室で、補助オルガン教師のような、習いに来る子供やその子供たちを送り迎えする親の受付係のようなことをしていた。週二日は、〈たから〉の宿泊客に、挨拶をしてまわった。まわって私宅棟にもどると、袂にたまった客からの心付けの合計は、オルガン教室での手伝いをしての報酬より多かった。

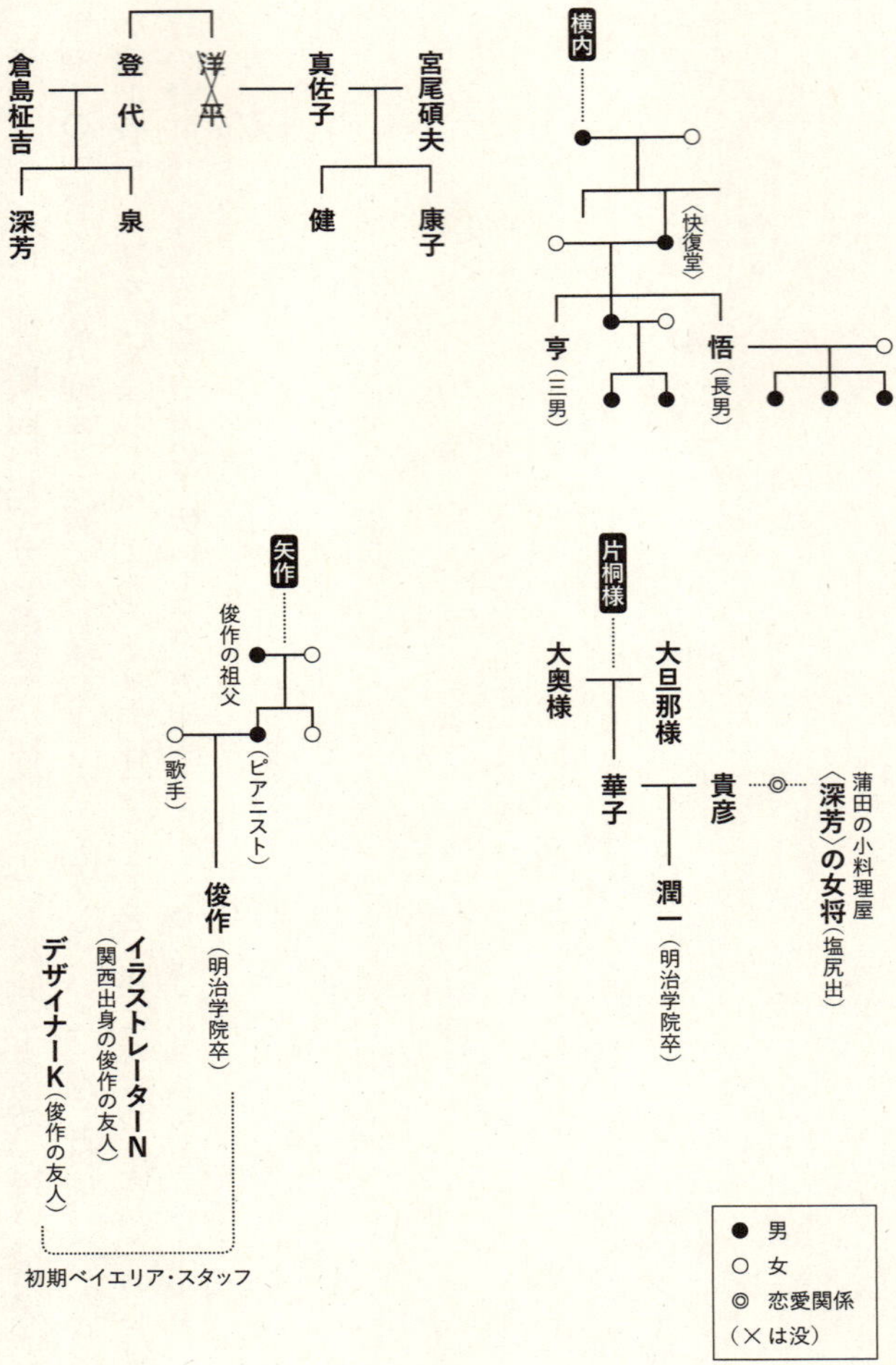

横内
〈快復堂〉
亨（三男）
悟（長男）
宮尾碩夫
真佐子
康子
健
洋平
登代
倉島柾吉
泉
深芳
片桐様
大旦那様
大奥様
華子
貴彦
潤一（明治学院卒）
蒲田の小料理屋〈深芳〉の女将（塩尻出）
矢作
俊作の祖父
（ピアニスト）
（歌手）
俊作（明治学院卒）
イラストレーターN（関西出身の俊作の友人）
デザイナーK（俊作の友人）
初期ベイエリア・スタッフ
● 男
○ 女
◎ 恋愛関係
（×は没）

5　快復堂の横内兄弟

1

深芳に、〈快復堂〉の三男である横内亨《よこうちとおる》との縁談が来た。

週三日のオルガン教室の手伝いをするようになってから、深芳には毎月のように縁談が来た。まだ早いからという理由で、両親は断っていた。

「本音を言や、深芳の器量ならもっといい条件の男がつかまえられるって思ってたんだよ」と、過日に取材をした柾吉が言っている。「いい条件」というのは、飛び抜けた経済力というよりはむしろ、深芳を両親のそばにおいておける環境であった。いくら大金持ちでも北海道や九州はむろんのこと、上信地方の家に嫁がせるのさえ気がのらなかった。

横内亨との見合いには応じる姿勢を見せたのは、〈快復堂〉が塩尻で店をかまえていたからである。〈快復堂〉の店名と重々しげな看板を、柾吉も登代もよく知っていた。しかも釣書と写真を持って来たのは、片桐の大奥様だった。

大旦那様の膝がしくしく痛むことがあり、レントゲンで調べたがとくに異常はない。煎じ薬とほねつぎと鍼《はり》と灸《やいと》の治療をする〈快復堂〉のことを耳にして、塩尻に行ってみた。

松本と諏訪を結ぶ在来の中央線。諏訪から数駅だけ松本寄りが塩尻駅である。

鍼灸は定期的に続けてこそ効果があるということで、塩尻から横内亨が毎週、諏訪の邸まで出張鍼灸に来るようになった。この章は横内兄弟と、それに先の真佐子、そして片桐華子から聞いた話をもとに構成してゆく。

2

横内亨は三人兄弟の末の弟だ。店を継いだ十歳上の長兄は悟《さとる》。七歳上の次兄もいる。

「みんな男だ。兄貴んとこの子まで男。つまりもう店の継ぎ手はすでにいたわけ。なら、おれは何でどこか会社に勤めなかったんだろう……」

横内兄弟の祖父は膏薬を売っていた。〈快復堂〉を漢方の店にしたのは父親で、長兄が店を継いだ。次兄は接骨の、亨は鍼灸と按摩の技術を修得した。

「今からすれば、そういや何でだろうって自分でも思うんだが、あのときはなぜか迷わなかったんだ……。兄貴の店をもっと手堅くしてやろうと弟なりに思ったり、サラリーマンって定年があるのがいやだなと思ったり、柔道部だったから整体やってたし、まあ、ぜんぶ合わせて自然に……」

週に一回ないし二回、塩尻から諏訪まで亨は通った。そのさいに深芳を見かけた。諏訪の町民浴場の前の庭のベンチで。深芳は手紙のようなものを読んでいた。駅前の貴金属店のウィンドーの前で。深芳はガラスを鏡にして髪をなおしていた。

お、と思った。深芳を見かけた男性がみなそうであるように。

しかしそれだけで妻に望むほど、亨は優雅な身分ではない。生れたときからすべてを持っていて、これからもそれらを所持することを保証された資産家の二世や三世ではないのだ。

片桐邸の勝手口の前で見かけたこともある。深芳は長い髪の一部を別珍のりぼんでゆわえ、塀から枝が出た七竈《ななかまど》を見上げていた。

「その時は、横に泉さん……泉がいたんだ」

亨は、泉のほうが年下だと思った。

「赤い実がなってるのを深芳さんと見上げてた。右手も左手もぎゅうと握ってたんで、小さい子供がふんばってるみたいに、いやに熱心に実を見てたもんで……」

全体的なようすが、深芳より年下に見えた。

《あれは？》

勝手口で、亨は諏訪片桐邸の家政婦に訊いた。

「それで、旅館の長女だと知ったわけ」

深芳が姉だと亨は思い、長女になら〈たから〉という料亭旅館が付いているだろうと思い、長兄の悟に頼んだ。養子入りする縁談をまとめてもらえないかと。

「あなたはおれを打算的だと思いますか？　もしおれが打算的なら、つきあっていたけど長男だから結婚はやめた、なんていう女性だって打算的だ。恋愛や結婚だけじゃない。大学の先生だって芸術家だって、どの派閥に属すべきか、だれに阿《おもね》るか、世の中の人はみんな常に打算で行動しているじゃないですか」

横内兄弟には信州大学医学部卒の勤務医の遠縁がいる。

「その人はずっと東大医学部の派閥にもげえ目（筆者注・苦い目）に遭わされて、自分の息子は中学から東京に行かせましたよ。それ、打算的ですか？　それとも教育熱心ですか？　言い方なんかどうとでもなる。おれは大それた計算をしたわけじゃない。ただすなおに、三男の自分の身の結婚相手として深芳さんはいいなと思ったんです」

つぶらな瞳をしている。眉はきりっと濃く、顔の輪郭はひきしまった俵型。もし映画俳優になっていれば、正義の味方の役ばかりまわってきそうな顔だちの亨は、長兄に縁談を頼んだとき二十六歳であった。深芳は二十一歳であったが、二十四歳くらいに亨には見えた。

「美人っていうのは実年齢より年とって見えるもんだって兄貴が言うから、そんなものかと思ってたんだけどね……」

とにかく女っぽかったね……、と亨の口は曖昧に窄《すぼ》んでいった。

3

横内悟は、〈快復堂〉主人であり、亨の兄である。

「あなたには弟は、多少、悪ぶって見せたかもしれませんな。偽悪的な話し方をしとりませんでしたか？　こと話題が自分の結婚にまつわることに及ぶと、自分を悪人っぽくしゃべるんですよ……。何せ、あいつの結婚にはごたごたが続きましたんで……」

三男には料亭旅館付きの娘は魅力的だと、筆者に言ったように、亨は身内にも言っていた。

「嘘ですよ。深芳さんに一目惚れしてたんですよ。男の沽券《こけん》にかかわるとでも思って、狡い計算をしたみたいなことを言うんですよ。それが証拠に、深芳さんが姉ではなく妹だと知っても、なら婿に入らなくてもよい、何でもいいから妹のほうと話を進めてくれの一点張りでした。ようするに深芳さんにもうぞっこんだったんですよ」

悟は片桐会長夫人に会いに行き、仲立ちを正式に依頼し、快諾してもらった。

「柾吉さんのほうは塩尻の人だったから、うちの店のことは知ってらしたし……。塩尻に、ちょっとした贈答品屋があるんですよ……。あ、ご存じですか？　行ってみられた？　そう、あの贈答品屋。あそこで、うちの推定収益や経営ぶりを聞き込んでらしたみたいですね。

うちは今だって御覧のとおりです。派手じゃないが堅実に繁盛させてきた。〈たから〉さんだって、次女さんとうちの弟を結婚させるのは賢明な選択だと思ったはずですよ。こうして口に出して言うとね、まるで両家で計算高く、互いを見合ったように聞こえるでしょうけど……」

悟の口調はニュートラルで厭味はない。

「ええ、そうですよね。わかってもらえますよね。結婚は恋愛映画じゃないんだ。社会人としての最小単位です。社会の構成員として結婚には冷静であってしかりでしょう。冷静に考えれば、今申し上げたようなことになるというだけです。あえて冷静に言うからね。

実際のところは、〈たから〉さんでは弟との縁談について、しごく自然に良縁として受け取ってくれてる感じでしたよ。二人とも気さくでいい感じだった。だからぼくは、深芳さんもそんなふうにいるんだろう、この縁談はうまくいくだろうってちっとも疑わなかったんです」

事実、すべてがとんとんと進んだのである。

横内側は、亨が諏訪に越し、〈たから〉のそばに借家を見つけて新居とし、そこから〈快復堂〉や鍼灸を頼まれた家に出向くつもりでいた。が、倉島側が敷地内に新婚夫婦のために離れを建てると申し出てくれた。

「そればかりじゃありません。お姉さんより妹の深芳さんのほうが接客業に向いているから、深芳さんを女将にして〈たから〉を継がせるというのです。弟は、ほんとに料亭旅館付きの娘の入婿になることになったんです。あいつ、浮足だって入籍の日取りを決めていました」

まずは入籍するのである。

片桐夫妻が仲人だからである。

まず目録の結納、そしてその日に役所に行って入籍をすませる。重要なこの二つを済ませることで婚約成立とし、半年ほどの婚約期間にさまざまな支度をして挙式。初夜。同居開始。この順序が片桐流の媒酌なのである。戦前からの流儀なのである。

やはり片桐夫妻の仲人により結婚した登代と柾吉も、まず入籍し、それから八カ月たってから挙式、そして塩尻で同居を始めたのだった。

「役所に行く日に宮司に来てもらって三三九度で誓うんですよ。つまり入籍が神聖なんです。挙式はたんに披露宴なんです。だから挙式は会場の空いてる日だとか、みんなが来やすい曜日だとかにすればいいだけなのですが、入籍の日はそうはいかない。大安の日を選んで、横内と倉島と片桐の三家で役所に行かないとならない。戸籍課のトップの人にもしかるべき挨拶をして用紙を出すわけです。

へえ、そんなふうにするのかと名門の流儀に感心しましたが、そんな大勢の都合の合う日で役所も開いてて大安となるとなかなかうまくいきません。ちょうど秋の行楽シーズンに入ってしまって、入籍の日がはじめに決めた日よりずるずると遅れていってたんです……」

今からすれば、それが助けになりましたかね……と、横内悟は煙草を揉み消した。

4

《(深芳は) とにかく女っぽかったね……》と、口を窄ませて言った亨。

《今からすれば、それが助けになりましたかね……》と、煙草を揉み消した悟。

兄弟にはそれぞれ別の日に別の場所で話を聞いたのであるが、ある事については、そろって話し方が慎重になった。南条玲香が《揉め事》と言った出来事。

この出来事について、真佐子と片桐華子からも話を聞くことができた。

「わたしはミーちゃんに亨さんをどうかって話を聞いたとき、まさにぴったりな組み合わせだと思って喜んで賛成しました」

真佐子は言う。

「早すぎるとは思いませんでした。自分が先夫の洋平さんと二十歳そこそこで結婚しましたでしょ。御縁って時間とか年齢じゃないし。ほんとに御縁だし」

《ミーちゃん、よかったね》と、真佐子は深芳を祝った。倉庫のそばに離れを増築するために草ぼうぼうのところが整地されると、《こんなのがいいんじゃない》と寝具のカタログを深芳に見せたりした。

「わたしのせっかちがかえってミーちゃんを身動きできなくさせてしまったのかなあと……」

真佐子は悔いているという。

「深芳ちゃんという子は、ほら、今流行りの個性派だとかいう、自己主張の強い女の人とは正反対の人あたりの子なんですよ。周囲があの縁談に乗り気なもんだから自分の気持ちをどうしても言い出せなかったんでしょうね」

物腰やわらかく淑やかであるのに芯がしっかりしている深芳は、独唱させれば朗々と歌い上げることができ、よってコンクールで優勝したのだろう。

「だからミーちゃんのほうが泉ちゃんより女将に向いてるなあと思ってました。これはみんなそう思ってたんじゃないかしら。泉ちゃん本人からしてそう言ってました。

登代さんが言うみたいに、泉ちゃんができが悪いだとか饂飩喰らいだとかっていうんじゃないの……。登代さんは実の親だから、いつもそんなふうに言ってたけど……、今とちがってわたしたちの時代は、実の親が自分の子を人前で褒めるもんではなかったから……。

わたしはね、登代さんの言うみたいな能力的な問題で言ってるんじゃなくて……、柄《がら》です。泉ちゃんは女将っていう柄じゃないんですよ……」

子供のころ、花嫁姿のぬりえや人形を誰か大人が与えると、深芳は熱心にそれで遊んだが、泉は、いいいいいい熱心にそれで遊ぶ深芳を熱心に見ていたという。

「女将っていうのは接客業の最たるものでしょう。わたしは長くこの商売をしてきたから言わせていただくのですが、花嫁さんのぬりえとかドレスを着たお人形さんに、反射的に、わあすてき、と思えるようなセンスが備わってないとだめなんです。いろんなお客様がいらして下さるんです。女将が接客するのは、不特定多数であって特定少数じゃないんです」

深芳の縁談が入ってすぐ、真佐子は従業員用の風呂場でいっしょになった泉に、《次は泉ちゃんだね。わたしもあっちこっちに声をかけとくからね》と言った。

「そしたら、泉ちゃんはただ《ふうん》って。《そのうち結婚するのかなあ》って、他人事みたいでした。《この人としなさいと言われたらしないといけないなあ》って……。若い娘さんが夢や憧れで見るものを、嫌っているというんじゃなくて……、嫌ってるならいいんです、かえって大好きになる可能性があります……、泉ちゃんは嫌ってるのとはぜんぜんちがって、離れて見ていたというか……。洋平さんのことを気にしてたのかなあ……」

洋平に、長女として〈たから〉を頼むぞ、と言われた泉は、言われた日に彼が死んだことでそれを肝に銘じ、結婚は〈たから〉を存続させるための任務の一つだと覚悟していたようである。恋や情熱といったエロスの結実としてではなく。

エロスの感受性が未熟であったために覚悟できたともいえる。幾人もの人に取材をしていった後日にわかったことなのだが、この時点で、深芳はすでにエロスを知っていた。かたや泉は、微《かす》かにさえ知らなかったのだから。

「泉ちゃんは、《ミーちゃんは横内さんと結婚したら女将になって、私は帳簿つけと掃除をして、ふたりで〈たから〉を守り立てていこうね》とも言ってましたね。

だからわたしは《だめよ、泉ちゃんにもそのうち白馬の王子様からプロポーズがあるから、お嫁さんにならないといけないわ》と言ったんです。だって、姉妹の、妹のほうから先に縁談が決まったんで、わたしとしては励ましたつもりだったんです」

こうして三人で湯舟につかっていたこの日の翌日である。片桐潤一と泉の縁談が持ち込まれたのは。

「白馬の王子様との縁談がほんとに来ちゃったんですよ……」

片桐会長と夫人が〈たから〉にやってきた。

「登代さんに頼まれて、わたしも同席しました。碩夫は板場の仕込みで手がはなせなくて、ミーちゃんはオルガン教室に行ってて、泉ちゃんは風呂場の掃除をしてたんじゃなかったかな。大旦那様と大奥様が並んですわられると、そりゃあ御大層な雰囲気でしたよ……。

ああいう御大尽の家っていうのは、まず見てくれから御大尽様然としていることをずっと続けていかないとならないから、何かと大変なんでしょうね……」

会長夫妻の唯一の男子の内孫である潤一の縁談は、蓄財に有利な相手でないとならない。資産家の娘もたしかに有利ではある。しかしすでに財は築かれているわけだから、財を運用してさらに増やしていくのは潤一の仕事であり、その潤一を支えるのが嫁であるのならば、そのポストには、嫁として、華子という姑が頭を下げずにすみ、かつ彼女が可愛がることができる娘もまた有利なのである。泉は最適であった。

《泉さんには近々、松本の片桐の家に、気楽に遊びに来てもらってください》

大旦那様は言った。

《大袈裟にしないように。適当な用事を作って、訪ねさせてあげて》

大奥様は言った。

泉は潤一とはすでに面識はある。自然に結婚相手として互いを意識させるのがよかろうとの提案だった。そして、泉を松本の片桐邸に行かせる日を決めた。

だが当日の登代のようすが、今からしても不可解だったという。

「だって、気軽にって言ったたって、あくまでも泉ちゃんが緊張しないようにしてあげてってことでしょ？　ね、そうですよね？」

真佐子は首をかしげる。登代は泉に作務衣《さむえ》の恰好で潤一に会いに行かせたのである。

「泉ちゃんは、片桐様の会社をやめて、うちの仕事を本格的にするようになってからは、いつも作務衣だったんです。掃除や布団の上げ下げをするのに着物は動きにくい、作務衣なら和風の雰囲気を損なわなくて動きやすいからって、古い浴衣や丹前を自分でミシンで縫い直して作務衣にしてたんです」

その恰好で草むしりを終えて茶の間にもどってきた泉に、登代は菓子折りを渡し、松本の片桐邸に持っていけと言った。

「外で草むしりをしていたわけですから汚れていて、泉ちゃんは着替えようとしたの。それまるで追い立てるように、登代は泉を外に出したそうである。
《快速に乗らないと約束の時間に遅れる。時間を守るほうが大事よ》
「今日くらいはちょっとはお化粧でもして行かせてあげたほうがいいじゃないのと、わたしは登代さんに言いかけたんですが……」
不自然なくらいに強く止めた。
《着替えなくていいから。髪の毛もそのままでいいから。軍手だけ脱いで、はやく》
を登代さんはとめたの」

5

菓子折りの入った紙袋をぶらさげて勝手口に立つ泉を見て、片桐華子はとまどった。

「登代さんから何も聞いてないの?」

頬に煤《すす》がついている。髪は物乞いの者のようにくちゃくちゃだ。

「何もって?」

「いえ……。登代さんは額面どおりに受け取られたのね……」

泉には普段の恰好で来てもらってくれと、登代に電話で伝えた。

「額面どおり?」

「いいえ、いいんですよ。ちょっとこちらの話……」

潤一と泉はすでに面識があるのだから仰々しくかまえずに来てもらって、それから若い二人で深志橋あたりでも散策してくるよう勧めるつもりでいた。

華子が潤一に泉をどう思うかとそれとなく問うたところ、よい印象しか返ってこなかった。片桐家を一身に背負うただ一人の男子は、それでよしとしていると、華子は解釈した。自分もそうであったから。

自分も、家を背負う長女として、貴彦をよしとしたのだ。箸が転んでもおかしかったとしごろには、自分とて、立場を忘れてもいい束の間には、かりそめのメロドラマを演ずることがあった。銀幕のスターにぽうっとするように。

しかるに、かりそめはかりそめである。ゲーリー・クーパーの映画は二時間で終わるではないか。映画館から出たあとには、片桐という「家」にもどり、「家」を背負うのだ。ただ一人のこの「家」の後継者なのだから。

貴彦がよその女に親切過ぎる束の間も、自分のそれと同じこと。マルティーヌ・キャロルの映画は一時間半もない。観客は筋すら見ない。男性の観客が見るのは、彼女が浴室にいる場面だけ。

そんな束の間にふりまわされるのは資産のない階級で、持続させ増殖させねばならぬ資産のある者は、快適な契約としての結婚を選択する能力がある。いや、この能力があったからこの階級にいるのである。

息子の潤一も白金の大学校に通っているころには、マルティーヌ・キャロルと束の間を過ごしたことだろう。数人のマルティーヌ・キャロルがいただろう。かようなことはみな束の間のかりそめだ。潤一には長男として泉をよしとする知力があってしかるべきである。当然そうだと華子は思っていた。

「顔が煤けていますよ」

華子は泉を洗面所に連れていった。

「ハシバミの実をとっていたものですから。倉庫と塀の間にもできていて、狭いので拾うのがたいへんで……」

水道でじゃぶじゃぶと顔を洗う。洗って、作務衣のたもとから手拭いを出して拭いた。

「相変わらずね、泉ちゃんは」

自身を拡大しようとも縮小しようともつゆにも発想しないところが、である。この冷静な女王である華子が泉を贔屓《ひいき》にしたのは、泉が常にその身の丈のままでいるところだった。それは素直ということである。

華子は後ろから泉を見ていた。くちゃくちゃになった髪に蜘蛛の巣がついている。

「蜘蛛の巣を頭につけたまま電車に乗ってきたのね」

華子はタオルで払ってやった。泉は髪を……短髪といっていいほどの長さであるのに、襟足のところを……パジャマのズボンに通すような白の丸ゴムで縛っていた。

「このゴムは白くて目立ちすぎるわね。ヘーゼルナッツ拾いは済んだのですから、もう外しておきましょうね」

ゴムを外し、髪を梳《す》いてやる。

(失礼な人だわ)

登代が、だ。今日、泉を来させる理由は重々承知のはずなのに、娘にろくな身支度もさせなかったのは片桐との縁談を軽視していると感じた。

(あるいは……)

まさに芳紀にある娘が、頬は煤け、髪に蜘蛛の巣がくっついているのである。それをそのまま外出させるのは、礼を失するというより意図的なものが潜んでいる。平素よりみっともないいでたちの泉を潤一に見せようとしているかのような。

(登代さんは潤一と泉ちゃんの縁談に、乗り気ではないのだわ)

華子は感じずにはいられない。登代は泉と潤一の縁談に……というより、泉に縁談が来ること自体を、無意識に拒否する気分があるのではないか。

そっくりとは言わないが似た例を、華子は知っていた。

《母はわたしに来る縁談をことごとくはね除《の》けるのよ》

かつて従妹が嘆いていたことがあった。分家である「長野の片桐」の長女。彼女の母は、華子からすると叔母だ。叔母は生来心臓が弱く、長女である従妹を過剰に頼るきらいがあった。

登代は身体が悪いわけではないから、叔母とまったく同じ心情だとは思わない。

(でも深芳さんが弱々しいから、丈夫な泉ちゃんのほうを頼って、ずっとそばにおいておきたい気持ちがあるのかもしれない)

華子が櫛をすべらせる手をとめると、泉は、

「それじゃ奥様、失礼いたします」

靴を脱いできた勝手口のほうへ身体を向けた。華子はとめた。

「そんなに急がれなくてもいいでしょう。噴水のテラコッタを新しくしたりいたしましたから、お庭を見ていらっしゃらない?」

庭に連れ出すのがよかろう。洗っては着、着ては洗っているのか、泉の作務衣は、色褪せている。応接室で潤一と向かい合わせれば、若い息子の目には質素に過ぎて映ってしまうだろう。晩秋の木々の中に立たせたほうがよい。

6

「わたくしは、潤一と泉ちゃんは、ごくありきたりの、挨拶ていどの話を庭で交わしたもの

と思っておりました」

結婚は家と家の「提携」だと、きわめて自然に考えていたと、華子は筆者に語った。

「潤一にも、最優先事項は家を継ぐことだとする感覚が備わっているものと疑うことなく思っておりました」

最愛の息子と気に入りの娘は、庭で気候の話題でも短く交わせば、イコール縁談は両者の合意のもと進んでゆくものと思っていたと。

しかし、そうはならなかった。

6 お坊っちゃまの潤一／園児の康子

1

庭に行った泉にストールを持って行ったのは片桐潤一だった。筆者は彼を訪ねた。

「どうも。矢作さんはお元気ですか」

名刺を差し出す潤一はいかにもお坊っちゃま育ちである。年齢を重ねた今は、それを隠さなくなったのだろう。隠す必要はないと。

「ベイコーポ・一〇六号室。今でもおぼえてますよ、〈ベイエリア〉があった号」

長男は母親に似ることが多いが、潤一は貴彦にそっくりである。

「大学を卒業してこの会社に入ったんですが、まるでベルトコンベアに乗った缶詰みたいでしょ？ それがいやでならなかったんです」

明治学院を卒業後、片桐物産に入ったことを、こう言う。

「ぼくらの世代は、みんながみんな安保反対って反体制運動してたわけじゃないのに、してたみたいに思われてる世代です。錯覚なんですよ。ぼくの行った大学だけじゃなく、どの大学でも、そういうことをしてたのはごく一部の学生です」

政治的な運動にはかかわらなかった潤一のような学生は、学生の大半を占めていたにもかかわらず、当時はノンポリと、どこかに軽い侮蔑を含んで呼ばれた。

「ポリシーがノンだったことにかけては、バリケード張ってたやつらも似たようなもんだったですよ。そりゃなかには真摯に思想と活動に取り組んでいた学生もいたでしょう。でもほとんどは、たんに放課後の部活ですよ。革命ごっこ部。それが証拠に彼らのほとんどが就活でさっさと髪切って体制派の企業に就職したじゃないですか」

ノンポリだった潤一のほうが、片桐物産を一年で辞めた。

東京にもどり、〈ベイエリア〉の会計係になった。矢作俊作は一学年先輩である。

発足当初の四人しかいない〈ベイエリア〉のことを、《学生の会社ごっこだと言った親御さん》というのは、潤一の父親、貴彦のことだ。

「ごっこ遊びに比べたら、ぼくのしでかした失敗は……、立派だったとは口が裂けても言いません。でも少なくとも精神と肉体が矛盾していなかった」

仕立てのよいスーツを着ている。育ちと着ているもののサイズが合っている。

「あすることがあの時は唯一の方法だと思ったんです。あのころじゃない。あの時です。翌年にすぐわかりましたよ。事をもっとスムーズに進める方法がいくらでもあったって。

でもあの時は、あの一時期には、ああするしかないと思って……。一旦、それしかないと思ってしまったら、発想が切り替わらないんですね。それしか目に入らなかったというか。猪《いのしし》みたいなもんでした。一つだけのことを考えて、一人だけを見てるもんだから……。だから泉さんのことはほとんど印象になくて……」

印象に残っているのは、歯がきれいだったことだという。

「泉さんがうちから松商に通っておられたころは、ぼくは東京でしょ。帰省しても、そのときは長期休暇中なわけだから、泉さんだって諏訪に帰ってていない。松商を卒業してうちの会社にしばらくいたけど、彼女は総務だし、ぼくは経理だし、廊下ですれ違うくらいで」

潤一と泉が話らしい話をしたのは、庭での一度きりである。

「そのときはすごくおもしろかった。彼女の話はおもしろかった。魚屋もパン屋も、事業をおこなっているわけです。〈たから〉のような旅館も、うちのような会社も。泉さんの話は、事業主として会議にかけたいような、そういうおもしろさがありました」

当時の温泉旅館といえば、客には何泊するかだけの選択肢しかなかった。それを泉は温泉と料理屋が合体している〈たから〉の特徴を活かしていくつかの宿泊プランを設け、そのプランによって、素材から厳選した料理を提供する案を、潤一に話したそうである。一九七〇年代には三十年進んだ発想であった。

「〈サロンパス知らずプラン〉だとか〈スタイリー要らずプラン〉だとか、ネーミングからしておもしろかったですよ。そう、プラン名を聞いただけで、なんかイメージできるでしょ？」

泉の案が、現在の〈たから〉を、部屋数は少ないながら諏訪温泉郷のニッチ市場的なオーベルジュに成長させたのである。〈肩凝り腰痛解消プラン〉〈痩身プラン〉〈体質改善プラン〉など、現在は二〇〇〇年代ふうのプラン名になっている。

「今でこそ、自然食だとか薬膳だとかヨガやウォーキングなんていうヘルシー志向のキーワードは売れすじです。ですが、あのころには、彼女のコンセプトは変わっていた。だから、彼女の話は斬新で奇抜に耳に入ってきました。

え？　ああ、そうですね、そういうふうに訊かれれば、彼女について強い印象が残っているということになるんですが……。

でも、それは……、こんな譬え方でわかっていただけますかね、〈今日のパワーランチは有意義だったな〉みたいな質の印象ですよ。あなたの取材のテーマとしての印象ではないんじゃないですか？　それに、ぼくと彼女が話をしたのは、母親がぼくと彼女との見合いをセッティングしようとしたこの日だけの、しかも小一時間だけなんですから」

泉が庭で寒いといけないからと、華子はストールを持っていけと潤一に渡した。

「なら泉さんのほうに応接室にでもサンルームにでも来てもらえばいいじゃないかって、ぼくは言ったんですよ。でも、庭で立ち話をするほうが気が楽だろうとかなんとか……。見え見えでした。彼女を嫁にしてはどうかってことが。それならぼくのほうも、もう気楽に断ろうと、それでストールを持ってゆきました」

以下は片桐潤一から聞いた話を構成したものである。

②

……一九七二年。晩秋。

西洋式の庭。

潤一はなかなか泉を見つけられなかった。

(おかしいな)

なぜ姿が見当たらないのだろう。

(もしかして入れ違いで中にもどったのかな)

女物のストールを持って自宅の庭で人探しをするとは。

外回りの雑用を頼んでいる手伝いの男が枯れ葉を熊手でかいている。客が来なかったかと彼に訊けば、サンルームの前で踊っていたという。

「踊る?」

「踊るっちゅうか、へんなふうに身体を動かして、頭をこすってたずら。何かのまじないみたいに。そしたら姿が見えなくなった」

要領を得ぬ答えである。

「まさか。魔法で消えたわけでもあるまいに」

さきほど母親が《泉ちゃんたら、髪の毛に蜘蛛の巣がついたままだったの。すごくあわてて来たようだから、身なりのことは気にしないであげてね》と言っていたから、彼にまじないの踊りのように見えたのは、きっと蜘蛛の巣がついていた髪を気にしていたのだろう。

「泉さん」

「泉さん」

呼びながら、庭をもう一周してみた。と、ぶなの木の下に泉が立っている。

(へんだな、あそこならさっき見たはずなのに)

潤一の胸が熱くなる。

(それほど、ぼくは……)

当然、目に入ってしかりな場所に立っている人間さえ見落とすほど、ただ一人しか今の自分には目に入らないのか。

後年には自分で自分を鼻嗤《わら》いをしながらでないとふりかえれないこの感情は、当時にあっては、潤一の全身を焦がした。

「ここにいたのか。久しぶりだね」

片桐物産の総務部をこの年の三月をもって泉は辞め、〈たから〉の仕事を専らとするようになっていた。

「ごぶさたいたしております」

作務衣の上に古びたウールの半コートを着た泉が辞儀をした。

「寒くないかい？　よかったらこれをはおるといいよ」

ストールを差し出すと、泉は首をふって、

「潤一さんがはおってください。カーディガンだけだから」

毛糸の手袋をした手で潤一にかけた。

「じゃあ、そうするか」

かさ、と靴が落葉を踏む。風はない。小春日和の温《あたた》かい午後である。

「泉ちゃんは何でもよく食べるんだってね。好き嫌いがないんだって？　母がいつもそれを褒めてたよ、きみがうちに住んでたころ」

何か話さなくてはならないと思い、どうでもいいようなことを言ったのだが、泉は喜んだ。いつも武骨に無表情な泉の、笑うところを潤一は初めて見た。唇に沿って歯が整列していた。律儀な腕のいい職人が精魂込めて作った真珠のネックレスのように白い粒が、黒ずみのいっさいない桜色の歯茎に並んでいる。

（へえ）

きれいな歯だと感心した。何でもよく食べるという母親の泉評を、健康な歯が証明しているようだった。

妹には左に八重歯がある。微かに唇が開いて八重歯がのぞいている彼女はいつもほほえみをたたえているように見える。咳き込むとハンカチで八重歯は見えなくなる。姉のほうは妹とは正反対に、風邪一つひかない丈夫な人なんだろう。

「年末だから、〈たから〉は、忘年会で忙しいんじゃない？」

「はい。夜は団体さんがよくいらして下さいます。改築工事が早く終わるようにしないといけません」

泉は〈たから〉の改築について詳しく話してくれた。建物もきれいにするが、泉のアイデアで土地活用をするのだそうだ。田中角栄首相の『日本列島改造論』ブームで、土地活用ということばはこのころの流行りであった。

「料亭の棟の裏手が、今までは庭だったのですが、そこを畑にするんです」

「えっ、畑？」

意外だった。土地活用というからには、駐車場を作るとか、建物を増築してもっと多くの客を泊まらせるようにするとかだろうと、潤一は思ったからだ。

「野菜を作るのです。化学肥料を使わずに、人参や菠薐草《ほうれんそう》や大根や……。それからおいおい中庭も畑にして香草専用にする予定です。香草は見た目がきれいだから宿泊棟から見えても観賞用になる」

手作りの野菜と香草を料理に使うことで、メニューの派手さではなく、根本的な部分の味をよくするのだと、泉は熱心に「たから改造論」を展開するのだった。

「なるほど、発想の転換だな」

このときすでに片桐物産を辞めて、〈ベイエリア〉に参加しようと決めていた潤一は、泉の話を興味深く聞いた。

飲食店のメニューにしてもインテリアにしても流行音楽にしても、欧米風なものが洗練されているという思い込みのようなものが、このころはまだまだ日本にあった。

「結婚や出産で勤めをお辞めになった体育の先生に指導に来ていただき、お客様に早歩きや徒手体操を指導してもらう計画もあります。せっかく温泉に来るのだから、入浴前に適度な運動で汗をかいたほうが気持ちがよい」

「そりゃいいよ。すごくいい」

世辞ではない。いい案だと思った。

「深芳の新居は権蔵の家に建ててもらいます。今、整地がすみました」

「そう……、整地が……」

潤一ははおっていたストールをぐるぐると首に巻き、巻くとまたはずした。

「何してる人なの？　その人」

「その人?」

「新居に住む人」

「新居に住む人、名前が潤一? 深芳が婚約した横内亨さんのことですか?」

横内亨。名前が潤一に突き刺さった。深芳の婚約者の名前を聞いただけで心が乱れる。肩で息をした。

「寒いですか？」

「いや……。いや、そうだな、ちょっと寒いね……。もう、家の中にもどろう」

潤一は玄関のほうへ歩き始めた。泉は一、二歩、後をついてきた。

「妹さん、元気にしてる？」

「はい。今は家中が深芳の結婚の支度にてんてこまいです」

「そう……」

潤一は立ち止まった。泉も立ち止まる。

「あの……、どうかされましたか？」

泉は不意にようすの変わった潤一を気にしているようであった。

「泉さん、母はぼくとあなたが結婚したらどうかって言ってるんだ。聞いた？」

「えっ」

何かの標識の図柄のように目を大きくして泉は驚いた。

「聞いてなかったんだろうな。みんな母が勝手に決めてるんだよ。困った人だ」

「……」

「あなただって困るだろう？　妙齢の女性なんだ、あなただって慕う男性がいるでしょう。母が勝手に決めてくることにはいはいと従う必要はないんだよ。あなたはあなたの幸せを摑んで下さい」

潤一は泉に深々と頭を下げた。

「ぼくは愛する人と旅立ちます」

そう言って潤一は、その日のうちに〈あずさ〉に乗った。

同日、同じ特急の、同じ車両に、深芳もいた。潤一の隣に。

3

去年である。潤一と深芳がはじめて会ったのは。

松本の城郭だった。

暦の上では秋であっても、空気には夏の熱がまだ充分に残っていた。白金のキャンパスにいる感覚が潤一にまだ残っていたように。

肩書の上では新入社員であっても、社員の誰もが彼のことを会長の孫、社長のお坊っちゃまとしか見ない。それは青年を忸怩《じくじ》たる思いにさせた。

「今日は早引きさせて下さい」

直属上司に言うと、理由も訊かれず許可された。

バスで駅前まで出て、あたりをぶらぶらした。ジーンズを専門に売る店には平日にもかかわらず客が多い。新しくできたこの店は松本近辺に住まう若者の憧れの店なのである。スーツに革靴、四角い鞄をぶらさげた自分の姿がショーウインドーのガラスに映る。いかにも保守的で体制的だ。

《会社を作ろうと思ってるんだ。いっしょにどうだ？》

大学の一年先輩である矢作俊介からの誘いには、《家族を説得する時間が欲しいからしばらく考えさせてくれ》と答えておきながら、片桐物産に入った。日和見である。自己嫌悪に陥る。

城まで歩いた。

堀端に腰を下ろした。

〈ベイエリア〉の人員は、矢作のほかに二人。一人は絵を描き、一人は視覚意匠、矢作は文を書く。潤一は経理と宣伝を受け持ってくれないかと言われていた。

（東京にもどりたい）

この思いは強い。

風が吹いた。

帽子が飛んできた。鍔《つば》の広いベージュの帽子。拾った。

「どうも、すみません……」

これが深芳である。頬がうっすらとピンクになった。

「はい、これ」

帽子をさし出す潤一の視線は深芳に釘付けになった。帽子を渡して終わりにしたくない。

深芳のほうも帽子の鍔を指先ではさんだまま、じっと潤一を見つめている。夕日のせいか瞳が濡れたように光る。

いい。

二十三歳の青年と十九歳の乙女は、互いに相手のことをそう思ったのである。

「すぐ飛ばしてしまって……」

「ゴムがないからね」

「ええ」

「風が急に吹いたから」

「風が吹きますよね」

何の意味もない会話を続けた。顔を合わせたときに、いい、と思った若い男女が何の意味もない会話を続けるのは、大昔から決まりごとのように自然なことである。

潤一は、片桐物産に勤めているとも姓が片桐だとも明かさなかった。深芳も、諏訪のオルガン教室から頼まれた用事で松本に来たのだと明かさなかった。

二人は自分がだれかを相手に明かさなかった。女は、夕日さす城郭で会った男に自分の素性を明かすのは蓮葉で危険なことだだと警戒した。男は、夕日さす城郭で拾った帽子の持ち主に、彼女の素性を問うたり、自己紹介をするのは浅ましいことだと遠慮した。

いい。

互いにそう思いながら、訊きたいことを訊けず、訊かれたいことを答えられず、二人はもどかしさを包み隠して、空模様や草木や気温の話題で長時間を埋めた。

これだけである。

これだけで恋というのはスタートを切れる。これだけでスタートを切った恋はロマンチックな匂いを放って男女をとらえ、現実を忘れさせてしまう。ひどい風邪のようなものだ。

「また会える？」

太陽がすっかり沈んでから、ようやく潤一は口にできた。

「ええ」

深芳はようやく口にできた。

4

「そんなもんでしょう、恋愛なんていうのは。並んで歩いていたら、それでいいわけですよ。酔っぱらっているみたいなもんです」

潤一は苦笑した。

この日のあと二回、二人は城郭を散歩した。同じような話をした。

「何の話をしたかなんて訊かないでくださいよ。おぼえてませんから。ぶなの木の下で聞いた泉さんの話はよくおぼえていますが」

初めて会った日と散歩をした二回までは、潤一は姓だけを名乗っていた。肩書については松本市内にある会社の新入社員だとだけ。深芳は苗字は抜かして、この雅やかな名だけを名乗った。

「いい名前だねえ、と言いましたよ。ガムの包み紙にボールペンで書いてもらったときね。親父が命名したとも知らずにね。

深芳が苗字を伏せたことについては、謎めかせているとは感じませんでした。当時の女の子はそうですよ。今はナンパされて仲よくなるというのも一つのきっかけになっていますが、当時はそんなことに応じる女は蓮葉のあばずれだという風潮がありました」

警戒しながら、用心しながら、びくびく、びくびくと潤一からのデートの誘いに応じる深芳のようすは、本当に可憐であったという。

「そんな風潮だった当時なのに、勇気をふりしぼってぼくについて来てるわけでしょう。この人を放したくない、どんなことをしてでも守ってあげたい、と思いました。その時はね……」

その時はね、と言うさいに潤一はふっと息を吐いた。

「ひどい風邪をひけば高熱が出るようなものだったんです……」

四回目に会ったとき、潤一と深芳は互いの苗字、どこの誰であるかを知った。その時にはもう完全に恋に堕ちていた。

「こんな言い方、傲慢に聞こえたらすみません……、その……、ぼくの家が片桐だってわかると、でれでれと寄ってくる女性がよくいたんです。ですが、知るなりはらはらと目から涙をこぼした女性は彼女だけでした。ただの片桐さんだったらどんなによかったかしらって」

そして深芳は、華子から耳打ちされたことを、恋する相手に打ち明けた。

「どうってことじゃないですよね。あなたもそう思われるでしょ、今、ここで聞けば。たしかに母はすごく厳しい人ではあるんです。片桐家のお嬢ちゃんだから甘やかされているに違いないってみんなが決めてかかるのがいやでたまらなくて、自分で自分にどんどん厳しさを課していったところがあるんです。そのへん、ぼくは理解できます。同じだとは言わないけど、感じる方向性が似てるっていうか。

なものだから、母は、いわば自分があずかっているお嬢さんである泉さんに自分の責任をものすごく感じていたんだと思いますよ。泉さんのお母さんも、うちで行儀見習いをしていたでしょう？　だから自分も祖母に見劣りしないように指導しなきゃって。

深芳は《泉ちゃんの成績が落ちるようなことになってはいけないと叱られたけど、きっとこじつけだ、わたしは嫌われてる》って言ってましたけど、母の本音はほんとに泉さんへの責任感だったと思うんです、ぼくは。だから深芳が母から言われたことと、ぼくらの交際のことを切り離してきちんと話せば、それですんだはずなんです」

しかし恋する若いふたりは、自分たちをロミオとジュリエットのように感じた。

「ほんの小さな障壁です。ただたんに、交際を家の者に明かしそびれただけです。ですが明かしそびれたことで、隠れて会うようになった。するとふしぎなもので、よけいにテンションが上がるんです」

追い込まれて炙られるような思いのなかで身体の関係ができた。同じ時期に、深芳に横内亭との縁談が来る。潤一に華子が泉を勧めてくる。ほんの小さな障壁だったはずが、巨大な壁となって前に立ちはだかっているようにふたりを錯覚させた。

「東京や大阪じゃないんだ。長野県なんです。地方の町なんですよ。何だかんだいっても保守的です。しかも一九七二年なんて時代ですよ、今とは比べ物にならないくらい保守的なころに、婚前交渉……すみません、こんな言い方、もう死語ですけど……、婚前交渉というのは前衛的なことだったんです。

当時だってそういうことがなかったわけじゃない。ただ、そういうのはちゃんとした交際ではなかった。そういうことをするのは、そういうことをする用の女と見なされた。そんなふうには考えないと進歩的ぶってる男だって、心の奥ではそう思ってましたよ。あのころは、まだ、そういうものだった」

潤一と深芳は自分たちの交際をもはや誰にも明かせなくなった。

恋人たちは熱にうなされるように、逃避行したのだった。

「恥ずかしいかぎりです。何と思慮が浅かったのかと。え、青春？　はは、そうですね。青春って恥ずかしいものですからね。恋愛なんていうのは、所詮、仮の状態です。泥酔みたいなもの。泥酔されたことあります？　しらふならおもしろくも何ともないことで大笑いして、気が大きくなってたんに居合わせただけの人に奢ったりするくせに、翌日になると、いったい何をしていたのだと、自分で自分の気が知れない。七〇年の学生運動も時代の泥酔ですよ」

うつむきぎみになる潤一の表情には含羞があった。

潤一と深芳の結婚には大きな障害はなかった。

だが、二人は若さゆえの思い込みと視野の狭さと性急さで家を出てしまった。それは彼らが「駆け落ちをした！」というニュースとして、片桐邸と〈たから〉に入った。

潤一が新宿駅から華子に公衆電話をかけたからである。新宿駅の騒々しさのため、自分の声も相手の声もよく聞こえなかった。だから声高になる。だから相手の聞き返しや問いを無視してしまう。結果、受けたほうは、心中でもしかねない切実な声音に響いたのである。

潤一からの電話を受けた華子は、会社にいる貴彦と、〈たから〉の登代に電話をかけた。〈たから〉では第一報を、康子（碩夫と真佐子の子）が受けた。

当時、四歳八カ月。たかが幼児とみくびってはいけない。いわば新品の脳は、さながら録画録音機のごとくに状況を記憶する。十歳以下の子供には、意味もわからず大人の発言や挙動や光景を鮮明におぼえている子が、よくいる。

5

……一九七二年。晩秋。

潤一と泉が庭で話をした日。その夜。

「お母ちゃん」

受話器を持ったまま、康子は歩いた。びん、とコードが彼女の小さな身体を引っぱった。

ふりかえる。考える。いつも大人は電話が終わっていないときには、受話器をはずしたまま台に置いて、だれかを呼んでいる。

「もしもし、待ってて下さい」

電話をかけてきた華子に、康子は言う。受話器を台に置いて、階段を下りた。

下で弟がさわいでいる。きっと母親は下にいるのだ。

宮尾と倉島で一台の電話を共用している。電話機は階段を上がったところと、下りたところに一台ずつある。

「電話がかかってきてる」

「えっ、電話?」

さわぐ弟の相手をしていたのは泉だった。弟は笊《ざる》を持ってベランダを開けようとしている。

「健ちゃんが流れ星を採《と》るっていうのよ」

言いながら、泉は電話に出ようとした。

「ちがう」

康子がとめた。

「ちがうもん。泉ちゃんじゃないもん。泉ちゃんにかかってきた電話じゃないもん」

幼児の融通のきかなさで康子はとめた。

「トヨさんをお願いしますって言った。トヨさんを呼んできて下さいって言った」

「あらそう、康子ちゃんは取り次ぎをしてくれたんだね、偉い偉い。じゃ、かけ直しますと言って、お名前を訊いてあげて」

こっくりと康子は肯き、一階の電話機の受話器を、泉から奪った。

「もしもし、だれですか？　かけ直します。今、泉ちゃんがトヨさんを呼んできます」

康子は受話器を持って華子に言った。

「待ってるのでよいですすと言ってる」

康子は華子の対応を泉に伝えた。

「すみませんー、ではお待ちくださいー、すぐ呼びますのでー」

泉は康子の後ろから大きな声を出して、外線電話とは別に、壁に取り付けた内線電話で、「お母さん、電話がかかってきてる」

登代を呼んだ。

ぎゃあぎゃあぎゃあ。弟が火のついたように叫んだ。

「採る。採る。これで流れ星採る」

「わかったわかった」

笊を持った弟の手をひいて、泉はベランダから外に出た。入れ違いで登代が電話の前まで小走りにやって来た。

「お待たせしました……。あっ、はい……」

受話器を持った登代の手の甲がキュッと筋ばったようになった。康子は登代をじっと見ていた。自分が取り次いだ電話に、幼児は重い責任を感じていたのである。

「えっ……」

登代はそれきり黙った。

黙ったままだったが、長い電話だった。黙ったまま、登代は頻繁に肯いた。

「……わかりました」

そして電話を切った。

切って、電話機の前で立ったまま、手は受話器の上に添えたままでいる。

(いつもとはちがう)

日常の気配ではないものが家の中に充満してきたことを、康子は感じた。

そこへ弟と母と泉が、ベランダから室内に入ってきた。

「泉、あんたのいい話、破談になったよ」

いきなり登代は泉に言った。

(いい話ってなんだろう？　ハダンってなんだろう？)

康子は意味がわからなかった。だが、いい話がハダンになった、という登代の言い方がどろりとしていて怖かった。思わず母親の着物の袖を摑む。

「さ、健、流れ星は今夜はもうないから、寝ようね寝ようね」

母は弟の手をひいて階段を上がって行く。

「康子、あんたも上に来て。もうパジャマに着替えなさい」

階段の真ん中あたりから、一階の茶の間にいる康子を、母親は呼ぶ。

康子は言われたとおりにしたが、二階の寝室で母親が弟を着替えさせ始めると、また、そっと階段を下りた。下りきらず、さっき母親が自分を呼んだあたりに腰を下ろした。そこからは登代と泉がしゃべっているのが見えた。

「片桐の潤一坊っちゃまとあんたの縁談は破談になったよ」

「縁談って……、そんなものはないと潤一さんも今朝、言ってらしたよ」

「そうよ。潤一坊っちゃまはね、あんたなんかと結婚したくないって家出したんだってさ」

康子には、登代と泉が何について話しているのかはわからない。ただ、康子がよく見知った登代のようすではなかった。知っている人なのに知らない人に豹変したようで、それが康子をひどく不安にさせた。

照恍寺幼稚園で○○ちゃんや××ちゃんと喧嘩をすると、「○○ちゃんなんか嫌い」「××ちゃんなんか嫌い」と康子は言う。向こうも「ヤッちゃんなんか嫌い」と言う。

登代は泉に、今、言った。潤一坊っちゃまはね、あんたなんかと結婚したくないって、と。

「聞こえた？　白金台の大学を出たお坊っちゃまはね、あんたなんかと結婚したくないんだってさ」

また、「なんか」と言った。

(泉ちゃんはおばちゃんに何か悪いことをしたの？　それでおばちゃんから叱られてるの？)

康子は泣きそうになる。それほど全身をわけのわからなさが捉えていた。

痛かったり残念だったり悔しかったり寂しかったりして泣きそうになったことは、これまでに何度もあったが、わからなくて泣きそうになるという体験は、この時が初めてである。

初めての感情はよりいっそう康子をわからなくさせ、よけいに泣きそうになった。

「これからすぐに松本に行かなくちゃ。帰りは片桐様が車を出しますって」

登代はエプロンを外してくしゃくしゃにし、廊下を行ったり来たりする。

「ああ、なんてことを深芳ったら……。そんないい話があるのなら、言ってくれてればよかったのに……」

エプロンを顔に当てる。

「お母さん、落ち着いて。じゃ、私もいっしょに行くわ。潤一さんが家を出たですって？　何か事情があったのよ。電話でしゃべるからよくわからなくてややこしくなるんだわ。片桐様のお屋敷で顔を合わせてお話を聞けば、何だそんなことかってだけよ」

泉もエプロンを外し、登代にコートをわたした。

「坊っちゃまはね、ぼくはぼくの選んだ人と結婚しますって。あんたなんかは選ばないって、華子様は言ってた」

登代はコートをはおりながらも、また、「なんか」を繰り返した。康子はいたたまれなくなり、泣きながら二階の寝室に行き、母の背中に抱きついた。

「どうしたの？」

母は頭をなでてくれた……。

6

現在は三十三歳になった康子は言う。

「……母に頭をなでてもらって、あの日、ようやくわたしはホッとしたわ」

大きな瞳に長い睫毛の彫りの深い顔だち。現在は〈たから〉の若女将である。

「何だか幽霊が恨み言でも言ってるみたいに、あんたなんか、あんたなんか、って、登代さんが言うのが、子供心にものすごく怖かったのよ」

潤一が泉の縁談を断った夜のことは、康子から聞いた話を構成したものだった。

「登代さんが何を言っても、泉ちゃんは肯《うなず》いてて……、いいえ、ちがうの、ハイハイって聞き流してるのとはちがうの。何て言えばいいのかしら……。肯くのが板についてるっていうか……。雪の多い県の人が大雪にいちいち慌てたりびっくりしたりしないみたいな……。それがまた登代さんをかえってイライラさせたんでしょうね。登代さんは登代さんで、潤一さんとミーちゃんが一緒にどっか行ってしまったと聞かされて気が動転してたのよ。ええ、そうね。気が動転してる時に、すぐそばにいる人がいやに落ち着いてると、かえってこっちの気が動転するってこと、よくあるわよね。登代さんはそれだったのね、きっと」

ヒステリックになっている登代に肯いていた泉。雪国の人が外の大雪を知るだけのように、彼女は自分の縁談が破談になったことを聞いていた。

7　ベイエリア発足時からの矢作とNとK

1

潤一と深芳は、特急から下りたあと〈ベイコーポ〉の矢作俊作を訪ねた。

アパートというアパートメント・ハウスの略称が、どこか小汚い雰囲気に響くようになるのは一九七八年あたりからである。

横浜は山手にある〈ベイコーポ〉は、矢作の祖父の代には〈山手アパートメント〉といった。空襲で潰れたので戦後、資材も不充分なおりに仮設まがいに建て直したが、当時、十八歳だった矢作の父は、親からの賃貸住宅をただ譲り受けて大家として暮らすことを、卑しくみっともないことであると感じた。片桐潤一のように。それで、進駐軍キャンプでピアノを弾いていた。サンフランシスコ講和条約の後は、横浜のバーやキャバレーで。

矢作俊作の母は、ピアノを弾いていた父に恋をした歌手である。ミュージシャン夫婦の不安定な生活を、祖父母のアパートメントからの収入が支えてくれたかというと、そうではなかった。祖父母は建て直すとまもなく他界し、仮設アパートメントは、矢作の父母も含めた不安定なミュージシャンたちが、ただで寝泊まりするキャンプになっていた。しかも掃除の行き届かぬところの。家賃収入といえば、祖父が大家をしていたころから住んでいる古い店子《たなこ》からの二室分だけだった。

白・黒・白・黒。父と息子の性格は概して交互に反対になるものである。浪費家・堅実・浪費家・堅実。むろん必ずではない。概して。中には灰色になる場合もある。

灰だらけ姫の物語に苛立った矢作俊作が、思春期のころから嫌悪していたことは、ピアノ弾きと歌うたいという両親の不安定な生活ではない。不動産屋や借り手が建物を「山手アパート」と呼ぶことだった。

「アパートじゃなくてアパートメントだ。メントをとるな」

むかむかするほど嫌っていた。彼が明治学院に入った年に、両親はどんちゃん騒ぎに近い気分で、自宅およびアパートメント・ハウスを取り壊して建て替えた。鉄筋三階、各階四室を貸して、四階は自宅と住人共用の屋上。ピアノと歌から足を洗ったのである。

「〈ベイコーポ〉にしてくれ」

矢作は取り壊し工事の始まる前から両親に頼んだ。

「アパートメントだと何回言っても、みんなアパートと言う。それならコーポっていう、わけのわからないカタカナ日本語のほうがいい。そのほうがずっといい」

矢作俊作の美意識は動かざること山のごとし。

「ベイコーポなら、〈ベイコーポ〉っていうひとつの単語があって、辞書をひくと、〈海の入り江からちょっと歩いたところにある集合住宅〉って出てるかんじがする」

彼がこう言うのを、筆者はこれまでに二十回は聞いた。自分の上司や先輩を取材するのは初めてである。

以下は矢作俊作ならびに、〈ベイエリア〉発足当初からの人員であるイラストレーターとグラフィックデザイナーから聞いた話である。

2

〈ベイコーポ〉の一階、東の角が一〇六号室で、そこが発足当時の〈ベイエリア〉だった。

「ギリが……」

片桐潤一のことをギリと彼らは呼ぶ。矢作とイラストレーターNとグラフィックデザイナーKの三人は。

「ギリがオカイさんと一〇六号室に着いたのは……」

深芳のことをオカイさんと、彼らは呼ぶ。

「……一〇六号室に着いたのは夜の八時くらいじゃなかったかな。NとKは、たまたま仕事で外に出てた」

矢作は二人を一〇六号室に泊めて、KとNがもどったら四階の自宅に泊めるつもりでいた。

「だってさ、駆け落ちしてきたって新宿からの公衆電話で言うからさ。とにかく節約したいだろうって思ってさ」

だが二人は一〇六号室で長々と馴初《なれそ》めと事情を語った後は、矢作には車に乗せてもらうことを頼んだだけだった。

「あのころは親父のジープをみんなで使わせてもらってた。親父は若いころからずっと四駆で、すきま風が入ってくるあのケツの硬いヤツで夜中に送ってやった。ニューグランドまで。駆け落ちしてきてもニューグランドに泊まるっていうのがね、ギリらしいっちゃ、らしいな。オカイさんを気づかったんだろう」

大学時代に親元からの仕送り先に使っていた第一銀行に、潤一はかなりの額を振り込んでから事に及んだらしい。「かなりの額」には、もともとの潤一の預金のほか、勝手に華子の通帳と印鑑を持ち出して一部を拝借した金も含まれている。

「お袋さんから無断で借りたぶんは、〈ベイエリア〉にいたあいだに毎月毎月ちょっとずつ返済してたのもギリらしかったよ」

そのお袋さんこと華子と父貴彦。登代と柾吉。二組の夫婦が〈ベイエリア〉に来たのは、翌々日であった。

「まだ昼になってなかった。おれらだって仕事あるわけだし、だいたい六人も一〇六号室に入って話せないじゃん？　またニューグランドなわけよ」

この時は片桐夫妻がタクシーを二台呼び、ニューグランドに部屋も二部屋とった。

「当事者六人で話し合うもんだと思ってたのに、おれも同席することになってさあ」

おそらく潤一が自分たちの味方を欲したのだろうと矢作は言う。

「山下公園に面したほうの部屋でね、天気もいい日だった。さして揉めたムードの話し合いじゃなかったよ。

二人の話からすると、周囲は二人の結婚に猛反対で駆け落ちするしかなかったってかんじだったけど、みんな、そうならそうと早く言えばよかったのに、みたいなこと言うんだよ。とくにお登代さんたちは……」

矢作が、登代を《お登代さん》と親しげに呼ぶようになった経緯は後述するが、彼女と柾吉はむしろ深芳と潤一の結婚を喜んでいた。

「ギリのお袋さんってのがさぞかしキイキイ騒ぎ立ててるんじゃないかって覚悟してたわけ、おれなんかはね。でも一番、冷静だったぜ。梟《ふくろう》みたいにさ、場の流れや、そこに居合わせたもんの動向を、じーっと静観してるっていうかさ」

彼らの恋は短命であることを、華子ははなから見抜いていたのだろうと、後日に矢作は、お登代さんに言うことになる。

「ゴシンゾク《御親族》の方々と会ってみりゃ何のことはない、いっしょになるならなるでちゃんとゴリッパな式を挙げてよねってだけ。それより問題は、何とおれなわけ」

潤一が片桐物産を辞め、松本を離れ、〈ベイエリア〉などという自由業者の群れに属することを、みな反対しているのだった。

「《学生の会社ごっこにすぎない》と言われたと前にきみに言ったろ。それ言ったのギリの親父さんだよ」

矢作は在学中から映画と舞台の評を専門雑誌に書いていた。実用翻訳も地道に続けていた。ほかの二人も、イラストとデザインの仕事をすることを、夢見ていたわけでなく、一九七二年現在ですでに実際に収入があった。まだ新人でまだ低額ではあったものの。

留守番電話すらなかった時代に、三人の自由業者は、情報と通信を一カ所に集められる場所が必要だったのである。矢作にしてみれば堅実な事務所を設立した気でいた。

「でも、ギリの親父さんにしたら、〈今までリアリストだったはずの息子が、なんでまた急に、ぼくは巨人軍のバッターになりたい、なんてガキの夢を語りはじめたんだろう〉ってなもんだったんだろう。

ニューグランドで二時間やそこら話したところでギリの人生の正解なんて出てこないだろ。取り急ぎ、みんなが待ってるのはこの駆け落ち騒ぎが収拾することなわけだからさ、おれ、ギリの親父さん一人をラウンジに誘ったんだ。大勢で顔つきあわせてると、なかなかまとまらないことってあるから。四人のうち、酒が好きそうなのはこの人だな、とふんで」

ビールとジントニックを一杯ずつ、二人で飲んだ。

「隣の席に金髪ミニスカの可愛い娘がすわってた。ジャネット・リンに似てますねなんて、まあ、気分を和らげようと思って言ったんだよ……、そう、ちょうど札幌冬季オリンピックの年だったんだ。そしたら、アイス・スケートの話になって、片桐物産は長野県のスケート競技大会の協賛をしてるって親父さんは言うのよ」

矢作は鞄に入っていたスポーツメーカーのカタログを貴彦に見せた。スケート靴で有名なメーカーである。グラフィックデザイナーKが関わったカタログだった。

「それで雀の涙ほどはうちの事務所について
ジントニックもまわって両者リラックスした。矢作は解決策を思いついた。

「潤一くん本人には伏せて、彼の処分を片桐物産から、首都圏のマーケティング・リサーチをするシンクタンクに出向するという形にしてはどうか、そしてしばらくようすを見るのでどうか……ってなことを、おれはギリの親父さんに提案した」

貴彦は同意した。

潤一と深芳はこの年の暮れに松本でご立派な結婚式を挙げたのち、新年から〈ベイエリア〉隣の一〇五号室を慎ましい新居とした。

「オカイさんの印象？　だから、オカイさんだよ。目も鼻も眉も口もふわふわ～っと、よく見たやつ煮込んであって、八重歯がまたちょこっと添えた漬け物みたいで。きみもDVDにした見ただろ、ぴったりじゃん？」

オカイさんというのは、グラフィックデザイナーKがつけた綽名である。膳所《ぜぜ》出身の彼は、粥《かゆ》のことを「オカイさん」と言うのである。外見や雰囲気が粥のようだということで、深芳はオカイさんと、矢作たちからは親しみをこめて呼ばれていた。

「諏訪で有名な美人？　そうなの？　だれ、そう言ったのって？　え、みんな？　あ、そう。へえ。……いや、そうじゃないよ。諏訪の人の審美眼にケチつけてるわけじゃないよ。諏訪の人の言うとおりだよ。オカイさんにはみんな文句がない。ガールのメジアンというか、ガールのスタンダードというか」

多数決というのは引き算方式だ。強い要素《エレメント》は排斥される。強い要素はある人を強烈に惹きつけ、ある人を強烈に反発させる。多数決では反発のないものが残る。

「それにおれらは最初から彼女のことは、〈ギリの相手〉って見てたから、異性としてどうのこうのって対象じゃなかったんだよ」

筆者は矢作に、潤一から借りてコピーした写真を見せた。

「うん、かわいいよな、かわいい。こうしてあらためて写真を見るとかわいいよ。きみもかわいかっただろ、この年齢のころは。青春だねえ。

わっ、まだ公衆電話が黄色。こんな写真、きみ、よく借りてきたな。だれから？　え、ギリ? へえ、こんなの、いつ撮ったんだろ。これ、山手の、あそこの信号のとこにあった酒屋だよな」

今はセブン―イレブンになった酒屋の前で潤一と深芳は立っている。深芳はクリームイエローのTシャツにすとんとしたデニム地の膝頭丈のスカート。潤一はジーンズに下駄を履いている。潤一の髪が長いのが、一九七二年という時代を感じさせる。二人とも髪は肩くらい。二人ともカメラ目線ではない。カメラからすると、二人ともわずかに顔を斜めにしている。はにかみながらも互いに見つめ合って微笑んでいる。下駄を履いたぶん潤一がぐっと長身になり、ビーチサンダル履きの深芳との身長差が増している。ヒールのない履物はヒールのあるそれよりも足首を太く見せるが、それが深芳の足を幼く見せており、いかにも潤一が深芳を温かく見守っているようなショットになっている。

「いいなあ。いい写真じゃないか」

松本のファミリーマートで筆者がコピーしてきた写真に、矢作は見入る。

「この絶好のショット。ギリとオカイさんの向かい合った角度。いいねえ。CDのジャケか、今、うちでやってる保険会社のあれに、この写真、マジで使えるんじゃないか。被写体への祝福と愛情が滲み出ている。だれが撮ったんだろ? え、N?」

イラストレーターのNが撮った写真だと、潤一は言っていた。

「ちがう。俺が撮ったんじゃない。オカイさんのお姉さんが撮ったんだ」

泉が新婚の妹夫婦を撮ったのだと、イラストレーターNは言った。

「カメラは俺のだったよ。それでギリは勘違いしてんだろう。あのころはトウシロ向けのカメラでも自分で焦点を合わせないとならなかった。重たかったし」

Nはピントの合わせ方を手短に説明してから、泉にカメラを渡したという。

「焼き上がってきたこの写真見て、すっげえ感心したのよくおぼえてる。撮りようだなあと。実際のあの二人の当時の状況とはだいぶギャップがあったから」

この写真を撮ったころの潤一と深芳のようすはあまり芳しいものではなかったそうだ。

「ほら、プロのカメラマンが撮ったのより、お母さんが自分の赤ちゃんを撮るとすっごくいい写真になるだろ。あれといっしょでさ、きっとあのお姉さんは、ギリとオカイさんを心から祝福してたんだろうなあ。それがこの写真にあらわれてる。二人のいいとこが撮れてる」

潤一も、筆者に同じように言っていた。

「じつはこの写真を撮ったころの、あの二人は……、険悪というよりは、もうシラケてたというか。わっと盛り上がって結婚してってケースだったわけじゃん？　そういうのはだいたい失速するのも早い。つきあった時からすると二年ほどたってたから、まあ、パターンどおりっちゅうか」

〈ベイコート〉は各室、四畳半二室に三畳の台所である。一〇六号室で絵描きと意匠家が仕事をするため、潤一は一〇五号室で電話応対や出入金の管理をした。

「ってことは、オカイさんとずっと一部屋で一日中いっしょってことじゃない？　あまりにずっといっしょにいると、よくない状況になってくるのが若い男女の相場だろ？」

今までの生活環境とはまったく異なる土地や家屋に住むことになったうえに、駆け落ちまがいで自宅を飛び出したため、二人とも親族に愚痴はこぼせない。あれほど恋しかった相手が褪色しはじめる……。

深芳は一〇六号室にそっとやって来て電話を借り、泉にだけ相談していたそうだ。

「当時はコードレスフォンやケータイなんてないだろ。電電公社がつけてくれるコードを最長にしてもらってたんだけど……。俺らがいるとしゃべりにくいだろうから電話機を風呂場に持って行ってもらって、〈長電話、どうぞ〉って……。でもなんとなくフインキはわかっちゃうというか、わかってほしいというか。だってさ……」

深芳は風呂場の戸を開けて、大きな声で話すことがよくあったという。

「だって、わざわざ戸を開けてしゃべるっていうのは……、あれはギリへの不満を、俺らにぶちまけたかったんじゃないかなあ」

深芳たち夫婦のようすを心配した泉が〈ベイエリア〉を訪れるようになった。写真はその折りに撮ったものである。

「そのお姉さんってのがすっげえ美人なんだよ。お姉さんが来ると、俺とKと矢作とで、お飲み物はいかがでしょうか、お寿司でもおとりいたしましょうかとか……、こら、そんなに笑うなよ、それくらいしか咄嗟に案が浮かばなかったんだよ。そんなふうに、普段はついぞしねえような親切をして、お姉さんの姿を見に行ったもんだよ。

顔とかスタイルもいいんだけど、とにかくフインキがいいんだよ。着てるもんとか……。ぜったいレミレミした服なんか着てないの。え、レミレミした服ってわかんない？　じゃ、クネクネして、ピロピロした、ＰＴＡ参観っぽい、だっせー服。そういう服じゃないってこと。

髪とか靴も。何かこう、アアルトの建築みたいな……、つきあい長いんだから俺の言わんとしてることわかれよ……。えっ、何だって？　じゃ、きみ、お姉さんの８㎜も見たわけ？だったら訊くなよー」

泉は深芳に、外に出て働いてみてはどうかという助言を伝えに来ていたらしい。それは貴彦からの内密の助言であった。潤一にも、そして華子にも伏せたところの。

4

その名も〈深芳〉である。店の名は片桐貴彦がつけた。ずっと前に。この店名か倉島深芳の名か、どちらを先に思いついたのか。

ともかくも〈深芳〉は蒲田にあった。

朝鮮動乱の特需景気のころ、片桐様の入婿殿は、舅姑と妻に隠れて蒲田の店舗を買った。五人掛けのカウンターと、ボックス席が二卓だけのこぢんまりした小料理屋。二階が住居になった、こんな飲み屋がかつては日本にたくさんあった。

女主《おんなあるじ》は塩尻の出で、貴彦とは古いつきあいである。店の名を彼がつけるほど。親密なつきあいである。彼が名付けた店を持たせてやるほど。

彼と彼女にまだ脂気《あぶらけ》のあったはるか以前はいざ知らず、一九七〇年代には、年に一度だけ、七夕よろしく貴彦は店を訪れていた。古い友人として。

貴彦も妻と同じで、息子の結婚は長くは続くまいとうっすら感じていた。といって離婚を待望していたわけではない。そこで泉を通して、深芳に外で働くことを助言したのである。一日顔をつきあわせているのが男女にとってよろしくないことを、このスマートな入婿殿はよくわかっていた。

かつて特別な関係にあった女に出させた店だとは（泉には）言わない。ただ古い知り合いの店だと言った……。

「……ってとこやないんかな。お登代さんとよう話すようになってから、店で聞いた話をつなぎ合わせるとな」

膳《ぜ》所《ぜ》出身のグラフィックデザイナーKは言う。

「そんなこんなで、オカイさんは、自分の名前と同《お》んなじ〈深芳〉で、週に何回かだけ働かはることになったんや……。表出るようになったら、例の聞こえよがしみたいな長電話もしはらへんようになったわ」

そのうち、登代と柾吉も〈深芳〉を手伝うことになった。塩尻出の女主が健康を害したのである。長い入院になるだろうから、店を全面的に深芳にまかせたいと言い出した。

「いくら実家の料亭や旅館を手伝《てつど》うたことがあるゆうたかて、いきなりそんなん一人で無理やん？」

そこで登代と柾吉が女主と相談をして、彼らが〈深芳〉を仕切ることになった。平日は店の二階に住み込み、週末は諏訪に帰るのである。

「……そのころに、俺とかNとか矢作が、よう〈深芳〉に行くようになったんや。そんでお登代さんとようしゃべるようになって……」

それで、矢作ら〈ベイエリア〉の三人は、登代のことを《お登代さん》と呼ぶのである。

「きみの世代やと、石油ショックとドルショックのことは知らんやろ。そやからようわからへんかもしれんけど……。〈たから〉は相当キツかったんや。お登代さん、そう言うてはった。料理屋のほうはともかく、宿屋のほうがどうにもならんて……。団体さんは大きな旅館にもっていかれてしまうさかいな。それと……」

〈ベイエリア〉の三人のうち、Kにはとくに気さくだった登代が、彼がひとりで店に行った折りに打ち明けたことがある。柾吉が〈たから〉で働いている仲居某の尻を追いかけるのが癪に障ると。

「よう話を聞いてみると、そないに怒らんかてええやんかていうようなレベルのことや。中年のおっさんが若い娘の、乳やらおいどやらをちょっと触ったとか触りたがるとか、どっかで一緒に飯食うたとか、その程度のもんなんやけど……」

《柾吉は若いころは朴念仁《ぼくねんじん》だったので、そういう男は五十になって浮気すると程度がわからず破滅する。家族が破滅の道連れになる》などと登代は大袈裟にKに言ったのだそうだ。

「若い仲居さんがちょろちょろと何人かいて、さっと手出《てえ》したら触れるゆうとこに柾吉さんを置いときとうない……、そんな気持ちがお登代さんにはあったんやろ。そんで蒲田に出てきたかったみたいなとこがあったんやろな。まあ、熟年夫婦のリフレッシュ出向や。ギリとオカイさんの若夫婦かてそうや。熟《じゆく》と若《わか》と二組合わせて、蒲田でリフレッシュや」

登代と柾吉と深芳は、水入らずで気兼ねなく〈家庭料理の店・深芳〉を切り盛りした。

「石油ショックでネオン規制があったりしてシケたころやったのに、ふしぎなくらい繁盛してた。俺らが行っても、いつも満員やったで。諏訪のほうはあかんでも、蒲田は大繁盛やて、柾吉さんも喜んではった。

オカイさん人気やったんかな。区議会議員のなんとかいう人が常連さんで、オカイさんに、ミス蒲田に出場せえて勧めてはったわ」

矢作ら三人は、しかし、しばらくするとあまり足しげくは〈深芳〉に行かなくなった。

「行こ行こ、とは思《お》もてんにゃけど、いかなこと蒲田と山手では距離があるやん。そんで足がしだいに遠のいて……」

では、登代らが〈家庭料理・深芳〉に詰めていた三年ほどの間、泉は諏訪でどうしていたか。

「お姉さん？　ああ、あの別嬪《べっぴん》さんかいな。あん人は蒲田には来はらへんかった。ガリ勉してるて、お登代さんが言うてはったわ」

〈たから〉の客の入りが少ないので料理屋以外は休みにして、松本の専門学校に通ったという。

「そんで管理栄養士の資格をとらはったそうや。すわ、あん人も蒲田の店で料理作ってくれはるんやろかと三人で期待したんやけど、〈女将を継がせました〉て柾吉さんが言わはったさかい……。そや、きみがゲットしてきたその図面になるように、なんや大々的な改築をして、実家の旅館の女将を正式に継がせましたて言わはったさかい……、そうか、それやったらもう、あのきれいなお姉さんが店に来はる可能性はないやろと、三人ともガッカリしたこともあったりして……、仕事もおかげさんでなんやかんやと忙しなってしもて、蒲田も遠いし、そんなこんなで〈深芳〉には行かへんようになってしもたんや……」

　KやNや矢作だけでなく、今はセブン―イレブンになった山手の酒屋の先代も、〈ベイコーポ〉の近くの本屋の夫婦も、泉を美人として記憶している。

「えー、アプローチしとくべきやったて？　お姉さんにか？　山手に来はったとき？　そんなもん、できるかいな。アプローチゆうのは、アプローチしても失礼やないくらいに知り合《お》うてからするもんやろ。挨拶したくらいでどう迫れいうんや。しかもオカイさんのこと……、妹のこと心配して来てはるときに。顰蹙《ひんしゆく》買うわ。そやからみんな、こっちに住まはるようにならんかいなて期待してたんやがな」

　泉は山手に暮らしていれば、もっとちがう出会いがあり、もっとちがう暮らしがあったのかもしれない。

　だが。〈深芳〉を泉も手伝うようになっていたら。妹夫婦をもっと頻繁に訪れていたら。こうした「もし〜たら」という仮定は、人と人の御縁には意味がない。「もし〜たら」は、なかったのだ。泉はずっと諏訪で暮らしていたのだから。

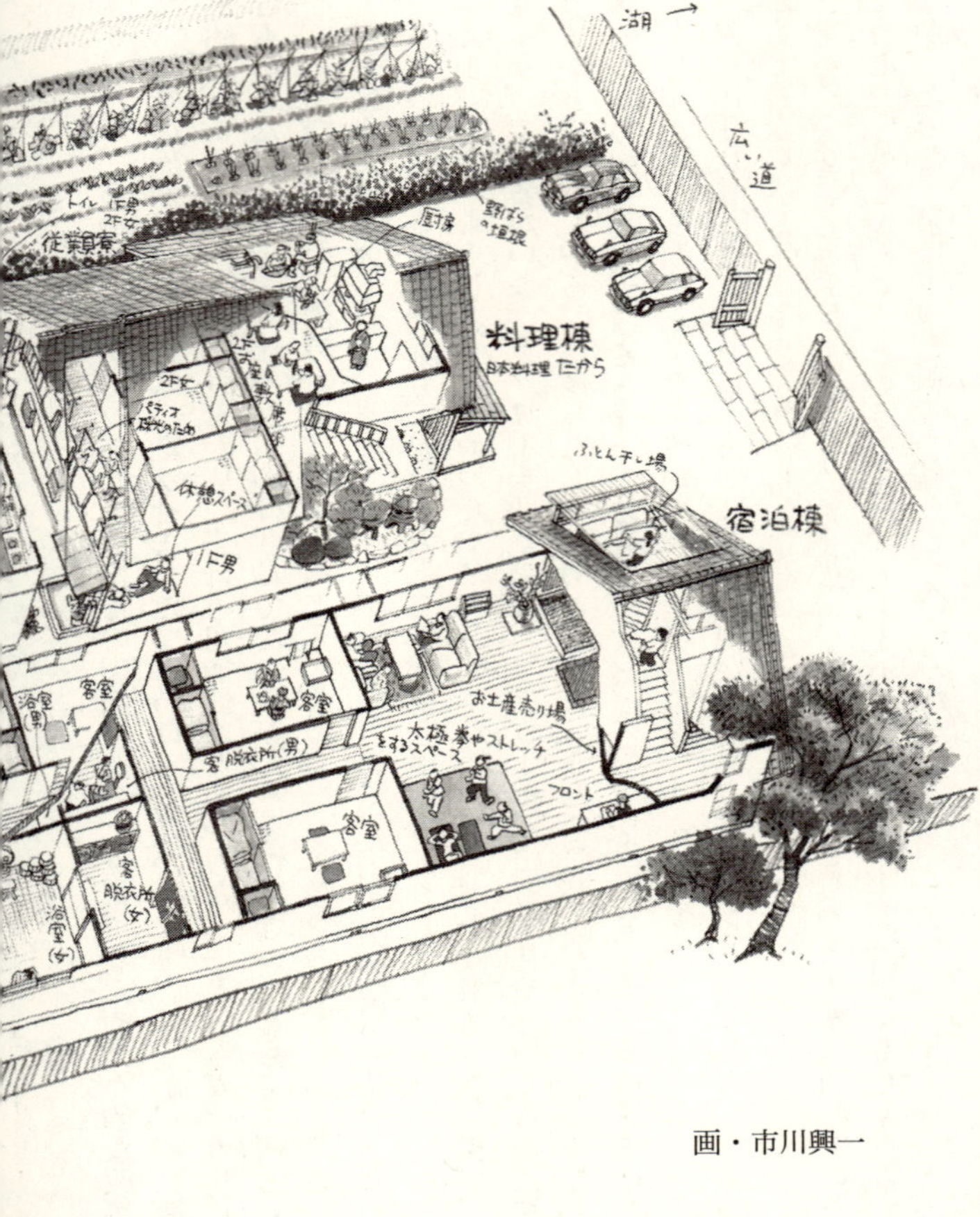
湖 →
広い道
野ばらの垣根
厨房
料理棟
日本料理 たから
トイレ 1F男
2F女
従業員寮
2F女
1F男
ふとん干し場
宿泊棟
客室
浴室(男)
客室
客脱衣所(男)
お土産売り場
太極拳やストレッチをするスペース
フロント
客室
客脱衣所(女)
浴室(女)

画・市川興一

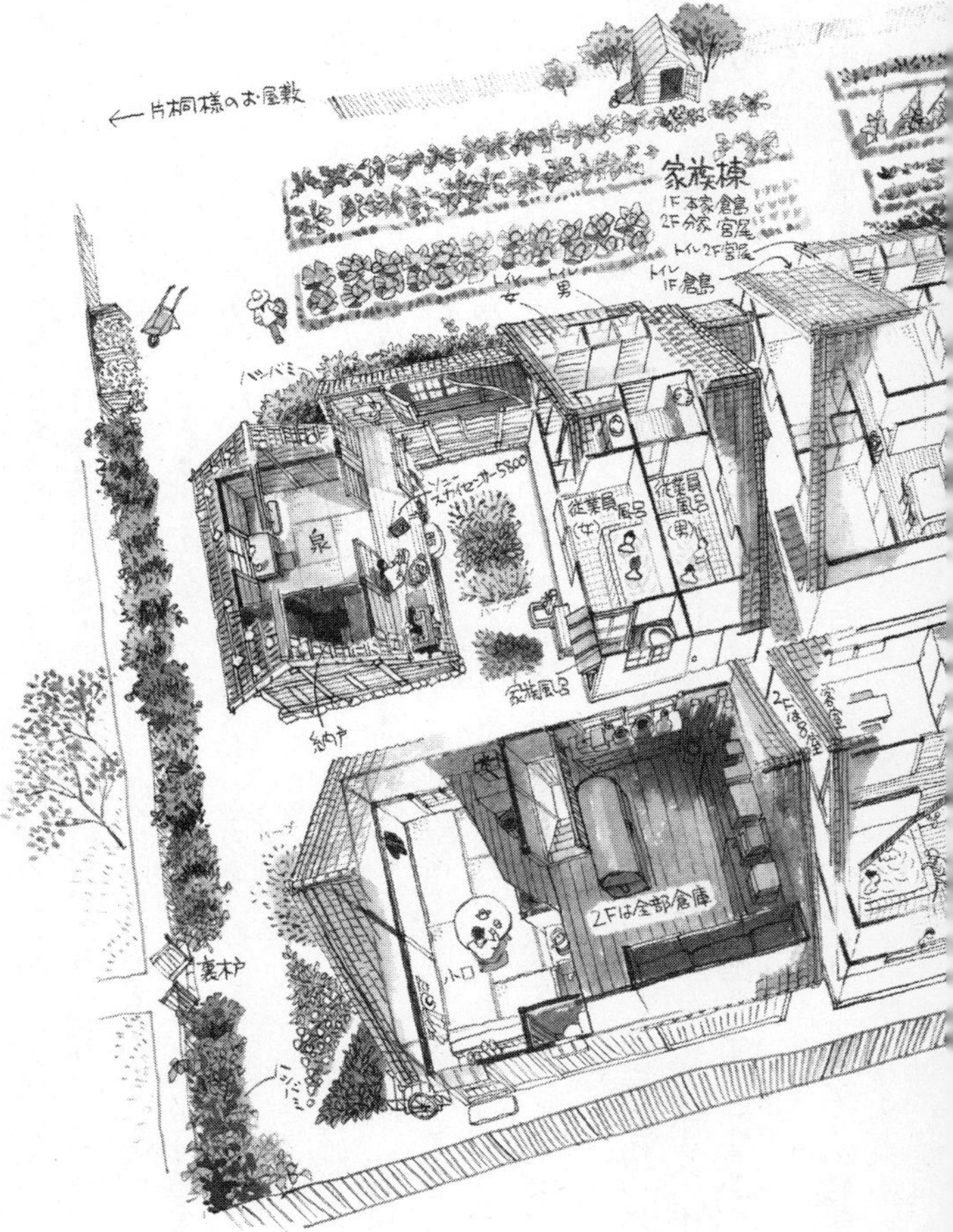
←片桐様のお屋敷
家族棟
1F本家倉島
2F分家宮尾
トイレ2F宮尾
トイレ1F倉島
トイレ女
トイレ男
ハツバミ
ソニースカイセンサー5800
泉
従業員風呂(女)
従業員風呂(男)
ハーブ
家族風呂
納戸
2Fは全部倉庫
トロ
裏木戸
ハーブ

筆者は碩夫から図面のコピーをもらった。大々的に改築した後の〈たから〉の図面である。敷地の三分の二に、料理・宿泊の営業棟、従業員・家族の私宅棟があり、残り三分の一は、大きな畑、小さな香草園ならびに花壇である。香草園のほんの片隅に倉庫と小屋がある。

Kが登代から聞いたところによると、〈深芳〉に矢作らがよく行っていたころ、《ガリ勉をして》いた泉は、客の入りが少なく辞める従業員が四人も出たのを、むしろいい機会として、親族に〈たから〉を全面改築してはどうかと相談した。

建物が古くなっていたし、敷地全体にぱらぱらと棟が広がっているので各々を結ぶ渡り廊下が長い。改築にはみな賛成した。が、登代たちは〈深芳〉で忙しく、碩夫と真佐子は料理棟を仕切るので忙しく、信用金庫でローンを組んだり、設計事務所と権蔵の家を行き来したり、改築に関わることは泉がだいたい一人でしたようである。ぶなの木のもとで、潤一に熱心に「たから改造論」を語っていた泉には、数年来あたためた明確な改築案があったのだろう。

畑で野菜を作るにあたり近所の農家と業務提携する形をとった。農家から無農薬栽培の米と〈たから〉の畑では作らない種類の野菜を買い、農作業の基礎を教えてもらいながら、手伝ってもらいながら、泉は自ら耕運機を動かし、鋤《すき》や鍬《くわ》をにぎって土を肥らせるところから始めたという。

この畑から収穫を得るまでにはあとまだ少し月日がかかったが、先にリニューアルの結果を言えば……、〈たから〉は、正式名称を〈たから湯治館〉とした。〈日本料理たから〉は一般的な和食レストラン。〈たから湯治館〉は原則的に三泊以上の、湯治に特化した宿泊形態にした。

〈七日間体質改善プラン〉〈三日間さよなら肩凝りプラン〉〈四日間メタボ解消プラン〉など、現在の〈たから〉の、いくつもある宿泊プランは、プラン名は時代に合わせて変えていったとはいえ、もとはみな泉が考案したものである。

潤一に語ったとおり、宿泊客は体力に応じて、太極拳、速歩、ジョギング、サイクリングなどの運動をしながら、鍼灸も希望すれば受けられる。運動の指導は、結婚や定年で退職した元体育教諭に依頼した。

また、食事は滋養のある無農薬野菜や信州名産の蕎麦をふんだんに使い、豆腐と豆を蛋白源にしてある。《ガリ勉》して管理栄養士の資格をとった泉は、低カロリー高蛋白、高ミネラルで、かつ満足感のある献立を懸命に発案した。

矢作は言う。

「うまかったよ。今でこそ玄米だとか豆腐アイスクリームとかはさ、ヘルシーフードとしてそこらじゅうに出回ってるけど、そのころは、何それ、って感じだったんだよ。それに健康にいい献立ってうまくない精進料理ってのがざらだったのに、〈たから〉のめしはうまかった」

評判になってからの〈たから〉に、矢作は泊まったことがあるのである。

「おれは、たしか〈七日間体質改善プラン〉ってので泊まった」

〈日本の名湯名旅館〉といったようなムック本を〈ベイエリア〉で作っていて〈たから湯治館〉を知り、予約した。

「〈深芳〉に行かなくなってから、もうずいぶんたってからだよ。オカイさんの実家だと知らないで予約したんだ。テレビの紀行番組でも取り上げられたことがあるとか、日本随一の個性派旅館とかイチオシみたいに紹介されてたから」

そこで矢作は久しぶりに泉に会った。

「手が蟹になってた」

泉の手は農作業で荒れて節くれだって蟹のようだった。日焼けで顔は黒くなり、染みがぽつぽつとあった。

「それが前よりいっそう……、ホーリーに美しかった」

洋服は着てこそ花咲く。手は使ってこそ花咲く。矢作は吟ずるように言うのである。

「床の間に飾っておかれても手はうれしくないだろ。マメができるほどこの世を生きて活かされたほうがうれしいんだよ。うれしい人やうれしい顔は何よりも美しいじゃないか」

矢作は図面を指さした。

「ここ」

敷地の端の小屋。大きな畑とは別に香草園がある。香草園の片隅に離れがある。

「ここに泉ちゃんは住んでた……っていうか、一人でここで寝起きしてた……」

什器や布団をしまう倉庫（幼い泉が秘密基地を作っていた）と香草園をはさんで斜めにぽつんとある小さな平屋。

「ほったて小屋とまでは言わないが、小屋に毛の生えたような離れだった……」

図面にある建物のうち、この小屋は他より遅れて建てられたものである。深芳と横内亨の縁談がもちあがったさい、立派な離れを建てようと整地だけしてあったところに。

また掘り返してここも香草園にする予定を変更したのだ。なぜ変更したか。そのわけは、泉の結婚生活にある。

改築工事が無事終わるころに縁談があり、老片桐夫妻の仲人で、泉は見合い結婚をした。

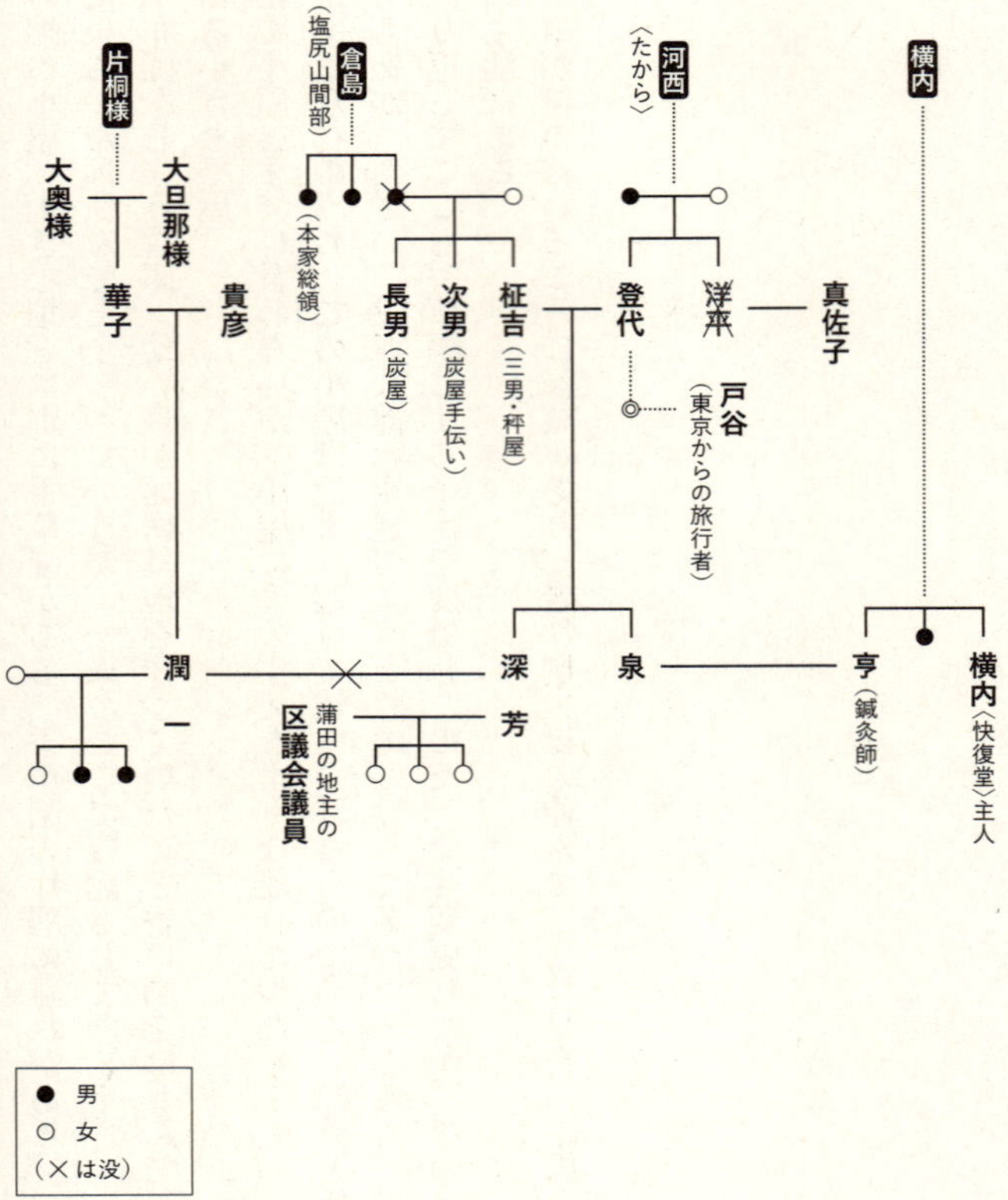
片桐様
大奥様
大旦那様
華子
貴彦
潤一
倉島
（塩尻山間部）
（本家総領）
長男（炭屋）
次男（炭屋手伝い）
柾吉（三男・秤屋）
深芳
泉
蒲田の地主の
区議会議員
河西
〈たから〉
登代
洋平
真佐子
戸谷
（東京からの旅行者）
横内
亨（鍼灸師）
横内〈快復堂〉主人
● 男
○ 女
（×は没）

8 結婚した横内亨

1

泉が鍬を振り上げては下ろし、下ろしては振り上げているのを、横内亨はよく見かけた。耕運機を動かしているのも。

「といっても、あとから、あれは泉さん……」

泉に〈さん〉を付けてから、いくぶん亨は迷い、決心したように呼び捨てに変えた。

「……あとから泉だったとわかったんであって、道から見てたときはわかりませんでした。鍔《つば》のある帽子をかぶってましたから。中学や高校の体育の時間に着るようなジャージを着てたし、おっさんの息子《ぼうず》かなと」

おっさん、とは泉が野菜作りの指導を頼んだ農夫だ。

「片桐様の裏木戸を出てすぐの急な坂道を下ってったほうが駅には近いんですが、ゆるい坂道をちょっとのぼって里道《りどう》をぐるりとまわって帰るのがおれの習慣でした。

リニューアルしてからは敷地の片側にぎゅうっと建物が集まって、もう一方の側はみんな畑になってしまったように……、見たところではそう見えたんで、そうか、土地を半分、農家に売ったんだって思ってましたよ」

料理・宿泊・私宅の三棟が集まったあたりと畑を仕切るようにハシバミが一列に並んでいる。裏木戸があり倉庫があり……香草園と小さな平屋。

「六畳と、納戸代わりの三畳の板の間。縁側はミシンなんかの作業をするからちょっと幅が広いけど、台所も床の間もない。粗末な離れです。はじめはもっと、コンパクトながら立派な離れにするはずだったそうですけどね……」

そしてそこに自分は深芳と住むことになっていたのだと、亨は筆者から目を逸らせるようにした。

「兄貴から縁談がうまくまとまったと聞いたときはそりゃあ、うれしかったですよ。あんな美人を嫁にできるんだってね。大安がどうとかなんて気にせず、さっさと入籍すればよかったんですかね……」

日取りを調整しているところに、縁談はなかったことにしてくれと言われたのだった。

「片桐の、今はもうお亡くなりになりましたけど大奥様がやって来られて、みなで誤解をしていたって言われるんですよね。深芳ちゃんが亨さんのことを、いい方ですね、と言ったのを、わたしも主人も、倉島のご両親も誤解していた……ってね」

亨は合点がゆかなかった。

「おれとの縁談をすぐに断ったっていうのなら、がっかりはしただろうけど、忘れてしまったと思いますよ。つきあってたわけじゃないんだから。

でも、ちゃんと両家で合意して進んでいた縁談が急にだめになったのが、おれはすっきりしなかった。あの格式の高い片桐の大奥様や大旦那様が、やたら申しわけないと繰り返して……、ところが、申しわけない申しわけないと謝るわりには、なんで急にだめになったのか何も言ってくれないんですよね」

何か自分に自分では気づかぬ大きな欠点があるのか、それとも倉島家に対して横内家に落ち度があったのか。気になってならなかった。

「それで、あの贈答品屋に行ったんです」

興信所ではない。電話帳の興信所欄にこの店は出ていない。人は不信の念をクリアに抱いたときにクリアな動作で電話帳の興信所欄を開くのである。人のことを人に調べさせる行為への罪悪感がわかないほどクリアな感情にあるときに。

配偶者、上司、隣人、部下等々、人が人に対して淀んだ感情を抱いたとき、人はその淀みを利用する人間のいる所に行ってしまう。そういう所はどこにでもある。町の規模の大小には関わりない。どの地域にも、どの国にも、そういう所はあって、そういう人間はいるのだ。二〇〇〇年代にはインターネットの覆面掲示板に山ほどいる。

柾吉も行った、諏訪と塩尻の間にあるあの贈答品屋。筆者も行ってみた。そのときにはもう営業はしておらず建物だけが残って、ドアや窓に板が乱暴に釘打ちされていた。日当たりの悪いところに建っていた。あれでは昼間でも蛍光灯をつけないと暗い店内であったろう。あんな店の金時計や人形に心ひかれる客は、まずいなかっただろう。

それなのに生計をたてられたのは……亭の兄が、むかし父親から聞いたところによると……贈答品ではない生身のものを斡旋しているからだとのことだった。真偽のほどは今となってはわからない。

亭がこの店に行ったときには、安鍍金《メッキ》のゴールドネックレスや、Cristian Doir と堂々と綴り変えしたロゴ付きの鞄に高い値段がついていた。それは「代金」なのである。さまざまな種の、揉め事や示談やさぐりの。

亭はこの店で一輪挿し用の花瓶を買った。買って「世間話」をするのである。縁談が進んでいたのにだめになってねえ、何でだろうかねえ、などと。そして店を出、数日後にまた店に来て、くだらないプードルのブローチあたりを買うのである。

《どうも、あにさん……》

亭のことを贈答品屋は、あにさん、と呼び、報告をしてきた。

《あの旅館の下の娘は、あにさんとの縁談のある前から、あの松本の片桐様のとこの……》

店主は激しく咳き込んだ。

《……あの金持ちのドラ息子と乳繰り合っとったずら。あのお色気はどうりで……》
笑いながらもまた激しく咳き込む。気管支炎とのことだった。
《あにさんは金持ちのぼんぼんにさんざん使われたモンを、新品じゃと買わされるとこだったな。あにさんは危ないとこで助かったわけだ。アプレのアベックは東京にとんズラしおった》
陰気な店の、陰気な店主は、咳で何度も話を中断しつつ、俗語や古びた流行語を陰気に混ぜて深芳と潤一のことを報告した。
報告は不快だった。《助かった》と言われても、ひどく自尊心を傷つけられた。《金持ちのぼんぼん》という言い方は俗っぽく、金持ちのぼんぼんである潤一を嘲笑しつつも、そのためにかえって、潤一は亨よりはるかに経済力があるのだと痛感させた。その、自分の経済力などおよびもつかない男に《さんざん使われたモンを、新品じゃと買わされるとこだった》のは不快でならなかった。
「それまでおれは、自分がみじめな暮らしをしてきたとか、格の低い家に生れたとか、感じたことなんかなかった。兄貴たちが年が離れてたから好き勝手させてもらえたし。金で苦労したことはなかった。
でもあの贈答品屋の話を聞いてると、あのおやじがごほごほと咳をするのもあったんでしょうが、気分が滅入ってしまって、片桐様の息子さんとおれとは、同世代で同じ信州に生れて、一方は別荘もある、うなるほど金のある家に育って、東京の何とかいう小洒落た大学に行って、親の会社に入って、そんでおれが見初めた女ととうの前から……ってね、なんか、すごく自分が貧乏籤《くじ》引いたみたいな、いやあな気分がしたんですよ。

あの店、あなたも行ってみられたんでしょう？　じとーっといやな雰囲気だったのわかりませんか？　あそこであのおやじから、いやらしい言い方で教えられたら、ほんとにいやな気分になりましたよ」

当時二十六歳の亨は、妻にするのは処女でないとぜったいにいやだった。この感覚は一九七〇年代の青年として特に際立った個性ではない。しかし、健やかで明朗な横内亨という人の感受性の、大きな側面であるにはちがいない。だから彼は、この後ほどなく泉を思いつき、結婚に至ったのだろう。

この章は、ふたたび横内亨から聞いた話をもとに構成したものである。

2

……一九七六年。春。

大旦那様の鍼治療を終えた横内亨は、時代劇に出てきそうな屋根のある片桐邸の家人通用門をくぐり、屋敷裏手の砂利道に出た。

ざくりと一、二歩、砂利を踏んだところで泉に出会った。

「あ、横内さん」

泉は自転車を押していた。片桐邸の裏から駅に向かう表通りに出る道は急な勾配なのである。

「ごぶさたいたしておりました」

泉はハンドルを持ったまま辞儀をした。

「どうも……」

深芳との縁談が破談になってからは、横内の者と倉島の者は会っていなかった。改築して広い畑になったところを耕しているのも、農夫の息子だと見ていた。

「深芳さんは向こうでお元気でやってらっしゃいますか」

もうどうでもよかったが社交辞令で亨は言った。と、泉は自転車のスタンドを立て、ハンドルから手を離して、あらためて頭を深く下げた。

「ほんとうに申しわけありませんでした。横内様のみなさんにはたくさん御迷惑をかけてしまいました」

「いや……」

鍼灸の道具を入れた大きな鞄を、横内は提げている。留め金が夕日を撥ねて泉の目を射た。泉は手をかざした。横内は鞄の向きを変えた。

「もう気にしなくていいですよ。そりゃ結婚するなら、片桐様のお坊っちゃまみたいに条件のいい男性のほうがいいですよ。ぼくなんかより……」

つい皮肉っぽい口調になってしまった。

「とんでもありません。横内さんに落ち度はまったくありません。深芳は縁談のある前から潤一さんと文通をしていたのに……」

二人が交際を打ち明けそびれたこと、周囲が知らずに縁談をさっさと進めてしまったことなど、泉は、授業中にあてられた生徒のように話してくれた。

が、亨は何も聞いていなかった。文通というひとことに鼻白んだのである。

「文通ね……」

ざく。亨は靴の先で砂利をねじった。

「文通か……」

繰り返す。

「文通か、そりゃいいや」

あっはっはと自分でも驚くほど大きく笑った。

あの贈答品屋が《乳繰り合っていた》と言ったことを、この姉は文通していたと言う。大正時代でもあるまいに。

亨は笑いつづけた。泉は無表情に立っている。よけいにおかしい。

「あの、文通が何か？」

「いや……、ちょっとほかのことを思い出したもので……」

亨は泉に向き直った。漆喰の壁に夕日がさして、泉はまぶしそうだった。額や前髪が金色に光っていた。

亨は提げていた鞄を肩に乗せた。直射光が遮られた。

「ありがとうございます」

唇が開いた。

（へえ）

整列した歯並びのために、まじめそうだとかしっかりしたかんじだとかいったほかに何の印象もなかった姉だったが、目鼻だちのはっきりとした整った顔をしていることに不意に気づいた。

「泉さん、あなたはどうなんです？」

「何がでしょう？」

「文通ですよ。あなたもだれかと文通してるんですか？」

「いいえ……」

ぽかんとふしぎそうに泉は答えた。亨はまた笑った。きっとこの姉は、あの贈答品屋が、だれかと乳繰り合っているかと訊いても、赤くならずにただいいえと答えるだろう。

「文通したことは？」

「いいえ……」

「そうでしょうね」

ひとたび《文通》がおかしいと思うと、いつまでもそのひとことがおかしくてならないときが、たまにある。亨はしらけたおかしさにとらわれていた。

「じゃあ、ぼくたちが文通しませんか？」

「はい」

正面から亨を見て泉は答えた。即答だったので拍子抜けした。

「このたびのこと、詳しく話し合ったほうがいいと私も思うのです」

「このたびのことって、妹さんとの縁談のこと？　だから、それはもういいと言ってるじゃない。済んだことは済んだことだよ」

ヘンな服を着た姉さんだ。だぼだぼのシャツとズボン。肩から爪先までが一直線になってる。六にイッてるはずなのに、とてもそうは見えないのは男を知らないからだろう。妹はおゝ、手つきだが、こっちの姉のほうはまちがいなく処女だ……と、はっきりと意識して値踏みするほど亨はあくどい男でもなく、遊びなれた男でもなかった。頭のどこかで靄《もや》のように思った。

「健全に若者らしく文通しましょうよ。まずぼくのほうから出しますから」

「はい。返事を書きます」

「今日はここで出会えてよかったな」

ようやく亨は、自然な笑顔を浮かべることができた。

3

亨は手紙を出さなかった。

代わりに片桐の大旦那様と大奥様に縁談を頼んだ。

孫の不手際で、この腕のよい鍼灸師に迷惑をかけた手前、片桐老夫妻は大張り切りで縁談を取り持った。〈たから〉の者たちも異存なかった。

碩夫は言う。

「セン坊本人は、〈いい話じゃないか。ぜひ縁談を進めてもらいなさいよ〉と、うちのが言ったら、〈わかりました〉と承知しとったのはしとったずら」

こんな口幅ったい物言いになるのは、泉は、ひとえに長女として家を第一に考えたのだろうと碩夫は言うのである。

「縁談を途中で投げ出された横内さんから、やっかいな詫びを請求されたとしてもしかたないところを、横内さんのほうは事を荒立てもせずに、いわば、それならお姉さんのほうでどらうですかと穏便に縁談の相手を変えてきてくれたのを、そりゃ断るっつうわけにはいかんずら。

もちろん断ったたって法律にふれるわけでなし、断りたかったら断れる。理屈じゃそうだ。でもな……、おたくは都会から来られてるからわからんかもしれんが、ここは小さい町ずら。何でも理屈通りっつうわけにはいかんのよ。小さい町にはしがらみつうか……、我慢せないかんことがあるずら」

弟より兄、妹より姉は、我慢しなくてはならないことが多くあると碩夫は言う。

「えっ？　ああ、そらそうずら。今はちがう。今はもっと住みいい。あのころは、って話だ。一九七六年とか、あのころはまだ携帯電話どころか留守番電話もなかったし……、今のヤングが耳に小さいもん入れて歌を聞いとる、あんな道具もなくて、歌はレコードで聞いてたような、現代にはちがいないが、まだ、そんなころだったんだから」

長女の任務と思ったのか、ともかくも泉は横内亭と見合い結婚した。

筆者は彼女の結婚について南条玲香に再び話を聞いてみた。

「うーん……、そういうものだ、と思って結婚したんだと思うよ。縁談が来たから結婚して、結婚したら、そこから初めて相手と自分が互いを知り合ってゆく、お見合い結婚ってそういうものだと思ってたんじゃないかな。

泉ちゃんは高校時代、好きな男子っていなかったの。特別にファンの芸能人もいなかったわ。矢彦沢さんが、大好きな俳優のブロマイドを見せたりすると、泉ちゃんも、すてきな人だと肯くのよ。勉強がよくできる男子がいると、すごいと褒めるし、わたしと亮子ちゃんがイケメンの男子に騒いでると、泉ちゃんもその彼を容姿端麗だと感心するの。ええ、そうそう、あなたのおっしゃるとおりね。べつに異性を嫌ってないし、異性に関心を抱いたり、交際したりする人にも嫌悪感を抱いてないの……。でも……、でも、何か、何かずれているのよ……」

松商の三年四組の教室で、ある男子生徒がいかがわしい写真を泉に見せた。携帯電話もインターネットもなかった時代に、未成年の高校生男子がどうやって入手したのか、鮮明な焦点で撮影された抱き合う男女の裸体と、交接した性器の部分の写真である。

男子生徒はにやにやしながら女子生徒に二枚の写真を見せてまわっていた。《どうだ、こういうこと》と写真を見せると、女子生徒はみな、きゃあと叫んで逃げた。だが泉だけが、きゃあとも叫ばず、渡された写真を見ていた。

「きょとんとして見てた……。それがその男子には張り合いがなかっただろうし、そういう反応されると、その男子のほうが今度は自分のしてることがものすごく恥ずかしくなったんじゃないかな、ぷいと不機嫌になったのよ」

彼は泉を大きな声で罵った。

《鈍感!》

《鈍感。こいつ鈍感だぜ。鈍感》
泉を指さし、三度も鈍感と大声を出して、教室を出て行ったという。

4

「鈍感か……」

横内亨は足を組み直した。

「すみませんが……、何か酒を頼んでいいですか？」

横内亨には何度か話を聞いてきたが、この日は新宿の京王プラザホテルの階上ラウンジで夜に会った。新宿に所用があって出向くので、このホテルの適当な場所を指定してくれと彼のほうから希望があったのである。

「おれと泉は、今でいう地味婚でした」

諏訪大社の秋宮で貸衣装で式を挙げ、その後は〈日本料理たから〉で、身内をわずかに広げた範囲で会食をした。そうしないと妹夫妻が欠席しているのが不自然だからである。登代と柾吉の取計らいで、深芳と亨が顔を合わせずにすむようにしたのである。内々だけでの式と宴なら、妹は遠方住まいということで欠席できると、仲人と倉島家は横内家に配慮したのだった。「今回のこの取材……、深芳さんには話を聞かれないんですか？」

深芳は取材を頑として断った。筆者は電話でのみ彼女と接触した。独唱コンクールで優勝したのが肯けるきれいな声は、小声で話しているのに息が洩れず、アナウンサーのように一語一語が明瞭に通った。その美声で深芳は言った。
《わたしは子供のころは身体が弱かったので、泉ちゃん……姉がいつもよく面倒みてくれて、感謝してました》
《潤一さんとの縁談が破談になったことで、わたしと姉がけんかをしてるように思ってる人もいたようでしたが、そんなことはまったくありません。わたしたちが東京と諏訪に離れて暮らすようになったのは、主人が東京で仕事をしているからです。それだけのことで、わたしと姉とのあいだは子供のころからのまま変わりはありません》
ガールの標準。矢作が深芳をそう評したのがわかる。声だけでやりとりする電話では、会って話すよりも相手に対する直感が働くことがある。スタンダードな感受性の女性なのだろう。父母から愛情をふりそそがれて育った人間の感受性はつるりと滑らかである。
《姉妹なのですもの、泉ちゃんの結婚式には本当は出席したかったんです。でも横内さん御本人や御親族の方に不愉快な思いをさせるのではないかと……、父母や片桐の大奥様と相談して欠席することにしたのです。代わりに後日、お祝いの品を送りました》
電話での深芳とのやりとりの一部を、亨に伝えた。
「ええ、おぼえてますよ。高島屋から松阪牛が届きました。済んだことは済んだことなんだから気にせず宴会にも来てくれればよかったのに……。片桐会長も倉島さんとこも、おかしな気を回しすぎですよね……」

亨は肩をすくめた。

「なつかしいな、ここ……」

ラウンジ内を見回す。

「内装は変わってますね。そりゃ、そうだな。ずいぶん前のことなんだから……」

泉と亨が新婚旅行で一泊したのが新宿だった。

「メインは鎌倉です。一日目だけ東京の流行のスポットをめぐって新宿に泊まるっていうツアーだったんです。新婚さんばっかりを集めた、旅行社の、よくあるようなやつでした」

ウィスキーが運ばれてきた。

「じゃ、失礼して飲ませてもらいます。酒はほとんど飲めないんで一杯だけ。ちょっと飲まないと、どうも、こういうことは……。

いや、いいんです、いいんです。話そうと思ったのはおれのほうなんだし。こないだから何度か、この取材で話して気がついたんだけど……、話したあと、すっきりするんですよ。散らかってた部屋を掃除できたみたいというか……、だから、無理はしてません。ただ、どっからどう、しゃべったらいいのかなと……」

泉との初夜、泉との夫婦生活について、亨は、ぼそり、ぼそり、と話した。何度も話が逸れ、何度も長い沈黙があった。しかし、新宿のホテルの高層階という、彼の日常から脱出した場所のためか、ずいぶん直截に語ってくれた。

「初めていっしょに泊まって……、そんで新婚旅行なんだから、その……、するわけだよね。そのときは、鈍感な女だなと思った……」

処女を妻に娶りたいと願っていた亨であった。願いどおり、泉は非常に処女であった。寝具にともに横たわっても、震えもせず天井を見ていたのである。

「今ならわかりますよ。泉は……、新婚旅行の夜にするようなことだけじゃなく、もっとすべての、男と女のこといっさいがっさいが、ぴんと来なかったんでしょう」

亨が肩に手をかけ、抱き寄せようとしても震えなかった。そして暗い部屋のなかで、泉は言った。《すみません》と。亨が、え、と聞き返すと、《すみません》とまた言った。

「ムードがなくて、いやでした……」

鈍感。また亨は泉のことをそう思ったという。

彼は処女を望んでいたのではなく、コマーシャルの処女を望んでいたのである。男が少しでもふれればびくりと震え、震えながらも官能に身をくねらせるといったような架空を。

初めての行為におびえながら悦楽を堪能することは、処女にはできない。処女でなくとも、性交がただ痛いだけの女性は大勢いるのである。なら、亨が夢みるような架空を亨に見せることができるのは、幾人もの男の肉体、あるいは何回もの性交を体験し、かつ性愛の才のある者が、おびえるふりをする場合である。

極端に換言すれば、亨は、男を知悉《ちしつ》した贗処女に憧れていたのである。深芳が千人の男と寝た経験があってもよかったのだ。贈答品屋の《金持ちのドラ息子と乳繰り合っていた》という報告、つまりブランドのラベルがついていないことを蛇蝎《だかつ》のように嫌悪しただけなのである。

「あのころは……、やっぱりまだ若造だったんだな。あのころのおれには、泉はただ鈍感だと映りました」

初夜から十余年たって、亨は泉が、すみませんと言った理由を知る。泉本人から。

「相手が自分で申しわけないと謝ってたんですね……」

暗い密室で、亨の体温や体重がじかに迫ったとき、泉はハッと思い出したのだ。《深芳さんは天から舞い降りてきたような人》だと、妹について片桐会長夫妻に語る亨の紅潮した頬を。

「まさか、ああいうことをしてるときに、そんなことを思い出すような女がいるとは思わないじゃないですか。前の縁談のことを思い出すこともそうだけど、何より……、男に身を差し出すときに、自分の身では悪いと思う感覚が女性にあるとは、おれは発想できなかった。男だったら、そうじゃないかなあ。女性がそんなふうに思うとは思わないですよ、ふつう。ちがうのかなあ」

酒が弱い亨は水割りウィスキーを慎重に口に運んだ。

「ただね、前の縁談が流れた経緯がなくても……、つまり、最初から泉と見合いして結婚してたとしても、結果は同じだったろうな……。男と女としての相性が……、もちろん相性どうのというほど関わってないんだが……、おれたちは男女としてどうも歯車が嚙み合わなかった……」

しかし亨は泉が好きだった。

「彼女のことをいやだとか、鬱陶しいとか、そんなふうに思ったことは一度だってないです。もし職場の同僚だったら、すごくうまくやっていけたと思う。事実、おれらの結婚生活はそんなかんじだった」

滞在型旅館〈たから湯治館〉という仕事を協力してやっていく相方として、亨は泉が好きだった。

「夫婦関係は片手で数えられるほど……いや、片手もいらないくらいだったですね。結婚して翌年には早々に家庭内別居になっちゃったんですよ……」

香草園のすみっこに離れを建てたのは、そのためであった。

それまでは二階建ての私宅の一階に登代・柾吉と泉・亨の四人が寝起きしていた。

「舅姑問題？　うーん、そうだなあ……。おれらの結婚式に妹を欠席させたくらいなわけだから、互いに気を回しすぎてるところは、あったかもしれない」

泉と亨が結婚したころ、登代と柾吉は平日は蒲田の〈深芳〉を切り盛りし、週末にしか諏訪にいなかったのだが、どうしても気疲れした。

「二階には碩夫さんたちが住んでたしね」

私宅は一棟二戸である。従業員寮を兼ねている。

「通いのスタッフとちがって、住み込みは、男が二人と女が二人だからね、わざわざ別の建物を建てるほどのことはない。二世帯住宅みたいになってるのを、あなた、見たでしょ？おれと泉が結婚したばっかのときは、〈たから〉がリニューアルしたてで、住み込みの男はまだ見つかってなかった……」

リニューアル前後の〈たから〉の経営状況は最悪で、従業員も大半が辞めてしまっていた。

「だからこそ泉は心機一転でリニューアルしたんだな。従業員寮の一階の茶の間には奮発して買った大きくないいテレビも置いたんだ」

そのいいテレビのある従業員寮の一階の茶の間で、亨は休憩することが多くなった。

「仲居さんは二階で寝起きしてるんだけど、飯食ったりテレビ見たりするのは一階の茶の間。通いの者《もん》も休憩時間にはそこに来る。ざわざわしてるのが、おれには気楽だったんだよね」

そうするうち仲居二人が二人とも、個人的な事情ができて辞めてしまった。

「それで登代さんの紹介で、とりあえず一人急遽入ってもらったんだよ。片桐さんとこの息子さんが横浜を引き払ったんで、登代さんたちは本格的に蒲田の店をすることになって、蒲田にマンションも買ったから……」

潤一は〈ベイエリア〉を辞めたのである。辞めて帰郷し、貴彦の会社にもどった。それがなぜ、登代たちの蒲田のマンション購入になるのか。ここでまた潤一から聞いた話をする。

5

潤一が〈ベイエリア〉を辞めるのは、貴彦にも華子にも矢作にも、そして深芳にすら、うすうす予想がついたことだった。本人以外には。

収入も住環境も、生れ育ってきたものとまるで違うのは、潤一本人は覚悟していた。

「狭い一〇五号室がいやだとか、気に入った時計が買えないとか、乗馬ができないとか、そんなことがいやならはじめから、あんなふうに家を出たりはしません」

彼が耐えられなかったのは、NやKや矢作が、地味ながら恒常的に、自分の好きな仕事をつづけていることだった。

「できるならぼくも創造的な仕事をしたかった。でも、ぼくはやはり島崎藤村じゃなかった。藤村のようなことはできないんです。だったら創作分野と接触しないでいられる場所で、ぼくができる仕事をしたい」

彼はやはり「お坊っちゃま」であり、脇役でいることは耐えられなかった。

「自分が父の会社で出向扱いになっていたことは、お恥ずかしながら会社にもどって二年くらいしてから知りました……」

潤一は深芳と松本の片桐邸に住むつもりでいた。夫婦関係は冷えきっていた。帰郷して住む土地も家屋も変わることで修復できるかもしれない。

「一縷《いちる》の望みというか……」

ほとんど期待はなかった。離婚を切り出したのは深芳のほうだった。

「かえってほっとしましたよ。そうだね、と応じました。離婚届に判を押して提出したあとすぐ、彼女が蒲田に住むある男性と恋仲になっていたことを知りました。

そうですね、全然。全然気づきませんでした。気づく意欲がすっかり失せてたんでしょう。彼女にアンテナがもう向かなくなってたんです。知っても、さして驚きませんでした。そりゃ、そういうことにもなろうなという夫婦生活でしたから。ぼくは家の外で恋愛はしなかったが一晩を金で買ったようなことは何度かありましたから、お互いさまでしょう」

深芳の新しい恋人は、蒲田駅前にパチンコ店とゲームセンター、住宅街にマンションを二軒持ち、ハワイにも不動産を所有する区議会議員の息子である。後年、彼も区議になるが、深芳と知り合ったころは父親の秘書をしていた。

「年齢？　たしかぼくよりは二つほど上だったと……」

〈深芳〉に通いつめ、深芳にべた惚れだった。妻帯者であったが、深芳の妊娠を機に離婚し、深芳と再婚した。

「古い言い方でいうと妻が不貞を働いていたわけですから法律的には慰謝料を支払わなくていいようなものですが、ああいうことになったのには……、あ、ああいうことというのは、べつの男と深芳が懇ろになったということじゃなくて……、諏訪の家で大事にされて育った彼女を横浜に引っ張り出して、慣れない山手で狭い部屋に住まわせて、ぼくはしじゅうイライラしてて、そんな生活をさせたってことです……。それに対して、ぼくには責任があると思いまして、それなりの額を支払い、別れました。揉めませんでしたよ」

潤一は軽く笑った。

「ふつうは別れる時に揉めるんですけどね、ぼくらはくっつく時に揉めて、別れるときは揉めませんでした。父も母も、《そう》とひとことで終わりでした。議員さんの御家庭のほうはどうだったか知りませんが」

深芳は新しい夫の所有するマンションの八階にある広い部屋に越し、登代と柾吉は三階のほどほどの部屋に越した。三階の部屋を購入する頭金には潤一からの慰謝料を充てた。

「登代さんたちが諏訪にもどらずにすんでよかった。だって、片桐の諏訪の屋敷と〈たから〉さんは近いでしょう。祖父母にとっても登代さんたちにとっても居心地が悪いんじゃないかと心配してましたから」

その後、潤一は長野の片桐家から紹介された女性と再婚し、現在は二男一女の父である。

「深芳さんのところは三人とも女の子です……。一番上が二十一歳か……、はやいですね」

潤一は自分の離婚した年から計算をした。

「深芳さんとこの姉妹が中学生や小学生だったころは、夏や正月には登代さんが孫三人を連れて諏訪湖のほとりを散歩しているのを見かけるって、母が言ってました。祖父母が亡くなりましたんで、父母は諏訪の別荘のほうにいることが多くなりまして……」

三人の孫のうち、二番目の子がとくに登代に似ているそうである。

「登代さんもすっかり性格が丸くなったと母が言ってましたよ。そういや、ぼくが深芳と結婚してたころは、母曰くきついところがちょっとあったな。

ぼくはそれ、職業柄だと思ってたんですけどね。女将っていうのは、女を感じさせることもだいじな役目でしょう？　なものだから、前は、登代さんは、深芳さんや泉さんのお母さんというより、一人の女という印象が勝ってた。それがうちの母などにはきついように思えたのかもしれないけど、逆に言えば、そうじゃなきゃ女将としてはだめですよね……」

筆者が取材を申し込んだ一人目は登代であったが、断られた。が、深芳ほど頑とした断り方ではなかったので、後日、あらためて申し込もうと思っていた。

この日、筆者は潤一と松本で会い、彼は駅のホームまで見送ってくれた。

新宿行の特急〈あずさ〉を待っていると、潤一が、あっと言った。

「登代さん」

照恍寺に所用で出向いた登代は、おりしも東京へ帰るところであった。潤一から筆者は登代に紹介された。車中で座席変更をし、筆者は登代の話を聞くことができた。

9　母・登代

1

手紙ではなく電話をかけてほしかったと倉島（旧姓・河西）登代は言った。

「何やら難しい字が長々と書いてあるのを読むのは苦手なのよ……」

座席の背もたれの傾斜を調節する。

「さっきホームで会った潤一さんのお屋敷に……、そうだったわ、あなた、お屋敷から駅にいらしたんだったわね。

じゃあ、中にも入られたのよね。チャチな洋風じゃなくて本格的な洋館でしょう。あそこにわたし、娘時分《むすめじぶん》にいたのよ……、そうね、これも聞いてらっしゃるわね」

登代が女学校を出たあと松本の片桐邸にいたことは、碩夫から聞いた。

柾吉との結婚の媒酌人が老片桐夫妻であったこと、まずは結納と入籍を済ませることで婚約成立とし、婚約中に式や新居の支度をするというのが片桐流であることも。

「だから婚約中もわたしはあのお屋敷にいたのよ。お稽古事がまだ充分じゃなかったので。お屋敷に入ってすぐに縁談をもらったものだから……」

深芳がそうであったように、登代もまた諏訪で評判の器量よしであった。老片桐夫妻が一人娘の華子に《おまえに来たより、たくさん来る》と冗談を言ったくらい申し込みがあった。〈たから〉の女将になる可能性もある登代には、婿養子になれない長男ではなく、安定した収入のある家に育った性向穏やかな次男か三男をと、片桐の大奥様は厳選したのだった。

「お稽古事をさせるのを約束したからにはと、片桐様も律儀に思われたんでしょう。それに、なんといっても柾吉さんと私が新婚生活をする適当な貸家がなかなか見つからなかったのよ。当時は塩尻だって松本だって、今みたいにアパートやマンションがぽこぽこあるわけじゃなかったから」

柾吉もまだ実家の炭屋から勤め先に毎日通っていた。

「貴彦様はまだ社長じゃなかったわ。でも、もうパパだった。さっきホームでお会いした潤一さんが生れてたの。潤一さんはよく泣く赤ちゃんでね……。

貴彦様は、婿養子に入ってすぐにパパになったせいか、実際の年齢より年上に……、大人に見えた……」

皺が深いわけでも髪が薄いわけでもない。むしろ若々しいのだが、温泉村育ちの登代からすると洒脱で博識で悠然としている。

「華子様はあのころはまだ、家政婦さんや中間《ちゅうげん》さんにお嬢様って呼ばれてらして、それがわたしにはちょっと違和感があったかしらね……。だって、もう赤ちゃんにおっぱいあげてるのに、お嬢様だなんて……」

だが、〈お嬢様〉という呼称が日常的に使われているような屋敷に寝起きしていることが、登代を娘らしい高揚感で満たすのだった。

「舞踏会に招かれたような気分とでもいうか……。小娘だったから」

書華道は片桐の大奥様に習い、茶道は旧制松本高校跡近くの家に習いに行った。

「お茶の先生はものすごくおっかなかったわ……。叱らないんだけど、じっと見てて……。華子様にも御指南いたしましたと言っててらしたから、そうか華子様の怖いのは、このお茶の先生のが伝染《うつ》ったのだわ、なんて思ってた」

取材を申し込んだとき、一度は断った登代であった。だが会ってみれば、接客業が長かったせいか人懐こい人であった。NやKが〈お登代さん〉と呼んでなじんでいたのも道理である。

「お茶のお師匠さんは怖かったけど、お稽古の名目で松本の町中に行けるのがたのしくてね。あなた、諏訪に何度も行かれたんでしょ。今でものんびりしてるでしょ。戦争が終わってまだ五年かそこらの私が二十歳や二十一のころなんて、どが三つ付くほどど田舎だったわ」

だから登代の目に、松本は世界の中心のような大都会に映った。

名城として名高い松本城の前に立つと、幼きころより散歩でよく行った諏訪の高島城は、子供の工作のように感じられた。アメリカ軍の爆撃をいっさい受けなかった城下町には、年頃の娘を魅了する呉服や美粧小物を売る店が建ち並び、稽古の帰りに道草をして、大通りから逸れた界隈を歩けば、若い娘の好奇心を袖を摑んで誘うがごとくに、「すこし不良なもの」の匂いがあちこちからただよってくる。

これより先、特急電車の中で筆者が聞いた登代の話は、入籍した彼女が柾吉との祝言を数カ月後に控えているころのことである。

登代は、誤解を承知でことばを選択するなら、浅知恵な小悪魔……、かわいい程度に利に聡いが悪辣《あくらつ》ではなく、かわいく自分を取り繕おうとするがすぐにぼろが出る、そんな浅知恵な小悪魔といった人であった。幾度も「問うに落ちず語るに落ちる」ことがあった。

きわめて個人的な事項を初対面の人間に詳《つまび》らかに明かしたことについて、筆者に違和感や驚きはない。初対面で、しかももう二度と会うこともないような相手には饒舌になれるものである。他者に、そして何より自分自身に、明かすのを長年避けてきたような述懐は。

登代の座席はグリーン車両であった。平日の昼下がりに、そこには他の乗客はだれもいなかった。列車はさながら、カトリック教会の告白室である。

自己を客観的に見つめることが、筆者も含め、なべて人は不得意である。登代もそうであった。よって告白における客観的アナロジーは、登代本人ではない筆者が加えたものである。

既述のとおり「きわめて個人的な事項」について、登代本人にこれをしろと求めるのは、あまりに酷だと思ったからだ。登代を補うために筆者はこれを加え、出来事そのものについては登代の語ったとおりに、以下を構成した。

2

……一九四九年。

夏。

登代は屋敷の廊下で貴彦様とすれちがった。

「毎日、お稽古とお手伝いじゃつまらないだろう。映画館へ行くから一緒に来たら？」

着替えずともよい、何も持たずともよい、シネマが始まってしまうから早くしなさいと言われ、登代はあわてて屋敷を出た。

「とても評判のいいシネマだよ」

映画館の前で貴彦様は一人ぶんだけの入場切符を買い、登代に渡し、それから幾ばくかの小銭を手に握らせた。

「シネマが終わったら、隣の汁粉屋で好きなものを食べて待っておくれ。ちゃんと迎えにいくから、ね」

「……はい」

登代にしてみれば、映画が見られて汁粉が食べられるのならうれしかった。

汁粉屋ではずいぶん待たされた。まだかなあときょろきょろ窓から表の通りを見ていると、

(あ、あれは……)

貴彦様が歩いている。女の人と。洋装だ。長い髪。クルクルとパーマがかかっているのが遠目にもわかる。パーマ女が長いパーマ髪をかきあげ、貴彦様は耳に口を寄せ、あたりを見、通りを渡ってこちらに向かってきた。登代はお品書きに見入っていたふりをした。

「失敬。待たせてしまったかな」

爽やかに貴彦様は手をふった。

「見ちゃった?」

「いいえ」

「ふむ、登代ちゃんはなかなか聡明な現代女性だな」

小銭ではなく札を一枚、握らせた。

「お花代だよ」

「お花?」

「そう。言わぬが花」

貴彦様を見上げる。彼は両の人さし指を頭の両脇で立てた。

「角《つの》のある鬼には言わないのが花さ」

「うふふ……はい」

金を受け取った。

お嬢様（華子）のことは自分も怖かったので、それが鬼にされたことがかすかに愉快だった。だが、それ以上に登代が味わったのは、自分が都会の大人の女になったような満たされた気分である。かけひきや秘密の恋というものは、ほんとうにこの世にあるのだ。

さっき見た『青い山脈』は健全な青春映画であったが、それでもスクリーンの中で若い男と女は、どこかで互いの気持ちを押したり引いたりする。映画館に来ていた男女も、よそよそしげに立っているのに、よそよそしげなことがかえって親密な間柄であることを滲ませていた。はっきりしない、切なげな匂い。こんな匂いが鼻孔に流れてくると登代はどきどきした。

何もなかったかのように、貴彦様とお屋敷にもどった。

3

戸籍上はすでに夫である柾吉の家に、登代は行くことになった。

家は塩尻にある。炭屋である。舅はすでに他界し、長男と次男が手分けして営んでおり、三男の柾吉は駅前の秤屋で奉公をしている。

挙式後の挨拶の品や二人で住まう借家のことなど、何くれと決めておかねばならない。昼食をすませると貴彦様とお屋敷を出た。貴彦様は登代の付き添いという外泊の好機を得た。塩尻駅で登代と柾吉が会うと、

「そうだ。塩尻の友人をどうしても訪ねなければならないのだった」

貴彦様はあからさまな口実を作った。

おそらくパーマをかけた友人だろうと、登代はなぜかどきどきした。

「明日の朝ここに迎えに来るからね。祝言や新居のことなどは、ぜんぶお姑さんを立てておきなさい。そうすりゃうまくいくから。登代ちゃんは何でもハイハイと言って、ただ柾吉さんの家でゆっくりしてくればいいからね」

だが、その立てるべき姑も、長男夫妻も次男夫妻も炭屋にはもどっていなかった。

倉島の者は塩尻峠を越えた山間《やまあい》の村の出だった。峠の向こうの本家の総領が亡くなったので、その葬式にみな朝から総出で出かけたのである。炭屋には、通いの小僧とねえやがいるだけである。

「おふくろは年だで今夜はあっちで泊まるが、兄貴たちは夕刻にもどるずら。それまでは、すまないが待っててくれんか」

柾吉に言われ、登代は肯く。

柾吉は小僧やねえやにあれこれと指示をし、茶や菓子を出させたり、座布団をすすめたり、甲斐甲斐しく気をつかってくれた。

しかし入籍はしたものの、ろくに話などしたことがなかった二人は、二人だけで話すとなるとぎくしゃくした。

仏壇のある座敷には、額に入った写真が飾られていた。あれはお祖父さんだとか、あれが親父だとか、柾吉は教えてくれ、子供のころは佐久のほうまで鯉を釣りにいったものだ、自分は大きな鯉でも捌《さば》けるから、結婚後は家内で祝い事があっても鯉については自分にまかせてくれれば登代は心配することはないと言ったりした。

(よかった。鯉を捌くのをどうしようかと思っていたから……)

信州では祝い事の折りに鯉が欠かせない。登代には板前の兄洋平がいたから、彼女自身は料理が苦手であった。とくに魚を捌くのが。

「おれは得意ずら。上手いずら」

柾吉の魚捌きについての素朴な自慢を、登代は好ましく思う。父がこうだった。学もないしお洒落でもないが、包丁の腕がよく、口数は少ないながら娘の登代には甘い。

「わたしのお父さんに……」

登代は小さな声を出した。柾吉さんは父親に似てますと言おうとした。が、〈柾吉さん〉と苗字ではなく名を呼ぶのが恥ずかしかった。消え入りそうな小声で、ようやく口にした。

「柾吉さんが……」

口にするとぽっと頰が染まった。

「鯉を捌くのが上手ならよかった……」

「そ、そうか……」

柾吉も赤くなる。

「……それなら、おれもよかったずら」

ぱあっと牡丹の花が開くように赤くなる。

(色の白い人)

登代は思う。

(わたしよりも白いのではないかしら)

炭屋の三男なのに色が白いのがおかしい。

登代が笑うと、柾吉も笑った。

十五になったばかりのねえやが淹れた茶はやたら熱く、薄く、うまくはなかった。柾吉と向かい合ってすわっている座敷は、片桐邸とはまるでちがう。ところどころ畳がささくれている。

(ずっと前からもうここにいるような気がする)

いやな気分ではない。ほのぼのと安心した気分である。片桐邸の応接室とはちがうが、居心地はとてもいい。

（ずっとこうしてるんだ）

登代は思う。

（ずっとこうしていくんだ、この人と……。今、前で茶を飲んでいるこの人と、ずっとこれからも向かい合うんだ。ずっとこんなふうに。ずっと。ずっと。ずっと）

いやな気分ではない。色の白い、自分が笑ったから笑う、この男の人。きっといい人だ。問題はない。

（そうよ。鯉も捌かなくて済むんだ）

よかった。

とてもよかった。

よかったのに、いや、よかったからこそ、登代は不意に巨大なさびしさに襲われた。

（これがわたしの人生の双六《すごろく》のアガリなんだ……）

若い娘の眉根が曇り、うっすらと瞳に涙のベールがかかった。

若い男は驚いた。

「どうしたずら。茶がまずかったのか？　その菓子はきらいだったか？」

登代は首を横にふる。

「なら、足が痺れたのか？」

「ううん」

登代は着物の袖を目の縁《ふち》にあてた。

「さびしいような気がしただけ」

「そうか、すまないな。もうすぐ兄貴たちが帰ってくるからな。そしたらにぎやかになる。そうだ、茶の間のほうに行こう。ラジオがある。通いさんらも呼んでラジオでも聞こう」

柾吉は散らかった茶の間に登代を通した。柾吉と小僧とねえやと一緒に登代はラジオを聞き、煮物の残りを湯増ししてそこに冷や飯をいれて雑炊にしたものを夕飯にして四人で食べた。

しかし長男夫妻も次男夫妻も、もどってこない。

小僧たちが炭屋の戸を閉め、裏口から帰ろうとしているときに電報が来た。

【タジニテ　ミナ　アスカエル】

ねえやは帰らせ、小僧をひきとめ、彼と登代は泊まることになった。

柾吉が出してくれた手拭いと石鹸を金盥《かなだらい》に入れて三人で近くの銭湯へ行き、入り口の前で待ち合わせて帰った。並んで夜道を歩いていると、もうすでに一緒に暮らしているような気がする。

「日の出のころにもみんなもどってくるずら。さびしくなくなるから」

昼間に不意に涙をにじませた座敷に、柾吉が布団を敷いてくれた。そこにひとりで寝ていたが、柾吉が襖を開けて忍んできた。

(だめよ……)

だめと言いつつも、驚きはしなかった。一人で床に入り灯を消したときから、やがて襖が開くだろうと予感していた。

「も、もう、せ、籍も入っとるずら……。それに……」

入籍していること、入籍しているのだから正式な夫婦であることを、何回も柾吉は強調する。

「でも、でも……」

やがて許すと自分でわかっていたが拒んだ。拒んで、そして予定していたように許した。

翌朝に登代が最初にしたことは、小さな染みのついた敷布を洗うことであった。借りた浴衣も小僧のぶんといっしょに洗い、竿に干していると、裏口から皆が帰ってきた。

洗濯をしている登代の姿は、姑には好ましく映り、以後の相談はきわめてなごやかにおだやかに済んだ。

4

翌々日。いや、さらにもう一日後だったかもしれない。

お茶の稽古から屋敷にもどろうとして、路面電車を待っていた登代の肩を貴彦様が叩いた。

「ビアホールって知ってるかい？」

当時、全国の都市部ではビアホールが復活（筆者注・戦時下は禁止されていた）してにぎわっていた。

「ソーセージを食べてみるといい。ビールと合うよ」

ソーセージはおいしかったがビールは苦かった。せっかく連れてきてくれた貴彦様に悪いと思い無理して飲んだ。すると、ふわっと身体が浮いたようにいい気持ちになった。

「ちょっとだけ、ぼくはよそに行くけど、すぐ迎えに来るから待っててておくれ」

貴彦様はウインクをする。

「平気さ。ホールの支配人にチップを渡しておくから。だれか支配人の顔みしりの客で、話し相手だけをしてくれそうなのが来たらそばにつけておいてくれと頼んでいくよ。美人がひとりですわってるのは体裁が悪いからね。ここにただすわって、おいしいもん食べてればいいから」

「すぐに来てくれる？」

名家片桐様の若旦那様に対して、些《いささ》か甘えたような口調になったのはビールのためだったのか。貴彦はやさしそうに登代の頰を撫でた。

「心配ないって。すぐだから」

ホールを出て行く貴彦様の背中。

入れ違いのように、男が隣のテーブルにすわった。貴彦様より若く、柾吉よりもう少し年上の洒落た身なりの男である。

(支配人から言われて来た人だわ)

警戒するより、安心した。

「感じのいいホールですね」

彼の話しかけ方は実に自然だった。

「東京から姉の見舞いに来たんです」

戸谷《とたに》。男は名乗った。

「姉は蓼科《たてしな》で療養していて、その帰りなんです。すっかり窶《やつ》れた姉を見たら東京に帰る足が鈍ってしまいましてね」

東京から来たことをひけらかすところはない。足を組むしぐさ、ビールを飲むしぐさが垢抜けている。貴彦様より柾吉よりすらりと背が高い。脚が長い。開放的でソフトに話しかける。なのに登代の住んでいるところや年齢や、立ち入ったことは何一つ訊いてこない。天気や景色や、登代が躊躇《ためら》いなく答えられるようなことだけを訊いてくるから、すらすらと応じてしまう。

「お茶のお稽古の帰りです。連れて来てくださった方に御用事ができたので、その方を待っているだけです」

「茶道か。それはいい御趣味ですね」

「生け花も習っているので、お稽古がたいへんなのです」

こう言っていると、こう言っているあいだだけ、洋館に住む御令嬢になったように錯覚する。

戸谷は花のことを尋ねてきた。何の花が好きかとか、この季節ならどういう花を活けるのかとか。席を移ってくるわけでなし、あくまでも隣席から礼儀正しく、花についてだけ尋ねた。ただひとつ花以外の質問があった。名前は何というのかと。

「葉子《ようこ》」

それは『青い山脈』で若い女学生を演じた女優の名前だった。念のために本名を明かさぬようにしたのであるが、

「葉子さんか……。葉子さんは、花にたとえるとコスモスみたいだね」

白いきれいな歯を見せて微笑む戸谷に言われると、本当に自分は葉子なのだと思えた。

「連れの方は、そろそろお戻りになるでしょう」

戸谷は時計を見て、さっとビアホールを出て行った。また会いたいとも、また会えるといいねとも言わなかった。だから、また会いたいまた会えるといいのにと、登代は強く思った。

5

松本の町中に出るたびに、登代はビアホールの前まで歩いて行った。中には入らず、行ったり来たりしていた。そうして再会した。

「初めて見たときから忘れられなかった」

後からすれば歯の浮くようなことを言われたが、その時は登代も心から同感した。

それは、さながら舞踏会だった。

葉子お嬢様は片桐の洋館に住んでいる。親の決めた許婚《いいなずけ》がいるのに、お嬢様は、瞼の姉を探してさすらう長身の美青年、戸谷と恋に落ちたのだという舞踏会。

戸谷に恋をしたのではない。恋に堕ちるということに恋をしたのである。ならばそれは舞踏会である。

戸谷と登代は二度目のビアホールに行った。二度目のビアホールでは三度目に会う約束をした。三度目に会ったときには四度目の。三度目には別れぎわにキスを許し、

「五時に、路面電車の乗り場」

と、待ち合わせた四度目で、登代は落とされた。

二十歳やそこらの田舎育ち娘の、思慮浅いあやまちだと言ってしまえばそれまでである。

だが田舎町で貞淑な妻となり母となる人生で、「最初で最後のロマンチックな思い出だったわ」と感じることもできたはずである。もし戸谷にひとかけらの配慮があれば。たとえ火遊びであろうとも、かりそめにも身体を重ね合わせた相手に、せめてもう少し配慮があれば。

しかし戸谷にはなかった。

ひとかけらの配慮のなさに、強姦されたと若い娘は思った。

四度目に戸谷に会った日を、その日のできごとを、その日の自分を、その日触れた相手を、忌み、憎んだ。

衣服を脱がして、戸谷は言ったのである。

「乳首が黒いな」

言ってから戸谷は、ひやひやと嗤《わら》った。軽い、明るい、鼻から抜けるような嗤い声を耳にして、登代は感じた。

「強姦されてる」

と。古い簡易旅館の、庭に面した部屋に仰臥《ぎょうが》していたから、空に出てほどない金星が見えた。

(きれい)

こんなに明星が美しいものだとはこれまで知らない。これまでは月や星を愛でる唱歌や詩で美しいと教えられたから、そうなのだと思っていただけである。よりにもよって強姦されているときに、こんなにも美しいと知るとは。

身体の上に乗っている男は美男子だ。新聞で見た警察官と並んだ進駐軍の兵士のように、背が高く脚が長い。

蓼科高原の結核療養所に姉を見舞った帰りだと聞いたが、今はみな嘘だと思う。

一刻も早く男から離れて一人になりたい。そう願って事、は終わった。

事の前に灰皿で揉み消した煙草を、戸谷が指でしだくようにのばし、それにもう一度火をつけて吸っているあいだに、登代は急いで着物を着た。

「明日また会おうぜ。同じでいいだろ」

今日と同じ場所と時間ということか。松本駅前の、路面電車の乗り場に五時。

登代はうつむいて、首を横にふる。

男は、爪に火がつきそうなほど短くなった煙草を灰皿に捨て、肩に手をのばしてきた。

「何で?」

彼の声、話し方を、今日の五時より前には魅力に感じていた。今はぞっとする。細面の、目鼻だちのはっきりした、ハンチング帽をかぶると鍔の影で知的な憂いさえただよわせて見えるその顔は、たしかに今でも美男子だが、もう見るのもいやだ。彼が使った枕も汚く見える。何もかもが登代の心をぎざぎざに引っ掻く。

後悔した。何もかもを。彼だけでなく、こういうことになった……、こんな男にいいようにされた自分のこれまでの日々が消えてなくなってほしい。新生したい。

「じゃ、明後日《あさって》は？」

戸谷が訊く。登代は首を横にふる。

「どうしたんだ、え、葉子」

息が臭い。煙草の匂いのする息を、今日の五時より前には男らしいと思っていたのに、今はただ臭い。事前には《葉子さん》と呼んでいたのが、事後にはすぐに《葉子》と呼び捨てる。事後だから呼び捨てていいのだと高《たか》をくっている男の全身を流れる血の単純さが憎い。

(よかった)

唯一、後悔しなかったのは、この男に本当の名前をおしえなかったことだ。

登代は胸の中で繰り返す。言いきかせる。戦時下でも、数多《あまた》のよくない関係の男女が利用したであろうこの部屋。早く出たい。

(よかった、せめて)

「処女だったみたいに拗《す》ねて」

処女だった。少なくとも登代自身はそう思っていた。柾吉とはまだ祝言を挙げていないのだから、まだ処女だったと。

「もう帰らないと……」

立ち上がった。石をぶつけられて逃げるように、登代は部屋から、建物から、戸谷から脱出した。どうやって片桐邸にもどったかおぼえていない。

⑥

やがて、立派な祝言を登代と柾吉は挙げた。

人の暮らしとはよくできたもので、朴訥《ぼくとつ》な夫との生活は、登代からすぐに忌まわしい出来事を忘れさせた。

新郎は朴訥なだけに閨房の行為には旺盛な意欲があった。生来の素質があったのかどうか新婦もすぐにそのことのよさを知った。よさを知り、よさを知ったとは認めない。それが多くの男が惹《ひ》かれる女らしさというものである。戦後間もない当時においては、よさを知ってよさを認める女は、男からすればすべたであった。健やかに、登代と柾吉は塩尻の借家に暮らしていた。

秤屋に出かけた夫を送り出したあと、番茶を飲もうとして妻は吐いた。

眼鏡をかけた女医の病院が近所にある。行った。

「おめでたですよ」

言われて呆然とした。同居してまだ一カ月余である。

「どうかされましたか？」

「い、いえ。あんまり早かったものですから……」

誤魔化した。どっちの子なのか。「だれの子か女にはわかる」。だれがそんな迷信を信じているのか。実に迷信に過ぎない。

しかし、登代は五秒後に判定を下した。

(柾吉さんの子だわ。だってちゃんとした夫婦なんだもの)

願望から確信へ。無意識にシフトした。彼女は健やかで明朗なのである。シフトできるのである。

7

(名前は何にしようか。ヨウ兄さんに相談しなきゃ)

シフトした後はただちに、思考の焦点が変わった。

ヨウ兄さん。登代が慕っていた兄の洋平は、妹の初めての子に、泉《せん》と名づけた。

架線事故があったと、〈あずさ〉の車内アナウンスが入った。筆者にとっては幸いであった。取材を続けた。

「長生きするよう〈千《せん》〉の字を使う人もよくいるでしょ？　泉と書いてセンと読ませるのは、千《せん》の発音も兼ねたのよ……」

千の字を、指で膝に、登代は書いた。

「数字の4に似てるわね……」
シ、と登代は小さく発する。車のナンバーや部屋の号数に「4」をつけるのは、かつては避けられていたものだ。
「……でも丈夫な子だったわ。多少のことじゃビクともしないっていうか、感じないっていうか、たくましいっていうか。えっ、だれがそんなこと言ったの？　いいえ全然……。全然、そんなことはないわ。泉とわたしはとても仲がよかったわよ。初めての子だったから過保護にしちゃって……。仲がよかったわよ……」

登代は時計を見た。

「どれくらい遅れが出るのかしら？　あなた、車掌さんが来たら訊いて」

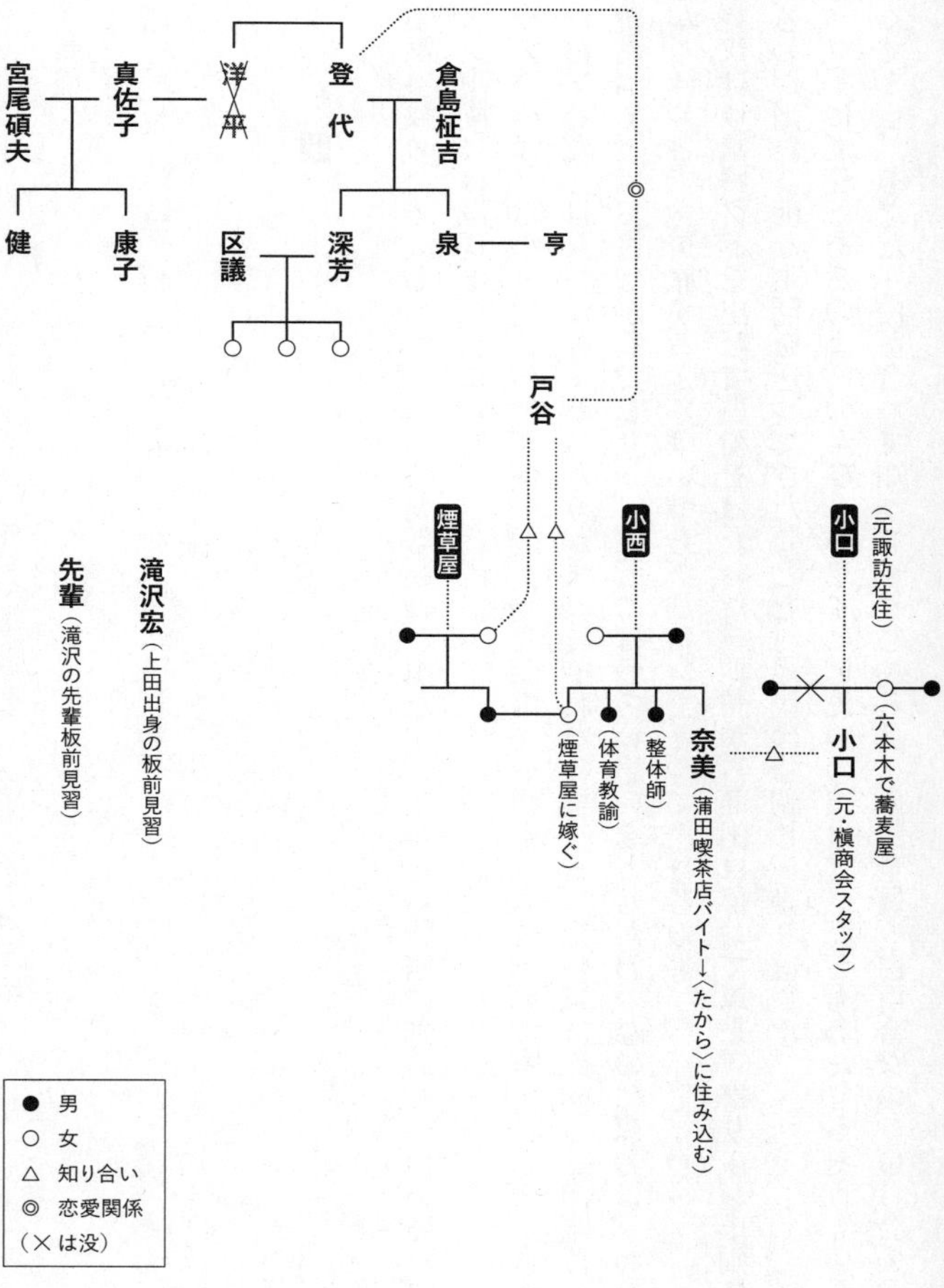
宮尾碩夫
真佐子
洋平
登代
倉島柾吉
健
康子
区議
深芳
泉
亨
戸谷
煙草屋
小西
小口（元諏訪在住）
（煙草屋に嫁ぐ）
（体育教諭）
（整体師）
奈美（蒲田喫茶店バイト→〈たから〉に住み込む）
小口（元・槇商会スタッフ）
（六本木で蕎麦屋）
滝沢宏（上田出身の板前見習）
先輩（滝沢の先輩板前見習）
● 男
○ 女
△ 知り合い
◎ 恋愛関係
（×は没）

10 入れ替わったような小西奈美

■1

架線事故のため〈あずさ〉は二時間も遅れが出たが、そろそろ新宿に到着しつつある。グリーン車両には登代と筆者だけだ。

「泉の下の深芳は小さいころは身体が弱かったから、いつも一人で部屋で寝てることが多かったの。わたしは女将なのでしっかりかまってやれなくて……。上の泉に比べると洋服だって靴だって下はお古ばかりでしょう。深芳にはつらい思いをさせたわ。なのに深芳は、わたしがちょっとでも長旅するときはいつもグリーンをとってくれるのよ」

登代はコンパクトを出して白粉をはたいた。諏訪から蒲田に移って以来、グリーン車両に乗るのが当たり前な生活を送ってきたことを、登代は強調し、繰り返した。

「ハワイに別荘もあるのよ。のんびりハワイにいたいのだけど、深芳もわたしもそうもいかなくて……。あなた、白百合って知ってらっしゃる？ 孫は全員、白百合なの。ＯＧ会のおつきあいがずっとできる人は……まあ、いろいろと経済的な面で限られてるのですけど、うちは三人とも白百合でしょ。ほっとくなんてことできないでしょ。深芳が出席できないときはわたしと柾吉さんが代理で……。バザーだとか講演会の受付だとか……」

白百合学園の関連催事で年間の予定が埋まるので、家事は家政婦にまかせているのだそうである。

「深芳はエステや美容院やネイルなんかがあるし、ボランティア活動で手話もしてるものだから、スケジュールがたてこんでて……。

コウエン？　コウエンって？　ああ、後援会とかの後援。選挙とかの。そんなことは、だってあなた……、深芳は夫の仕事には口出ししないわ。選挙のことも。秘書さんにみんなまかせてますよ。あの人は区議より大きな選挙に出馬する気はないんだから、妻がしゃしゃり出るより秘書さんにおまかせするべきなのよ。そのほうがいいのよ」

夫が外ですることに妻はとやかく言うべきではない。家の内と子供のことだけに集中すべきである……と、登代は強調した。やや不自然なほどに。

「外の事は外の事。外は外の人にまかせておけばいいのよ。わたしと柾吉さんみたいに店や旅館を一緒にやってるんじゃないんだから。潤一さんのお母様だって、潤一さんのお父様が外で何をなさってようと我関せずだったもの。セレブの夫人というのはそういうものよ。そうでしょう？　家の奥にいるから奥様なんだから……」

繰り返した。

「〈たから〉や〈深芳〉をやってたころは、どっちかっていうと女のわたしがいろんなことをしなくちゃやならなくてね……」

パチンとコンパクトが閉まる。

「仕込みやら掃除やらで、せかせかしてたわね。今から思うと、よくあんなことできたわ……。客商売はたいへんよ……」

話題を変えた。

「真佐子さんから電話があって、〈たから〉の住み込みの仲居さんが二人とも急に辞めたって聞いたときもね、わたしは受話器を持ったままアドレス帳をめくったのよ」

すぐに住み込んでくれる人がだれかいないかとページを繰った。そして、ある喫茶店の項で目がとまった。

「奈美《なみ》ちゃん……、小西《こにし》奈美ちゃんは、そこで働いてたの。童話の挿絵みたいなインテリアの、若い女の子向きの喫茶店なんだけど、前のオーナーから槙商会っていうのが買って経営するようになって……」

ケーキの代わりにインベーダーゲームを店に置いてゲーム喫茶に変わり、さらに一八五条すれすれのゲーム賭博場に変貌してゆく……のだが、それは数年後のこと。

「槙商会ってのは、広域の××組の息がかりで……。ううん、そんな恐ろしいところではないわ。××組と露骨に関わりがあるわけじゃないの。元をたどればというかね。繁華街にはつきものなのよ。水商売や芸能界なんてのはね、何だかんだいって、そうなんだから……」

〈深芳〉をまかされるにあたり、登代と柾吉も槙商会に挨拶をしていたので、《童話の挿絵みたいな》喫茶店が、実は槙商会の経営だと知っていた。

「たぶん奈美ちゃんは知らなかったと思うわ。お父さんもお兄さんも中学の先生なんですもの、そんなこと知らずに勤めてたんだと思うわ。メルヘンチックなインテリアからは結びつかないわよ。ウェイトレスのバイトが終わって家に帰る途中でよくうちに寄って、野沢菜のお茶漬けを夕飯にしてたの」

奈美が〈深芳〉で茶漬けを食べていると、たびたび客から深芳にまちがえられたという。

「母親のわたしから見りゃ造作は似てないんだけどね……。そういや少しってくらい。でも声がそっくりなのよ。喫茶店に電話かけたことがあって奈美ちゃんが出たんだけど、深芳、なんでそこにいるのって……。わたしでも一瞬、混乱するくらいなのよ。それでなのか、お客さんは雰囲気がそっくりに感じるらしくて、よくまちがわれてたの」

たしかに声音や話し方は、その人の雰囲気を決める。深芳さんの妹さんですかと尋ねられることもあったそうである。しかも、双子の妹さんですかと。

「奈美ちゃんの親戚の人が、諏訪の観光絵はがきを見せてくれたことがあったんですって」

それがきれいだったので奈美は諏訪に行ってみたいと思っていた。〈深芳〉は諏訪出身の家族が賄っていると喫茶店の他の店員から聞き、彼といっしょに暖簾をくぐってみたのだった。

「そんなこんなで真佐子さんから電話があったとき、奈美ちゃんに話したってわけよ」

亨が《登代さんの紹介で急遽入ってもらった一人》と言っていた仲居とは、この小西奈美のことだ。

「大助かりだったわ。気は利くし器量はいいし……。旅館にはやっぱり華がないと……。週末に〈たから〉に帰るたび、無農薬だの自然食だの体質改善だの、呼吸法、腹筋背筋運動だの、有酸素だの栄養バランスだの、そりゃごもっともなんだけど、もう四角四面で。わたしなんか窮屈で頭が痛くなっちゃって。

ねえ、あなただってそうじゃない？　たまの旅行なのよ。贅沢したいじゃない。奈美ちゃんみたいに華のある人が女将になったほうが〈たから〉のためだったのよ」

現在、〈たから湯治館〉の女将は奈美である。

高校生時に見た観光絵はがきの土地で、気分転換でアルバイトをしてみようと思っただけの奈美が、なぜ〈たから湯治館〉の女将になったか。

後日、奈美にも話を聞いた。これから先は、それを構成したものである。

2

〈深芳〉のある界隈からは離れているが、横内（旧姓・小西）奈美の実家も蒲田にある。姉、兄、兄、本人の四人きょうだい。父は中学の体育教師をしていた。上三人とは奈美一人だけ年が離れていたので、彼女が中学生になったときにはすでに定年退職して近所の子供たちに柔道を教えていた。

「〈ちびっこ柔道教室〉って、看板は上の兄の手作りでした」

同年の友人と遊ぶより、家で家族と過ごすほうが居心地がよかったと奈美は言う。

「とくに上の兄には、何をするのもどこに行くのもダッコちゃんみたいに……ダッコちゃんて、昔はやった人形……、ご存じですよね、上の兄にはダッコちゃんみたいにくっついてまわってて……。ちょっとブラコン気味でしたね」

父にずっと柔道を習っていた長兄は、父と同じく体育教師に。次兄も柔道をし、整復師の資格をとり、奈美が諏訪に移ってしばらくしてから実家の一部をカイロプラクティック院に改築して開業した。

「上の兄と二世帯住宅です。姉もすぐ近所に嫁ぎましたから、末のわたしくらい、しばらくならよそに出るのもいいかなって思ってたんです」

姉の嫁ぎ先の一家とも幼少時から親しかった。そこに行ったおりである。彼女が諏訪の観光絵はがきを見たのは。

「古くて色褪せてましたが、そこがまたノスタルジックでいいかんじだったんです。それが印象に残ってたのと、それに槙商会の……」

たまに槙商会の仕事を手伝わされた。

「電卓打ちとか、事務所の人のスーツのボタン付けとか、雑用ですね。だからあんなメルヘンチックな外装でも、あの喫茶店が槙商会の経営なのは知ってました。

わたし、大井町にある大井健康科学専門学校のスポーツビジネス学科っていうところに通ってたんです。父も兄も体育の先生系なのでスポーツジムの受付とか事務ができるといいなと思ってたんですが、そのころはそんなにあちこちにジムってなくて……。条件のいい募集を見つけるまで、ちょこっとだけバイトしようと……。サロペットの制服が可愛かったし、お給料がすごくよかったんですよ、あの喫茶店。そのうえ槙商会の雑用でちょっと電卓打ちなんかするとたちまち特別手当っていうか、そのぶんの御礼ももらえて……。

それでね、槙商会の雑用を頼まれたときによくしゃべってた人がいて……、その人、〈親は二人とも諏訪の出だ〉って言ってたんです」

槙商会にも諏訪に縁《ゆかり》のある人間がいた。

「年が近かったので話しやすくて……、登代さんのお店もその人に連れてってもらったのがきっかけで……、諏訪の方角には運命的なものがあるんだわ、なんて……」

笑うと八重歯がのぞく。深芳のように。

「わたし三月生れでしょう、そのときまだ二十三だったので、まだまだロマンチックな小娘だったんですよ」

ロマンチックな心地で〈たから〉に向かって特急列車に乗ったかつての小娘は、現在は女将としてのキャリアを積み、着物姿がさまになっている。布がしんなりと濡れて肌に付いているかのように自由自在に着物を着こなしている。

筆者は深芳の写真や8㎜フィルムも見ている。なるほどふたりは、いや、登代も入れれば三人は似ている。佇まいが似ているのである。

《ガールのスタンダード》。矢作は深芳をこう表現した。的確である。「ふつうの女の子」という表現はしなかった。「凡庸」「平凡」「どこにでもいる」というような語も使わなかった。《ミニ世界の偉いお爺さんにウケるタイプ》。南条玲香は深芳をこう表現した。登代と長く話したあとでは言い得て妙だとわかる。彼女らは脅かさないのである。脅かさず、満足させるのである。父性を。

「え、どうして？　どうしてパパ……あ、父が反対するんですか？　わたしが諏訪で働きたいって言ったんですもの。べつに誰かから強制されたわけではないんですもの。わたしが自分でそうしたいって決めたことなんだから、そういうことには反対しませんでした。登代さんと柾吉さんもご丁寧にわざわざ父と兄に挨拶に来て下さって……」

かくして〈たから〉には、深芳が蒲田の男性に嫁いだ後にまた、イコール深芳ともいえる奈美が補塡《ほてん》されたのである。

「ただそのときね、兄がおかしかったわ、まるでお嫁にやるみたいに柾吉さんに詰め寄って、よろしく頼むなんて」

《いじめられるようなことがあったらすぐ帰って来い》

《電車がなくてもタクシーですぐ帰って来い》

奈美の長兄は言ったという。

「まあ最終的にお嫁に行くことになったんですけどね……」

特急には、登代と柾吉と三人で乗った。車中で碩夫・真佐子家族のことを聞かされた。故・洋平のことも。だが、生れて初めて家族を離れ、異郷で暮らそうとしている若い娘の胸は、夢物語のような空想に躍り、〈たから〉の経営や、経営する者たちの関係については、ほとんどうわの空だった。

「泉さんに会ったとき、亨さんのいとこだと思い込んだんです」

碩夫と真佐子は親がいとこ同士だというのと混乱したのだろう。

「それもあるんでしょうけど……。泉さんが遅れて居間に来たこともあります……」

3

……一九七八年。三月。

午後一時五〇分。

〈たから湯治館〉は小さかった。蒲田の〈深芳〉で茶漬けを食べながら、登代や深芳から聞いて想像していたよりは。

比して想像以上に隣の畑が広かった。柾吉が敷地を案内してくれた。

「ここはうちの畑ずら。プロの農業の人といっしょに野菜を作ってる」

《プロの農業の人》に教えてもらい手伝ってもらいながら泉がやっているのだと奈美に教えることで、柾吉は泉を紹介したつもりだった。後でわかった。が、柾吉について畑の縁《へり》を歩いたときは、彼がゆびさした農婦が泉だとは奈美は思わなかった。《プロの農業の人》だと思った。

「農薬を使わずに野菜を作るんだそうだ」

野菜を作る。米ではなく野菜。奈美にはたんなる素人農園なのだと聞こえた。音楽なら演歌を聞くようなもっさりした人がプロの農婦にまかせている農園。専門学校を出たばかりの若い娘は漠然とイメージした。

素人農園を耕す農婦は、社会の教科書かＮＨＫ教育でちらっと見た防空頭巾みたいなものをかぶり、学校の体育の時間に着るような運動服を着て、鍬を上げては下ろし、下ろしては上げている。時々、額や鼻の下の汗を首に巻いた手拭いで拭く。

（ああはなりたくない……）

ふと奈美は思った。思ったというより、感じた。農婦の姿は女を捨てているように見えた。大都市に生れ育った二十三歳の奈美の目には。

「いいですね」

奈美は柾吉の横でほほえんだ。興味がないこと、関心がない状況には、ほほえんでしばらく待つ。待っていればその状況は、さっき乗った特急列車の車窓からの景色のように、すぐに向こうに去る。

愛されて育った娘は、「流す」行動をしなやかに行うことができる。状況を素麺のように「流せる」ように育つ。愛される女性に育つ。

「奈美ちゃんはきれいだのう。女の人は若くてきれいなうちが花ずら。それが幸せちゅうもんだ。羨ましいのう」

「やだおかしい。柾吉さんは男の人なのに」

〈深芳〉で茶漬けを食べているときのように奈美はくすくす笑った。面白くはなかったが、たぶん冗談を言ってくれているのだから、そういうときは笑うことが「流す」ということである。

「春になったとはいえ、長いこと外に立ってると寒い。家ん中に入ろう。登代はココアを淹れるちゅうとった」

柾吉は私宅棟に向かって歩きだした。

「なあ、奈美ちゃん。こうして敷地をぐるっと回ってわかったと思うが、うちは二家族でやってる小さい旅館だ。気楽なとこだから奈美ちゃんも気楽に働いてくれればいい」

「ありがとうございます、柾吉さん。わたし、がんばります」

柾吉が自分を気遣ってくれていることに奈美は感謝した。愛されて育った者は、他人の、一抹の気遣いにさえ敏感に気づく才能が培われる。

愛されて育たなかった者は、愛されて育った者を頭ごなしに妬み怒ることが多い。だがまれに、愛されて育った者の才能を、遠くから憧憬する者がいる。その憧憬は、たとえばバイエルを経てツェルニーを履修した子や五〇メートル泳げる子への瞠目に似た、心と肉体がきわめて一致した、具象的で身近な、小学生のような敬いである。

だから、『他人の自己に対する気遣いに敏感に気づく才能』への敬い』は、換言すれば、さびしい才能である。

しかし、愛されて育った者には、その才能が怖い。当然といえば当然である。愛されて育った者には、さびしさに対する鈍感さは、斬っても殴っても倒れない強靭さに映るからである。映ってしまうからである。奈美に映る泉は、まさしくこの例であった。おそらく登代に映る泉も。

かたや泉は、深芳や奈美を素朴に敬っていたのだと、筆者は思う。この推測は、これから先の話を聞いての、奈美と亨のアフェアに対する、泉の身の処し方に因る。

4

「敷地をまわったあとは、わたしはみんなに紹介されました」

私宅棟の従業員寮の茶の間に奈美は通された。

登代・柾吉、碩夫・真佐子、康子と健。従業員三人。宿泊客がいるから、みなが長く一《ひと》処《ところ》にいるわけにはいかない。奈美の紹介と挨拶は短く終わった。

「どうぞこれからよろしくお願いしますとわたしがお辞儀をしようとしたら、小学生だった康子ちゃんが……」

《泉ちゃんは?》

大きな声を出した。

《畑ずら》

弟の健が幼い声を出した。

《あたしが呼んできたげる》
康子は茶の間からベランダに飛び出し、泉の手をひっぱって走ってもどってきた。畑で土を耕していた泉は泥だらけである。
《四時に着くんじゃなかったの？》
柾吉のほうを向いて、泉は泥を払った。
《変更になったって言わなかった？》
登代が言った。
「顔にも泥がついていて、それがわたしの……、とにかく顔に泥がついているのが、わたしの泉さんの第一印象です」
ベランダの水道で手を洗う泉は腰をかがめて奈美のほうを向いた。
《こんにちは》
「愛想がないなあと思いました。初対面の人間に挨拶するのに愛想がない。それがその次の印象です」
《いちおう、奥さんです》
康子が泉を連れてきたものだから、弟の健が泉を奈美に紹介した。
一同どっと笑った。小学校低学年だった健は〈いちおう〉という語をおぼえたてで、何かにつけてこの語を発するのだった。

「健ちゃんは乳歯が二本抜けている時期で、わたしには〈いちおう、女将さんです〉と聞こえたんです。前から深芳さんから〈今、旅館はお姉ちゃんが女将になってるの〉って聞いてたし」

幼い健に紹介された泉は、

《四時だと思っていて……、お待たせしてごめんなさい》

と、ベランダ出入り口の置き石に腰をおろした。作業着に泥がついていて畳を汚すからと。

「泉さんもそろったところで、あらためてわたしは、よろしくとお辞儀をしました。みなさんも、よろしくとお辞儀してくださって……。碩夫さんも真佐子さんもやさしそうでよかったと思いました。泉さんはすわっていた位置のせいか、離れている人のように見えました。離れている人、っていう言い方はへんですが……。小学生の康子ちゃんが、《泉ちゃん》と、ちゃん付けで呼んだのがまた、奥様とか人妻の呼ばれ方じゃなかったから……、わたし、ずいぶんのあいだ、ずっと勘違いしてたんです」

従業員寮は二階が女性スタッフに充てられていた。

「外階段がついてて、朝になってわたしが階段をおりて、昨日みなさんに挨拶をした茶の間に行くと……」

そこは通いも住み込みも含めて従業員休憩所になっている。新人の奈美は、まずはみなのために茶を用意することから仕事をはじめた。

「言われた時間より早く起きて行くのに、いつも先に亨さんがいて、新聞読んでたりニュース見てたりするんです。泉さんのいとこだから住み込んでるんだなって思ってました」

亨と泉が夫婦だと把握していなかったことを、奈美はたたみかけるように説明する。

「略奪だなんて大それたこと、これっぽっちも思いませんでした。不倫ものの映画とかドラマとかも、こういうのはイヤッて思う性格で、見ようともしませんでしたし……」

スポーツマンの父と専業主婦の母。父と同じ職業に就いた長兄。父と同じく柔道に打ち込んで整復師になった次兄。実家と懇意の近所の家に嫁いだ姉。明るく仲むつまじい家族、近隣者に包まれ、ひときわ愛されて育った奈美は、周りから祝福されるような恋を夢見ながら、しかし、既婚の亨と相愛の仲になってしまうのである。

「皮肉なことでした……」

奈美は言うものの、亨と奈美の家庭環境は似ている。父を享受する家庭に育ち、父の嫡男である長兄をことのほか慕った奈美が、家内経営の〈たから〉に暮らすうち、次兄に似た職業の、長兄のような人当たりの亨に親愛の情を抱くのは自然である。既婚という亨の立場でさえ一種の緩衝《かんしょう》となって、生々しい異性関係から外れた、あたかも父に似た安心感を与える。

5

……奈美が初めて〈たから〉にきた日。

私宅棟の茶の間。ココアの香が漂っている。

「はじめまして。よろしくお願いします」

亨に辞儀をして頭を上げた奈美は可笑しくなった。長兄と同じ九歳年上なのに、なぜかかわいい感じがしたからである。といって甘えん坊ぼくはない。槙商会にいた男たちのように女慣れしていないといえばいいだろうか。

（いやらしい写真を見たがったり、いかがわしい酒場や映画館や劇場に行かないタイプだわ。迷うことはあっても、いやだめだと自分で自分に言い聞かせて行かないタイプ）

これが第一印象だった。学校の朝礼のときのように四角四面な動作で奈美に挨拶した亨の。

これについては懇意になった後で、《びっくりしてたんだよ。深芳さんが帰ってきたのかと一瞬、混乱したくらい似てたから》と本人から聞いた。

（ハンサム）

第二の印象。理容室の壁に貼られた髪形のモデルのような正統派の美丈夫である。

かくして奈美と亨は相愛になった。

自然な結果である。男女が深い関係になる条件が、待ち構えていたかのように〈たから〉での生活には整っていた。

初めて互いを見たさいに好印象を抱き合った男女が、毎日、顔を合わせるのである。しかも、何時とはかぎらず、何となく。長くなく。短く。小刻みに会う。挨拶の延長のような浅いことばを取り交わす。たとえば学校。たとえば会社。

このような接触こそが恋愛を生むのである。見合いも、合同コンパニーも敵《かな》わない。特定された日の特定した時間に特定の場所で特定の目的を持って異性に会ったところで、男女は恋には堕ちない。品定めと値踏みが発生するだけである。

奈美と亨は、清らかな文通をするように接近していった。どうということのない話をし、していうるちに袖が擦れ合い、手の甲がふれ合い、指の先がふれ合い、目が合う。合えば、既婚者であるという亨の立場はかえって熱情を煽る。彼と彼女の内部にある抑制はドミノ倒し式に崩れて、肉体が結ばれる。関係が固定する。

奈美が諏訪に来て一年後のことであった……。

6

「泉さんはすぐに気づいたと思います。なぜかって？　……。わたしならすぐ気づくと思うから……。でも亨さんは、気づいてないに決まってるって言ってました」

泉は鈍感だからと、亨は悩む奈美をなだめた。

「でも気づいてないならまた、それもいやでした。汚らわしいことをしているみたいで……」

しかし、疚《やま》しさと悩ましさには、恋愛の歓喜を昂ぶらせる作用があるのも事実である。亨と奈美は、濃密な秘匿に身悶えた。

「あの半年間ほど辛かったことはありません。ついに亨さんは離婚を決めたのです」

泉に離婚を切り出す日時や場所についても、また悩んだ。

「お客さん相手のお仕事ですから、みな時間がまちまちで、同じ敷地内に住んでいるとはいえ、三人だけになれるタイミングって意外にないのです」

ある金曜の夜更けであった。

亨の寝起きする部屋で、二人は机をはさんで泉と向かい合った。

亨の寝起きする部屋というのは妙な言い方であるが、結婚して一年もたたぬうちに、泉は一人で三畳ほどの納戸で寝起きしていたのである。

朝が早い泉は九時過ぎに就寝し、五時に床を抜ける。だが途中、零時から二時ごろまで決まって起きるのである。起きて編み物をするのに灯をつけるからというのが、寝室を別にした理由だった。

「小さいころ、妹の深芳さんのようすを見るのに起きていたのが途中起きの癖になったのだそうです。深芳さんが元気になってからは、ラジオの深夜放送を聞きたさに起きてたのが、そのまま習慣になってしまったと言ってました……」

その夜も、呼び出されたときにイアホンが抜けたのかラジオの音が、三人が向かい合う部屋に洩れていた。

《名曲喫茶でアルバイトをしている学生さんが、時給が安くて腹が立つから、こうなったらバッハみたいに白い縦ロールのかつらをかぶって抗議しようかと思ってるって……》

離婚を切り出そうとしているのに、泉は〈那智チャコパック〉で聞いた話を二人にしてくる。

「ふだん無表情な人なのに、おなかをかかえるようにして笑いながら」

奈美はかえって勘繰ったという。

「わたしたちの関係に気づいているのに気づかないことにして、離婚せずに、ずっとこの状態をキープしていこうみたいな……、妻の座は死守しようというか……。ずっとわたしを日陰の身のままにしておこうとしてるんじゃないかとか……。

だって……、折入って話があると亨さんが真夜中に呼び出したのに、納戸のほうから、深夜放送の、DJっていうんですか、パーソナリティ？　パーソナリティの女性の高い明るい笑い声が聞こえてきて、亨さんもわたしも困ってしまって……、まずラジオを切ってくれないかと頼みました」

ラジオを切りに行った泉は、わらじを持ってもどってきた。現在、〈たから湯治館〉の名物にもなっているわらじである。不要のパンストやはぎれを利用して編む。スリッパを共用せず、客は宿泊中、自分の履物で過ごせる。

「泉さんはそのころから毎晩、わらじを編んでました。ラジオを聞きながら編むの……。今なら、わかるのです。今は、この〈たから〉に来てくださるお客様がまず感激してくださるのは、泉さんのアイデアの、あのわらじなんです。温泉場ですからね、何度も湯に入るわけです。共用のスリッパじゃなく固有の履物をもらえるって気持ちがいいですもの。ほんとにグッドアイデアですよ。でも、それはあとになってわかったことで……。泉さんのアイデアがどういうものなのかわからないときには、亭さんにしてみれば、真夜中に起きて、納戸でイアホンつけて布で何かを編んでる女の人っていうのは、ただ気味が悪い……。

離婚を切り出した夜、わたしたちに泉さんはわらじを見せてくれて、まだ試作品なのだと言ってました」

雨の降る真夜中であった。ラジオが切られると雨の音が三人を包んだ。

「わたしたちが何も言わないから、泉さんも黙りました……。わたしは顔を上げられなくて……、うつむいてて……。亭さんが振り切るように離婚を申し出たのです。ところが……」

ところが泉は、

《なるほど》

と言った。数学の問題の解き方を教えられた生徒か、銀行のATMの操作を行員に説明してもらった客のように。左のてのひらに、右のこぶしをごく軽く当てて。

《なるほど、って……。なるほどっていうのはどういう……？》

《離婚したほうがよい理由を今、亨さんが説明して下さったので、なるほど、と……》

人目を忍び、泣きながら二人で抱き合ったこともあったのに、張り合いのないほど即座に泉は離婚に合意した。合意すると、わらじを持って納戸に帰り、また寝てしまった。

「亨さんが言うには、そもそも最初から彼と泉さんの結婚は嚙み合ってなかったから、泉さんのほうも、わたしとのことは別にして、終止符を打つべきだと考えていたのではないかって……」

しかし当事者三人が合意しても、すぐには戸籍をいじることはできなかった。

翌日の三時過ぎ。

昼食客がひくころ。

事の次第を聞いた碩夫は絶句し、真佐子は金切り声に近い驚きの声をあげた。

《ミーちゃんはあんなふうに潤一さんと横浜に逐電したあげくにあっけなく離婚して、道で片桐の大奥様と大旦那様に会うと、お互いきまりが悪うて困っとったのを、セン坊が片桐様の仲人で結婚してくれたことでやっと落着しとったのに、それをまた……。今度は姉のセン坊までさっさと離婚となったら、もうおちおち道も歩けんずら》

《そうよ。姉妹そろってスピード離婚だなんて、いくらなんでも世間体が……》

驚くあまり感情的になっていたところもあっただろう。〈たから〉をここまでにした洋平の血を引く姪の結婚の破綻を嘆きもしたのだろう。また、〈たから〉の共同経営者として、共同経営の相手組の分裂に不安を抱きもしたのだろう。半ば意地になって二人は猛反対した。

《そんなにカッカして興奮すると血圧に悪いよ》

泉がなだめると、よけいに碩夫と真佐子は怒った。だが客商売である。五時が近づけば、夜の客のための支度がある。二人は怒りながら〈日本料理たから〉にもどった。

「泉さんはさっさと自転車で権蔵《ごんぞ》の家に行って、ハーブ園の端っこの、そのときはまだ整地だけしてあったところに離れを建ててもらうように決めてきてしまいました」

それが矢作が《小屋に毛の生えたような》と言った離れである。

「昨夜の今日だというのに、どんどん泉さんが事を進めていくので、わたしはおろおろしてしまって……」

どうしたらいいのかわからなくなった。それをまた泉に慰められた。

小屋ができるまでは従業員寮の二階で自分は寝起きするから、奈美が私宅棟の一階に移れと泉は勧めた。

「やさしい人だと思いました。でも、わけがわかりませんでした」

夫を略奪されながら、略奪した相手がスムーズに夫と再婚できるように親切にする。いったいどういう心づもりなのか。まったく窺い知れなかった。

「泉さんはまだれっきとした正妻なんですよ。その人から部屋を交代しようと言われても移れます？　わけがわからなくて……」

時計が鳴ったのが、なぜか今でも耳に鮮やかに残っていると奈美は言う。洋平の父の代からある古い時計が六時を告げたのだった。

「いつも聞いてたボーンボーンというのんびりした音なのに、そんな状況のときでしたから、わたしはキャッと身をすくませました」

追い討ちをかけるように、さらに電話がジリリと鳴った。

「きゃあっと叫びました。電話の音にものすごくびっくりしたんです」

電話はTV局からであったが、それには奈美はあまり驚かなかったという。

取材依頼であった。TV広告よりずっと安くてすむラジオに泉は広告を出していた。ほかにも、ラジオのいろんな番組に、音楽をリクエストするのにひっかけて〈たから湯治館〉の宿泊プランの独自性をアッピールするひとことを添えていた。それを、ある紀行番組制作会社のスタッフが車移動のさいに耳にしたのである。

「ふつうテレビ局から電話がかかってきたら、もっとびっくりするのでしょうけれど、なんだかもう、そのときのわたしは途方に暮れたようになってて……」

《はいと言って。引き受けますと言って。早く》

《は、はい》

泉に言われたとおり取材依頼を引き受けた。鉄道会社が提供するその紀行番組は、短い放映時間ながら二〇〇〇年代の現在でもつづいている有名な長寿番組である。オープニングの主題歌は今ではすでにTV番組曲というより愛唱歌になっているほどだ。

画面では、義理人情に厚い役どころを得意とする壮年の俳優が、諏訪の静かな……諏訪の住人からすればいささか鄙びたムードの……道を選んで歩いていたそうである。後述するが、タキザワという元住み込み従業員から聞いた。

「テレビの人たちが〈たから〉にいらしたときは、わたしが女将として応対したのです……」

それも泉の采配であった。碩夫と真佐子の反対を予想していた泉は、当日、撮影クルーが近づいてきたその瞬間に、奈美を、まだ二十五歳の新米美人女将として前に押し出し、レポーター役の俳優に紹介した。

「碩夫さんも真佐子さんも、わたしだって、ちがいますという暇なんかありませんでした。テレビの人はみなさん、とっても忙しそうでしたし……」

だが結果的にこの年の客数は前年の三倍であった。放映直後などは予約が殺到した。もちろんこの数字がつづいたわけではないが、この日をきっかけに〈たから湯治館〉の個性は広く伝播され、定着していったのはたしかである。

そしてこのTV騒動で、奈美は女将として定着していった。翌年には香草園の端っこの離れ小屋に泉は移り、奈美と亨が私宅の一階で起居するようになった。

「もともと碩夫さんも真佐子さんも、わたしに好意的でいて下さったですし、わたしを嫌って泉さんの離婚に反対していたのではありませんから、なし崩しに崩れていって……。ただ、戸籍はいじらないままでした。戸籍まではいじれませんよね……？　そうでしょう？　あなた、わかりませんか？　不気味じゃないですか……」

奈美も亨も、ふたりして泉を気味悪がったという。

「だって、あまりに泉さんじゃない人にばかり都合がよすぎるじゃないですか……」

泉が怖かった。睫毛に涙をためて奈美は告白した。

11　新米の滝沢宏／小六の康子と小五の健／先輩

1

TVに映った〈たから湯治館〉を、ことのほか喜んでいたのは滝沢宏《たきざわひろし》であった。

「まだ十八だったからね」

上田市の料亭で筆者は彼に会った。事務机にテーブル・クロスがかけられている。四隅に苺のアイロン・アップリケがついている。

「なかなか上手いでしょ？　兄貴んとこの下の子が家庭科の時間に作ったんだよ。おれんとこはまだ低学年だけど」

手を首の後ろにやり、ごしごしと掻くように笑う。姪も自分の長女もかわいくてならないようすである。

この章は、滝沢宏から聞いた話を中心に、彼のかつての職場の先輩と、康子・健の姉弟から聞いた話も合わせて構成したものである。

筆者が宏を訪ねた上田市の料亭も、倉島と宮尾のように親族経営である。父親と碩夫（上田出身）が知己であったので、宏は一年間の約束で〈たから〉に来ていた。そのときである。TV取材があったのは。

「おれもちょっと映ったんだよ、女将さんの横にくっついてたから……。うん、そう。奈美さんって人」

泉はすでに香草園の片隅の離れに移っていた。宏は板場、泉は畑仕事と掃除をしているので、ことばをかわす機会どころか、顔を合わせる機会すらほとんどなかった。

「倉島さんのことは、あらたまった紹介をされなかったような気がするな。半年以上、しゃべったことなかった」

戸籍上はまだ亨の妻だったので、おそらく真佐子・碩夫も亨・奈美も、すぐにいなくなる宏にわざわざやっかいな説明をするのを避けたのだろう。

「おれより二つほど上の、おれよりちょい前から住み込んでた先輩がいたけど、その人が、倉島さんっていうのは、板長の碩夫さんの親戚で、一人もんの掃除係だって聞いた、って言うから、ただそうかって思った」

高校を出たばかりの宏は、一年間〈たから〉で、板場の初歩の初歩に慣れてから、長野市内の老舗の割烹店で本格的に修業することになっていた。〈たから〉にいたころは、まだ高校生気分が抜けきらなかった。

「倉島さんと初めてしゃべったのは、来てずいぶんたってからだよ。匂いのする葉っぱもんを作ってる畑……、そうそうハーブ園って女将さんは呼んでた……、そのハーブ園でだった」

当時はまだ和風旅館の食事にはめずらしかったセージやローズマリーやタイムをメニューに取り入れたのは泉のアイデアだ。香草園から某を摘んで来いと碩夫に命ぜられて、どれが言われた葉なのかわからず困っているとき、初めて宏は泉としゃべった。

《これくらいで足りる》

碩夫が作ろうとしている献立を聞いた泉は、緑の葉を宏に持たせた。

「率直な話し方っていうの？　ソフトににっこり、っていうんじゃないんだよ。けど、つっけんどんでもなくて、同じクラスの子みたいだった」

同級生みたい。それが宏の、泉の第一印象である。

「女将の奈美さんよりずっと年下だと思った……。うん、そうなんだよね。おれが〈たから〉にいたときって、女将さんは二十代なんだけどさ、しゅうっときれいな着物着てるじゃん？　化粧してるし髪もアップにして女っぽいし、十八だったおれには、すごく年上だってイメージがあって……。倉島さんのことは先輩から独身だって聞いてたし、ああ、じゃ、倉島さんはまだ学校出てそんなにたってなくて、それで下っ端だから掃除係なんだ、って思ったんだ」

泉は自分に近い世代という感覚が宏にできた。

「倉島さんは畑仕事するから日焼けしててそばかすがあった。それが壁打ちしててドリンク飲んでる選手みたかった……。ラケット持って壁打ちするやつ、何てったっけ……、え、スカッシュ？ スポーツドリンクのCMで……、あっ、おたくもあのCM、おぼえてる？ あれに出てた外人の選手、よかったよね。そうそう。茶色っぽい髪の、おっぱいのデカい、いつも風が吹いてる人……。やだな、そんなに笑わないでよ。おれにはそんな感じだったんだよ、おっぱいデカいのに風が吹いてる女の人って珍しいんだよ。デカいとたいていねっとりした感じになるからさ。はいはいって、何そのリアクション。だって、そういう感じだったろ？ おれ、あのCM、好きでさあ」

当時好きだった、颯爽としたスカッシュ・プレイヤーのイメージを重ねるほど、宏は泉に対して最初から好感を抱いていた。

にもかかわらず、彼の、何ら悪意のないひとこと、屈託のない明朗な若い男にありがちな照れが、泉に心ない綽名をつけてしまうことになる……。

2

……一九八〇年。春に御柱祭《おんばしらまつり》がおこなわれた年である。

八月上旬。

諏訪湖のぐるりは車の入ってこない道がとりまいている。自転車を漕いだり歩いたりするのに最適な道だ。休憩時間にセイタカアワダチソウを折って、ぺしぺしとふりまわしながら湖のほとりを歩いていた宏は、前方に泉を見た。

「倉島さん」

「滝沢さん」

泉はふりかえり、立ち止まった。

「休憩？」

「うん。倉島さんはあがりだよね？　いいな。おれ、さっきしくじっちまってさ……」

イボダイのアラの血抜きの手際が悪く、臭みが残っていると叱られ、やり直しをさせられたことを宏は泉に明かした。明かす必要はない。板場での失敗を泉が見ていたはずもない。だが、きつく叱られたことは十八歳の男には惨めで悔しかった。だからこそ自分の失敗を進んで明かさないと、十代の自意識はよけいに居心地が悪かった。

「明日また血抜きをさせてもらうとよい」

失敗を聞いた泉は、宏を慰めなかった。

「明日は今日より上手になる。あさっては、明日より上手になる」

「なるかなあ」

「なる。経験は重ねるものだから、今日以降は重なっていくしかない」

麦わら帽子の下の顔に笑顔は出ない。泉という人は、実はよく笑う人であるのに、笑っているところをいつも人に見逃される。笑わない泉を無愛想に感じる人も多かったが、宏は珍しい例で、率直で親しみやすいと感じた。

「倉島さん、スカッシュするといいのに」

「スカッシュ？　するとこがこのへんにはない」

「じゃあ、今度、もし休みの日がいっしょになったらキャッチボールしようか」

言ってから宏は後悔した。なぜこんなことを提案したのだろう。女の人にキャッチボールをしないかなんて。

「する」

だが、泉は快諾した。

「グローブとボールはある？」

「あるある。先輩は中高時代、野球部だったんだって」

先輩というのは、もうひとりの住み込み従業員のこと。

「おれら、たまにキャッチボールをしてるんだ」

「健ちゃんと康子ちゃんも交ぜてあげてくれる？」

「交ぜてあげられないよ。道具は一組しかないもん」

「大丈夫。健ちゃんは自分のを買ってもらってる。一人がバッターになれば四人で二塁野球ができる」

「そうだね」

宏は落胆した。泉と二人だけで何かをしたかったのに。子守をしたいわけではなかったのに。

「あと五年もしたら康子ちゃんは滝沢さんのお嫁さん候補の一人になる。今から仲良くしておいてちょうどよい」

落胆した。十八歳の宏には五年も先のことなど想像もつかなかった。泉が自分を小学生の康子の相手として見ていることも悔しかった。

「そのころはもう、おれ、ここにいないし」

ぶすっとした。

「鮭みたいにもどってきてくれればいいではないか。康子ちゃんはきっと美人になってる。諏訪の高島城のお姫様は十三歳で武田信玄の……」

言いかけて、泉は口を開けたまま、しばらく開けたままにしていた。あどけなく見えた。

「申しわけなかった。これじゃ片桐様でした」

「片桐様？　あそこのすごいお屋敷の？」

「そう」

「家」が安定することを主目的に、周囲の男女をさっさと組み合わせようとする片桐家の華子を、宏くらいの年齢のころには、なんとせっかちな人かと思ったものだと泉は宏に言う。

「それが今では自分も同じことをしていた」

高校に通っていたころからもうずいぶん年月がたったのだなあという感慨を泉は洩らした。うまい食い物を噛んでいるときに、よく人がするような表情で。それが高校を出たばかりの宏にはミステリアスだった。長い年月の経過は喜ばしいものなのだろうか。

「年とるのが、いいことなの？」

「うん。年とるごとに垢が洗い落ちてゆく」

「へえ」

「実家から離れて暮らしているから何かと大変ずら。奈美さんはお客様によく気配りする人だし、真佐子さんもやさしい人だし、碩夫さんは板場の人には親身に指導する人だが、それでも意外な盲点があったりするから、何か困ってることがあったら言って下さい」

「ああ、言うよ」

「私は第一子なので気が利かないので、はっきり言ってほしい」

「言うってば。そんなに心配しなくていいよ。倉島さんは気が利かないの？」

「初めの子は、まず親の練習でこの世に出てくるのに、初めての子だからというので親は喜んでしまってどうしても過保護にされるからお殿様みたいになるのです」

図書館にあった本にそう書いてあると、父母から教えられたそうだ。

「お殿様？　女なのに」

「あっ、ほんとだ。今まで気がつかなかった。ほんとだ、へんだ。女なのに殿様なのは」

「そうだよ。だから図書館にあったっていうその本はまちがってるんだよ」

宏は持っていたセイタカアワダチソウの茎をひょいと湖に投げた。

「倉島さん、諏訪湖を一周したことある？」

「もちろん、あります」

「寮の軒に自転車があるじゃない。あれでどれくらいかかる？」

「すぐ。二時間かからない」

「へえ」

「でも歩いてまわるのもよい。諏訪湖の周りは、観光で来た人からすれば、どこから見たところでただの小さい丸い湖のほとりの景色に見えるかもしれないが、場所によっていろんな表情があるのです」

ほら、と泉の腕が湖に差し出される。

「たとえばこのあたりは、葦が繁っていて波がほかのほとりより高い」

「そういや、そうかな」

葦の茂みに一艘だけ舟が舫《もや》ってある。

「あの立派な舟は、権蔵爺《ごんぞ》さんの舟です。〈たから〉を建ててくれた大工さん。いつもあそこにあるので、湖のほとりの飾りになっている」

泉は両手のひとさし指と親指で四角形をつくり、そこに風景を嵌めた。

「見て。墨絵の景色みたいずら」

「墨絵って、掛け軸に描いてあるやつ？」

宏は泉の作った指の額縁に顔を近づけようとした。作務衣の合わせの奥が見えた。日焼けそばかす。田植え帽子。掃除係。そんな要素で構成された泉のそこには、まさかと驚くほど深い乳房の谷間が在った。

「ほんとだ、ほんとに墨絵だ、すごい」

景色など見てなかった。どぎまぎして、墨絵だ墨絵だと宏は繰り返した。

「何時だろう」

泉が腕の時計を見る。宏はがっかりする。休憩時間がそろそろ終わる。もどらねばならない。

「倉島さんの次の休みが決まったらすぐに教えてね。グローブとボールを用意しとかないとならないから」

泉と宏それに健とで野球ごっこをしたことを、康子はよくおぼえていると言った。

「そりゃ、おぼえてるわ。ヒロくんとキャッチボールしたくて、同じクラスの友達からの誘いを断ったんだもの」

当時、康子は小学校六年、弟の健は五年だった。

「わかるでしょ？　小六から高一くらいの女子って、同い年くらいの男子なんかガキっぽくてバカにしきってるじゃない。ヒロくんくらいの年齢でやっと異性だって意識できるんだよね」

キャッチボールをするのに、持っている洋服の中で一番かわいいと康子が思うTシャツとキュロットで広場に行った。

「〈広場〉って、わたしと泉ちゃんで勝手に呼んでたとこ。今は市民の花壇になってるあたり。そのころキャッチボールをするのにちょうどよかったの」

康子は泉の自転車の荷台に乗った。健は宏の荷台に。四人で諏訪湖のほとりを漕いで行った。

「リップクリーム塗ってってたわ。髪も前の夜のうちにカーラーで巻いておいた。汗かきたくなかったけど、八月だし、そんなこと不可能で、だらだら汗が出てきて。かっこ悪いからヤだなと思って、てきとうにしかボール投げなかったなあ」

だからといって滝沢宏のことを康子がとくに恋い慕っていたわけではない。同級の《ガキっぽい男子》ではない異性には、自分も異性と映ってほしかっただけである。

「ヒロくんはいつもピーナッツ食べてるみたいだった」

乱杙歯《らんぐいば》が左右に二本あるのが気に入らなかったとにべもない。

「あの時期の女子って……、何ていうの……、自分は女王様なんだよね。だから気に入らないルックスの異性であっても自分のことはかわいいと認めさせないといやなわけ。わがままな年頃だったわけよ。だから泉ちゃんが真剣にボール投げたり、受けたりするのも、あーあ、なんであんなに一生懸命やるんだろって、ちょっとシラけて見てたりしてたな」

泉はその日、スポーツメーカーのトレーニング・ジャージとシャツを着て、ランニングシューズをはいて広場に来ていた。

「うちはそのころから泉ちゃんのアイデアでお客様に、速歩……って、そのころは言ってたんだけど、今の言い方でウォーキングね。ウォーキングとか軽いジョギングとかストレッチをしてもらう宿泊メニューを設けていて、そういう運動のときは前に体育の先生をしてた人に指導してもらうの。

ただ、やっぱお客さん、初めてだとわかりにくかったり恥ずかしがったりするじゃない？

それで必ず泉ちゃんが、〈たから〉のスタッフっぽくなく、お客さんのふりして交じるのよ。だから泉ちゃんはいつも着てる運動服にパッと着替えてきただけなんだろうけど……」

こうした習慣を除いたとしても、泉は懸命に二塁野球をしたという。

「あれはね、泉ちゃんは、ヒロくんのことてんで男と見てなかったんだと思うわ。健と同レベルだったのよ。五年生の健くんに六年生のヒロくん、ってなくらいの意識だったのよ」

十二歳でも、女子である康子にはわかった。

「ただね、さすがに当時のあたしには、そういうあたりをちゃんと他の人に説明するボキャブラリーがまだなくて……、泉ちゃんのヘンな噂を聞いたとき、ちがう、そんなんじゃないってわかるんだけど、どうちがって、どうそんなんじゃないかって、説明できなかったのね……」

泉のヘンな噂。それは、この日の野球ごっこのあとに涌いて出た。

④

……一九八〇年。

湖のほとりの〈広場〉。

雲行きが怪しくなってきた。そろそろ野球にも飽きてきた。と、軽自動車が広場に止まった。

「買い物に行ってきたんだ。これからもどるけど、みんな乗るか？」

宏とともに住み込んでいる先輩が車窓を下げた。

「乗るー」

康子と健は車に走り寄った。

「ヒロたちは？」

「自転車で来たんだよ」

グローブやバットを宏は窓から先輩に渡した。

「先に帰ってるねー、バイバーイ」

健が手をふると、車はエンジンの音を残し、〈たから〉のほうへ去っていった。

「なんだかむしむしするね。雨になるのかな」

「たぶん。降り出す前に私たちも帰ろう」

泉が自転車のスタンドを上げた。宏はがっかりした。やっと二人になれたと思ったのに。

「漕がないで、押して行こうよ」

そのほうが着くのを遅らせられる。

「何で？」

宿泊客と速歩をするせいか速く歩く癖がついている、自転車を押して歩くのはもたつくではないかというようなことを泉から言われ、宏は心中で舌打ちをした。追い討ちをかけるようにぽつっと雨が腕に落ちた。空が光った。鳩の鳴き声のような音がしたかと思うとシャーッと雨が降ってきた。

「やばい。倉島さん、急ごう」

「言わぬことではない」

二人は雨の中を漕いだ。裏木戸から〈たから〉にもどった。裏木戸から泉の住まいである離れまで走った。

「わあ、ガラス障子を開けっ放しにしてきた」

泉は宏より先に走り、離れの縁にのぼり、

「滝沢さん、はやくはやく」

手招きをした。

宏は踏み石に靴を脱ぎ、離れに入った。

ここが泉の部屋かと、宏は離れの内部《なか》を見渡す。

縁側の突き当たりに陶器の洗面台があった。洗面台の上に縁飾りのない鏡がある。だが鏡面にカレンダーが貼ってある。鏡面の七割がカレンダーで隠れてしまっている。

鏡と反対の突き当たりにミシン。それから重そうな大きなラジオと籠があった。籠にはぎれがたくさん入っていた。

縁側と六畳を仕切る障子は左右に開けられていた。六畳間にはほとんど何もなかった。端にぽつんと座布団と文机があり、机の上に学習スタンドがあった。

「とりあえず、これで拭くとよい」

「どうも」

泉から渡されたタオルを宏は受け取る。

泉は帽子を脱ぎ、髪をしばっていたゴムを外して、お化けのようにタオルを頭からかぶって拭いた。

白いTシャツが雨に濡れて肌にはりついている。ブラジャーが透けている。たじろぐほど大きな乳房に、宏は視線を逸らせた。

「ああ、ひどい目にあった。こんなに急に降るとは」

泉が頭からタオルをとったとき、宏は泉の方に両腕をのばし、自分に引き寄せて、背中で腕を交差した。

「えっ」

泉はとても驚いたようだった。

内線電話が鳴った。

はっとして宏は腕の力を抜いた。泉は彼の腕から抜けた。

「もしもし……。はい、おられる」

泉がふりかえった。

「碩夫さんがちょっとだけ板場に来て下さいって」

「あ、ああ、わかった」

ぎこちない返答をする。

「先にちゃんと着替えてから板場に行かないと風邪をひく」

「ああ」

宏は縁側に腰を下ろし、靴を履きかけ、上半身を六畳間のほうにねじった。

「あの、おれは、泉さんがいいなと思って……。感じいいなと思ってたのです」

へんてこな言い方になった。なぜこんなへんてこな言い方をしたのだろうか。心臓がどきどきした。しかし、泉は、

「ありがとう」

と、六畳間から正座し直して言ってくれた。こざっぱりとして、風が吹いているようだった。

一瞬のハプニングだった。幸いな風が吹いた一瞬。宏はそう思っていたし、泉もそう思ってくれたと思った。

5

宏と泉が「アヤシイ」という噂はすぐに流れた。彼らは何をしたわけでもない。「アヤシイ」関係は、虚《きょ》といえば虚《きょ》である。宏が異性として泉に好感を持っていたのは実《じつ》であろうとも。

だが社会に船出したばかりの十八歳の宏は、自分自身の中で実が大きくなる前に、はにかみ、照れた。

広場で野球ごっこをした日に康子と健を車に乗せて帰った先輩が、休憩時間に訊いた。

「ヒロ、おまえ、あの掃除のおばさんが好きなんだって？」

掃除のおばさん。その呼び方が宏を傷つけた。まだ男子高校生の気分のプライドを傷つけた。他人には「掃除のおばさん」と映っている女に自分はぽうっとなったのかと。

「抱きしめたんじゃないよ」

激しい通り雨のあとの一瞬を知る者など彼と泉以外には誰もおらず、先輩も、抱きしめたのかと問うてなどいないのに、自ら吐露し、かつ、それを否定した。

「抱いた？　おまえ、あの掃除婦を抱いたのかよ？　あんなおばさんを」

宏には泉は奈美よりずっと年下に見えた。スカッシュをしている、いつも風が吹いているように爽やかな、二歳くらい年上だけど、年上なのに同じクラスの女子のよう。そう見えた。おばさんなんかじゃない。先輩を否定したかった。否定しようとして、

「抱いたって言ってないだろ。抱きしめたって言ったんだよ」

ただ、《抱いた》を《抱きしめた》だと否定しただけになった。

「抱きしめた？　あの掃除のおばさんを？　いつ？」

当然、宏の否定は先輩に如実にできごとを想像させた。先輩は、《あの掃除のおばさん》《あの畑女《はたけおんな》》と、強く発音した。宏は、というより宏の幼いプライドは恥ずかしくてならなかった。

「だってよう熱があったんだよ。おれ、休みのあの日、朝から熱があったんだよ。なのにガキのお守りの野球ごっこを頼まれてたから、気がノらなかったけどつきあって野球したんで、すっげえ身体がだるくなって、そのうえ、ひでえ雨にふられて、もうフラフラになってて……」

それで、倒れそうになって泉にもたれてしまっただけだと、宏は休憩室で大声を出した。

「それだけだよー。奈美さんならともかく、倉島さんみたいなおばはん、ムリだよー」

そこに通いの若い従業員が二人話に入ってきた。

「そりゃ、そうだー」

わはははっと、若い男の笑い声が休憩室で割れた。

「あの人、不感症なんだって」

「ドンカンなんだって」

「出戻りだって。ブスだもんな」

掃除のおばさんで畑女で不感症で鈍感で出戻りでブスというレッテルが、強力に泉に貼り付けられた。

「あんなブスのおばさんと結婚することになったらたいへんだったぞ、滝沢」

「よかったな、災難を逃れたぞ、ヒロ」

わははははは。わははははは。配慮のない若い笑い声が、休憩室で割れ続けた。

6

当時の「先輩」は言う。

「倉島さんは、それを聞いてたんですよ」

彼は名前もイニシアルも出さないという条件で、筆者の取材に応えてくれた。

「旅館でしょう?　スタッフはみんな、時間をずらして休憩や食事をとるんですね」

従業員寮と呼ばれていた私宅棟の茶の間を、ひとしきり笑ったあとで先輩は出た。出たとたん、そこに泉が立っていた。

《これを……》

大きな皿を差し出す。お焼き（筆者注・小麦粉をこねて焼いた信州地方の食べ物）が入っていた。

《康子ちゃんと作ってみた》

皿が先輩の胸に迫った。先輩は受け取り、茶の間にいったんもどり、食卓に置いた。置いてすぐまた茶の間を出た。ドアの外に泉はもういなかった。

「五秒かそこらですよ。なのにパッと消えたみたいにいなくなってました」

いたはずなのにいない、魔法で消えたような、等々。筆者が倉島泉について話を聞くにあたり、たびたび耳にした表現である。

「えっ、なんでって思って、おれはつっかけ履いて外に出ました」

泉をさがした。香草園に行った。いない。離れのガラス障子を叩いてみた。応答がない。

滝沢宏より二歳年上の先輩には、宏より、わはははと笑った二人より、社会人的配慮があった。

「いや、そんなゴリッパなもんじゃないんです。あとから入って来た二人はすごく声がデカいやつらだった。みんな聞こえたはずです。失礼なことをしてしまったと思いました」

ただ泉についての印象といえば、その当時は、

「限りなくゼロに近かった。ヒロに〈掃除のおばさん〉って言ったけど、掃除してるから掃

除のおばさんと語呂でつけただけで……」

　というほどのものだった。

「ヒロは素直ないいやつで、そのぶん単純だったから、揶揄《からか》ってやりたくて……。単純だから揶揄うと反応がおもしろくて、それで、倉島さんを〈おばさん〉だの〈畑女〉だのと言っただけだったんです。倉島さん本人とは関係がない。そのとき倉島さんが何歳か知りませんでしたから……。そのとき……えーっと、一九八〇引く一九五〇で、倉島さんはそのとき三十歳か……」

　先輩は大きなため息をついた。

「ほんとに若かったんだな、あのとき倉島さんは……。今のおれなら、三十歳の女性を前にしたらでれっとしてしまいますよ。

　でも、あの時分のおれにすれば、三十歳だなんて、そんな数字は、お袋とか祖母《ばあ》ちゃんとか、そういう範疇ですよ。感覚としてね。だから、あのときのおれが、あの人が何歳か知ってたら、かえってもっと真剣に追いかけたと思います。お袋や祖母ちゃんのことはいたわるべきであるみたいな、そんな道徳観で。

　でも知らなかったから、今あなたがおっしゃったように常識として追いかけたんです。なもんで、離れのガラス障子を叩いても、いなかったときには、〈ま、いいか〉と思いかけたんです……。

でも〈たから〉んとこの労働環境は、他んとこよりずっとよくて、碩夫さんも厳しいけど、やさしくて……、今からすればぜんぶ倉島さんの采配だったんですけど、そんなこと知らなくて、ただ、おれ、〈たから〉は長く続けたかったんですよ」

先輩は泉を探しに畑に行ってみた。

「ハーブは穫《と》れるようになったんですが、畑のほうは、当時はまだ作物が収穫できるレベルじゃなくて、ひたすら土を耕してるところで……」

何も植わっていない畑に、泉が俯していた。

「びっくりしました。ショックで気絶したんだって思いました」

畑の土の上に泉はどさりと下向きに倒れている。鍬も横に倒れている。

《倉島さん》

先輩は駆け寄った。

《ひゃあっ》

泉もびっくりして上半身を起こした。泉は気絶していなかった。腹這いになって土の匂いを嗅いでいたのである。

へんな恰好のところを見られた泉は、ばつが悪そうに衣服をはたいた。鼻の頭に土がついていた。頬にも。

《燦々《さんさん》とふりそそぐ光を浴びた土は、ものすごくいい匂いがするので……》

泉は土を一握りして、さっき、お焼きの皿を差し出したように、ごいと武骨に先輩の顔の前に突き出した。
《あの……、その……》
先輩はどうすればいいか、見当がつかない。
《さっきはすみませんでした》
頭を下げて謝った。
《よいずら》
のどかな声が下げた頭の上を通過した。
《滝沢さんは、熱があるんだったらそう言ってくれればよかったのに……。何か困ったことがあったらはっきり言ってねと、前に言ったのだが……》
下げた頭を先輩が上げると、真正面に泉の、土を摑んだ手があった。
《嗅いで》
指が開く。
先輩は鼻を土に近づけ、嗅いだ。
「ほんとにいい匂いがしました。明るい、ほがらかな……」
《ほんとだ》と先輩は言った。
《な?》と泉は笑った。

「えへえへって笑ってました。たのしそうに」

金時人参。小松菜。蕪。茄子。南瓜。冬瓜。泉は先輩に、これから作る予定でいる野菜の名前を教え、《この畑には、これからいろんな野菜ができるずら。よい野菜は甘いらしい》とプラモデルの飛行機を組み立て終わった直後の小学生のように、泉は胸を張った。

「それはもう本当にたのしそうでした。倉島さんにとっては、〈たから〉以外のことは些細な取るに足らぬことだったのでしょう。わらじや野菜や泊まって下さるお客様が、あの人にとっては、名前のとおり〈たから〉だったんでしょう。

今から思えば、あの人がヒロに結婚を迫ったなんて、いったいどこから涌いて出たんでしょうね。あの時代はまだ、女の人っていうのは結婚を焦ってるもんだ、したいもんだっていうふうにみんな思い込んでたから、いい加減な尾ひれがついちまったんでしょうね」

噂はさらに膨らんだのである。いやな尾ひれがついたのである。

それについては宮尾健（碩夫長男）に話を聞いた。彼ははじめ、噂の意味すらわからなかったという……。

7

……同一九八〇年。

小学校が運動会を控えているころ。

滝沢宏が〈たから〉を去った。最初の取り決めに従ったまでのことなのだが、事情を知らない者たちのあいだでは、出戻りで欲求不満の泉が、初心《うぶ》な宏に身体をすりよせて結婚を迫ったために逃げ出したのだというふうに脚色され、膨らんでいった。

小学校五年の健はチジョという音を、たびたび耳にするようになった。

何のことかわからない。はっきり聞こえない。チジョとも聞こえるが、イジョと聞こえたり、ジジョとも聞こえたりする。そんなふうな音を健は耳にする。必ず泉といっしょにいるときに。くすくす笑いのような息とともに、そのわからない音は聞こえてくる。

(何ずら?)

わからなかった。

発しているのは、〈たから〉の通いの若い仲居や板場係の中にもいたが、たいていは名前は知らない、諏訪以外の土地から来てこのあたりの旅館で働いている若い男女である。泉といっしょに道を歩いていたりすると、すれちがいざま、彼らはひそひそと発するのである。

彼らは、滝沢宏も最初にそう思っていたように、亨と奈美が夫婦で、泉は碩夫・真佐子夫婦の遠縁で雇われた出戻りの掃除婦だと思っていた。そんなポジションの泉が結婚を焦っているのだという構図は、愚鈍な信じやすさがあった。そして噂というものは、ひとたび発生すると、それがよりおもしろくあってほしいという残酷な欲望に支えられるのである。

チジョとは痴女のことである。

小学五年の健に、その語彙《ごい》はまだなかった。姉の康子と一つ違いであるが、小学生男子というのは総じて女子よりはるかに（男女の事柄に関しては）幼い。運動会でクラス対抗リレーの選手に選ばれたことが、一九八〇年の健の頭の九割を占めていた。

放課後にほかの三人の選手と練習をしたり、夕食の後に一人で練習をしたりする。足首が鍛えられると思い、砂利の多い岸辺を走るのである。泉がつきあってくれた。

「足元が暗いから気をつけるんだよ」

「平気だよ」

言ったしりから、ずるり、と滑った。

「怪我しなかった？」

泉が駆け寄り、健の足に手をのばした。

「全然。血も出てない。擦《す》ってもいない」

足を泉に見せようとして片足で立ったためバランスを崩し、泉にもたれた。そのときである。

「掃除のおばさん、その子はまだ小学生だよ」

「襲うには、まだ無理だよ」

「ボク、気をつけるんだよ、その人、痴女だから」

誰かが暗闇のベンチあたりからこう言うのを、はっきりと健は聞いた。

「泉ちゃんってチジョなの？」

泉本人に訊く。

「……そうか、痴女と言っていたのか。今までよく聞こえんかったずら」

泉と健は、うんうん、と肯き合った。うんうん、よく聞こえんかったずら、前からいつもごにょごにょした声が聞こえたずら、と。

「チジョって何？」

健はあらためて泉本人に訊いた。

「う一んと……、痴漢の女版。男の人にいやらしいことをする女の人のこと」

健は痴女の意味をそのとき初めて知った。知ればもう泉に、なぜ痴女などと呼ばれるのかとは訊けなくなった。小学五年男児はそこまで幼くはない。

「そうか、私は痴女なのか……。困ったなあ」

泉はしばらく暗闇の中でぼんやりしていた。

「そうだ。でも、よいこともあった」

「何がよいこと？」

「キジョだかリジョだか、何と言ってるのかわからないより、痴女と言ってるとはっきりしたのがよかった」

「はっきりしたら、よいの？」

「よい。はっきりするのは、よいことだ」

泉は作務衣の袖に腕を入れて歩きはじめた。

「中国人？」

健は泉を追いかけた。無邪気を装った。繰り返す。小学五年男児はすべての面において幼くはない。無邪気を装い、彼女を「痴女」から逸らしてやろうと気遣ったのである。

「そうアル。中国人、中国人」

ずっと年上の同居人は、ずっと年下の同居人の気遣いを即座に察してくれた。

「シェーシェー」

衣服の袖に両手を入れた恰好で、コミカルにお辞儀をする。

「健ちゃん、これからいっしょに諏訪大社に行っておくれ」

「えー、夜なのに？」

「まだ神様は起きておられる。神様テレビを見ておられる」

泉はタクシーを指さす。諏訪で一番有名な大きなホテルを。夜でも明るい玄関口にタクシーが並んでいた。

「車で行けばすぐ神様の家に着くずら」

泉は健の手をとり、ホテルの正面玄関から乗車した。すぐ諏訪大社の下社に着いた。

「ちょっと待ってて下さい。すぐ。すぐもどりますから」

泉は健とタクシーを下り、鳥居の前に立った。

「夜だから神様も家の中まで入ると迷惑ずら。ここで用件を告げておこう」

泉は柏手《かしわで》を打ち、鳥居の前で二回、腰を曲げた。健も泉の真似をした。

「はやく七十五日たちますように」

泉が言うので、

「七十五日たちますように」

健も言った。

「よし」

泉は満足そうに腹部をぽんぽんと相撲取りのように叩き一礼し、健の手を引くとまたタクシーに乗った。

「七十五日というのは何ずら、泉ちゃん?」

「人の噂も七十五日の、七十五日。これで万事解決ズバットだ」

「ズバット?」

「そういう正義の味方が東京にいるとラジオで聞いた。正義の味方だから東京だけでなく大阪にも諏訪にも出張してくれる。そうでないと正義の味方にはならない」

泉は後部座席で、片桐様の大旦那様のようにでーんと両腕を背もたれにかけた。

「正義の味方にお願いしたから、もう平気ずら」

「じゃあ、ぼくもクラス対抗リレーは、いいセン行けるかな」

「決まっとるずら。対決ズバットずら」

「そうずらか」

「当然、五年二組が一等ずら」

泉は健の背中を叩いた。

本当に健のクラスはリレーで優勝した。

8

上田市の料亭。

痴女という泉につけられた綽名について、筆者は滝沢宏に尋ねた。小学生の健がかつて尋ねたように、本人に、直截に。躊躇したが、不躾な質問であっても、それがもっともわかりいいと思ったのである。

「えっ、痴女？　そんな綽名がついたの？　倉島さんに？」

宏は知らなかった。

「だからほら、さっきからずっと話してきたように、野球した日は熱なんかなかったよ。言ったじゃない？　アヤシイと先輩が揶揄《からか》うからさ、図星をつかれてオーバーにちがうって言ったんだよね」

首のうしろに手をあて、真っ赤になる。

「だって、恥ずかしいじゃない？」

日本では、恋愛感情にかぎらず、対象者本人に好意を示したり褒めたりすることを避ける。照れて避けることが、あたかも嗜《たしな》みであるかのようになっている。しかし、ちんけな照れが、人を深く傷つけたり、ひどい噂の元となる場合が、存外によくある。

「純愛だったんだよ。倉島さん、ほんとに感じよくて……。あのころ、おれがよく知り合った女のコとは全然ちがった。ちゃらちゃらしてなくて爽やかで、おれ、ほんとにいいと思ってたんだよ。出来心とか、あわよくば、なんつう浮ついた気持ちであんなことしたんじゃ、ぜったいないんだ。純愛だった。

でも倉島さんとは結婚できないよね。ね、そうだよね？　ひとまわりも年上の人とは結婚できないよ。自分が結婚して責任とれない人に、告白するなんてことはしちゃいけないよ。結婚できないのに深い関係になるのは無責任だよ」

滝沢宏は、彼の「誠実」を語った。彼の「純愛」を語った。セックスしなければ、あるいは、たとえばキスをするとか乳房を摑むといったような肉体的に明確な接触を避ければ清く、清いままの別離が誠実であり純愛なのだった。

12　奈美と仄《ほの》かな縁のあった二人の男

1

八坂刀売命《やさかとめのみこと》が叶えてくれたのか、痴女という綽名は七十五日もたたぬうちに消えた。だが、また別の陰口が亨と奈美の耳に入ってきた。

「泉さんが松本で待ち伏せしてるっていうんです……」

待ち伏せというのは、酒場や街角で女がさびしそうにして男から声をかけられやすくしていることだそうだ。

「逆ナンっていうんですか、今でいうと。碩夫さんと真佐子さんも、たぶん耳にしてたと思いますよ。誰もこの噂については口にしませんでしたけど……」

みな避けていた。

これがもし、たとえば何かを盗んだだとか、何かを売りつけただとか、喧嘩しただとか、性的な要素のない陰口であれば、奈美や亨はともかくとしても、碩夫か真佐子なら真偽を泉に尋ねることができただろう。

だが滝沢宏に結婚を迫っただの、痴女という綽名だの、歓楽街で男を待ち伏せしているだのについて問うことは、相手が近親であればあるほど恥ずかしく困難であった。

また、泉についての陰口にはある意味、信憑性があった。

「もちろん痴女をしてるなんてことは……、ねえ、そんなことは信じるわけないですよ。ただ、再婚したがっているとか……、それに、その……、あの……」

うつむいて奈美はつづけた。

「口の悪い人が……、その……、三十路《みそじ》の女に男がいないのでは、身体が夜泣きするのがあたりまえだと……」

その証拠のように、泉は休日の夕方に中央線で松本方面に向かうことがあったのである。

「真佐子さんも碩夫さんも、かりに待ち伏せしてるのが本当だったとしても、それを非難する気はありませんでした。わたしはもちろんです。だって……、さぞかし辛いだろうと……」

そこで陰口について問うことは措《お》くとして、正式に離婚手続きをしたらどうかと、これは宮尾側が奈美と亨に提案してきた。

《あんな綽名はだれかのやっかみに決まってる。やっかんで悪意を抱くやつが何人かいるほど〈たから〉が、センー坊のアイデアで盛り返したってことだ。ただしセン坊のグッドアイデアも亨さんの鍼灸や奈美さんの女将ぶりがないといかんわけだから、だったらこれはもう、ちゃんと離婚して、財産とかそういうこともちゃんとしたほうがええずら》

仲人である老片桐夫妻も、いきなり離婚と伝えれば気分を害しただろうが、二年近くかけて徐々に〈たから〉のようすが耳に入ってるだろうから、もはや自然のなりゆきと受け取ってくれるだろうというのが碩夫の判断だった。

「泉さんには碩夫さんたちから言ってもらって、泉さんが片桐の華子様に弁護士さんを紹介してもらって、分与のことを取り決めました……」

潤一と深芳の離婚のさいにも手際よく事を納めた弁護士の事務所から、泉は電車で帰った。奈美と亨は車で帰った……。

2

……一九八三年。

運転する車の中で奈美は思った。

（都合がよすぎる）

と。

〈たから〉の名義は、半分が宮尾真佐子、半分が倉島泉である。泉は自分の持ち分をすべて亨（と必然的にその妻である奈美）に譲渡するという。畑、香草園も含めてである。

泉が希望しているのは、粗末な小屋と畑と香草園を引き続き使うこと、旅館経営からの収益の一部を月額給与としてもらうこと、老齢や疾病で泉が労働することが不可能になったさいには年金としてもらうこと。しかもその額はずいぶん低い。

これだけが泉の、「欲しいもの」だというのである。使うことを望むだけで、彼女の望む物品はゼロなのである。

「そういうわけにもまいりません」

言ったのは弁護士だった。

「では倉島さんは法律の規定通りで問題なしということで、こちらで進めますから。横内さんのほうもそれでよろしいですね」

訊かれて亨も奈美も肯いた。異論のあるはずもなかった。

「ねえ、何なの？」

塩尻の駅前。奈美は車を停めた。

「いったい何なのよ。気味悪いじゃないの。都合よすぎるわ」

本来なら奈美は泉から訴えられてもいい立場にあるのである。離婚するにあたり、ふつうなら亨は高額の慰謝料を要求されるだろうし、〈たから〉を出て行けと言われても、強硬な態度で臨むわけにはいかない。

なのに泉の希望条件では、まるで自分たちが〈たから〉の泉の取り分を乗っ取ったようではないか。

「だから弁護士の先生も、そういうわけにゃいかんと言ってたじゃないか」

亨は顎を撫でる。

「ええ、だから先生の言うようにするとして……。わたしが気味が悪いというのは、泉さんがあんな希望条件を出したことよ。あんなことを言うこと自体が気味が悪くない？　何かとんでもない落とし穴があるんじゃないかしら」

「前から不気味だったじゃないか。向こうは。前から変わってたよ」

「向こう」というのは泉のことである。亨は泉を、呼び捨てにできるほど親しさを感じていないのである。感じられるほどの接触がないまま年月が経ってきたのである。泉と呼び捨てにはできない。さりとて、あいつ、というには自分の立場や、奈美との恋愛の経緯からして引け目がある。そこで、向こうなのである。

「でもさ、世間からすりゃ、奇天烈《きてれつ》な関係だぜ、おれたち三人の関係ってのは。当人のおれがいちばんおかしいと思ってるよ。向こうは何にも文句を言わないんだから。テレビに出た時だって、向こうはおまえに女将として出演しろと言っただろう。厭味で言っているのかと、はじめは思ったくらいだった。前から向こうは、どうにもこうにも変で気味が悪いよ」

「ええ。腹で何を考えているのかわからないんだもの……。ねえ、火のないところに煙はたたないって言うじゃないの。痴女をしただとか、松本で待ち伏せをしているだとか、そういうのは……、もしかして、泉さんにはよそに誰かいるんじゃないの？」

「誰かって、男か？」

「ええ、向こうも向こうでちゃんといて、それで、まるで自分が謙譲するように見せかけて、あとでその人と二人でちゃあんとうまく行くように、何かとんでもない仕掛けをしてるんじゃないかしら」

奈美は意地の悪い女ではない。悪い方に勘繰らずにはいられないほど、泉の離婚条件が「人が良すぎる」のである。奈美は健やかなるがゆえに、悪く勘繰ったのである。アイスクリームを出されて口をつけない人がいたら、多くの人は「痩身のため」「健康上の理由から」だとしか発想しない。「アイスクリームの味が嫌いな人もいる」とはついぞ発想しない。マジョリティな剛健さとはこういうことである。

「泉さんには誰も知らない秘密の顔があるんじゃないかしら。わたし、調べてみるわ……」

「どうやって？　あの贈答品屋にでも頼むっていうのか？　やめとけ、あんなとこ。あんなとこに頼んだらおれらを探られる……」

「ううん。このへんの人には頼まないわ。煙草屋に……」

奈美の姉は会社員と結婚したが、同居している姑が家の軒先で煙草を売っている。奈美は幼いころから、姑とも顔なじみであった。

「お姉ちゃんの煙草屋に来る人で、調べてくれそうな人がいるのよ」

「わざわざ調べなくったっていいんじゃないか。男だとか秘密だとか、おれは向こうにそんなもんがあるとはとうてい……。ただまあ、大事《おおごと》にならない程度にちょっくら調べてみるっていうのなら、それくらいはいいかとは思うが……」

松本で泉が本当に待ち伏せまがいのことをしているのか、亨は内心気になった。泉に男がいるのか気になった。「向こう」としか呼べないほど希薄な夫婦生活だったにもかかわらず、元の妻……というより自分が無造作に用済みにした女が、いざ自分以外の男と関わっているのではないかと噂を耳にすると気になるのだった。

3

奈美の姉の姑が番をする「煙草屋に来る人」について、筆者は聞いた。

「わたしが高校生の時でした。姉が車の免許をとったのですが……。とりたてで、まだ不慣れで事故っちゃったんですよ。信号のない道をふらっと横断してきた男の人がいて……。のろのろ運転でしたから大きな事故には至らず、その男の人も軽い打ち身くらいですみました。通院三日とか四日とかそんなくらいの診断でした。骨折もなしです」

彼が飲酒していたこともあり、法律上は何の問題もなく事故はかたづいた。

「なのにその人、姉にお金をせびりに来るようになったんです……。一回目はね、姉もお見舞い金のつもりで渡したのです。でも半年ほどたつとまた来るんですよ。百万とは言いませんが、せめて万単位の額なら警察にも届けられるんですが……、チェリーを五箱ほど買って……、ワンカートンを五つじゃないんですよ、あのころチェリーっていくらだったかしら、一五〇円くらいだったかしら……、それを五箱ほど買って……」

この代金はタダにしてくれないか、とせびるのだそうである。

「金額じゃなく、けじめとして姉は断りたかったのです。でも姉の姑が彼を気に入ってしまって……。姉は掃除とか洗濯とか子供の世話やなんかありますし、だいたい店番はお姑さんなものだから……、お姑さんは、煙草をタダにした上に千円とか五百円とかあげちゃうんです。

え、お姑さんの年？　えーと、おばちゃん、あのときいくつだったかしら……、五十七、八……？　それくらいです。その男の人は……」

奈美もその男に会ったことがある。

「おばちゃんより少し下だったと思うわ。高校生だったのでオジサンと大雑把に見てました」

合計八回。そのオジサンは煙草屋の店先で立ち話をして、姑から小遣いをもらっていった。

「気分がいいのよっておばちゃんは……、あ、姉のお姑さんは言うんです。自分をおばさん扱いしないいって」

《若い女の子にはわからないだろうけど、嘘でも、いっときでも、そうしてもらうのはありがたいものなのよ》

姑は奈美に言ったそうだ。

《チェリー五箱なのがいいよ、それくらいなら大道芸人の帽子にお金を入れてあげようって気になるじゃないの》と。

「女性として見られるのがうれしいってことだったのね……」

奈美がオジサンに会ったのは一度きりである。おばちゃんこと姉の姑に頼まれて煙草屋の店番を奈美がしているところへ来た。

「店先に立ったときすぐに、あ、この人だ、ってわかりました」

どきんとした、と奈美は言う。

「かっこいいと思ったわけではありません。その時のわたしからすればオジサンですし……。なぜどきんとしたのか、よくわかりません。なんだか、どきんとしました」

④

……一九七二年。

夏休み。八月二十九日。

煙草の銘柄と値段表を奈美が見ていると、オジサンが来た。

太っていないが頬にたるみがある。首に皺がある。頭髪の量は多いがほとんど白髪である。だがなんとなくバタ臭い。よれよれの生成りの麻のスーツを着ている。よれよれのパナマ帽をかぶっている。だがスーツとパナマ帽というアイテムが実によく似合う脚の長さと顔だちをしていた。

「店番？」

ごく短く、オジサンは奈美に訊いた。

「はい」

「そっか……」

男は名前を名乗った。

「母から聞いております」

煙草屋の実子然として、睨んだ。

「そう」

奈美の睨みをこともなげにオジサンは受け流した。

「ねえさんは留守か……」

ねえさんというのは、奈美の姉のことではなく、奈美の姉の姑のことだった。彼は彼女を、ねえさん、と呼んでいるらしい。

「夏がみんな終わってしまう前に、ねえさんにラムネの瓶を持っててほしかったなあ」

「ラムネの瓶？」

「そうだよ。飲み終わったラムネの瓶をカラカラ振ってると絵になりそうな、婀娜《あだ》なねえさんじゃないか」

これでもう奈美は男との会話にひきこまれた。奈美に接近してくるわけではない。おばちゃんの話と、蟬や夏の木々や空や風の話をする。立ち入ったことは何も訊かない。そっけないといっていいほどオジサンは寄ってこない。奈美のほうから寄りたくなる。

「おれ、これから諏訪に行こうと思ってるんだ」

「スワ？」

「うん、長野県だよ。湖があるんだ。いいとこだよ。若いころ、ふと諏訪に行ったんだよ。親戚がいるって祖母《ばあ》さんから聞いてたからね。戦争から帰ったら行こうと思ってて、そんで行った。

そりゃあほんとにいいとこだった。一日中、湖で魚釣りして、のんびりして暮らしているうちに人生が終わったらいいなあと思ってしまうようなとこだったよ。けどさ、あんまり田舎なんで商売にならなくてね。それで松本に行ってしばらく住んでたんだが、松本も半年だったな」

オジサンは奈美に古い絵はがきを渡した。諏訪の観光はがきだった。カラー写真の色が剝げている。

「それ、ねえさんに渡しといてくれ。もう来ないからって」

「いつのはがきですか、これ」

昔。戦争が終わってまもない一九四九年。オジサンは言った。

「昔さ。たのしかったころさ。俺がいちばん稼いだころだ。金貯めたら、諏訪でのんびり暮らそうと思って松本を出るとき駅で買って、ずっと持ってたんだが、どうも金を貯めるって性じゃなかったんだな、おれは」

弱々しく笑った。

「そいじゃ」

背を向けてから、背を向けたまま軽く腕を上げ、バイバイをして去っていった。

その日、もどったおばちゃんに絵はがきを渡すと、剝げた諏訪の写真を、彼女はいつまでもながめていた。

「これ、湖が凍っているのかしらね、寒そうね」

「男の神様が女の神様に会いに行った足跡だって言い伝えなんですって」

「へえ、恋の伝説の湖なんだね」

そしてため息をついた。

「もう来ないのね、戸谷さん」

と。オジサンの名は、戸谷といった。

「商売してたって言ってたけど、何してたの？」

「結婚詐欺師だって言ってたわ。おもしろい人だったわねえ」

またため息をついた。まるで失恋したように深く。

5

「どうせまた来るわよ、ってわたしはおばちゃんに言いました。ほんとにまた来ると思ってたんです。来て数百円分の煙草をせびっていくんだろうなって。

蛇の道は蛇っていうでしょう。あのオジサンなら泉さんのことを内密に調べてくれるんじゃないかって思い出したんです」

奈美は実家に帰り、煙草屋を訪ねた。しかしオジサンは本当に煙草屋には来なくなっていた。

「それで槇商会に……。あっちの蛇がいないなら、こっちの蛇にってところ。事務所に行ったのです。前にあなたにお話ししなかったかしら？　そうそう、その人よ。もとは諏訪の出っていう、その人を訪ねたの」

メルヘンチックな喫茶店でバイトをしていたころ、年が近いことでよく雑談をしていた男を奈美は訪ねた。小口《おぐち》というその男は、現在は〈たから〉で働いている。

「泉さんのことを調べてくれって頼みに行ったのが、うちで働くことになったエンなんです」

奈美が小口に探偵まがいのことを頼みに行ったのには、彼女のほうに彼に会いたい気持ちもあったからだという。

「無性にもう一度会ってみたくなったの。誤解しないでね、つきあっていたとかそんなんじゃないのよ。わたしが片思いしてたのでもないの。自分の周りにはいないタイプだったので、強く記憶に残っていたというか……」

ありていに言えば、男には珍しく奈美の気をひこうとしなかったことで、奈美には軽い苛立ちがあったのである。

「まあ、槇商会にいたくらいだから、ふつうの人のセンスとはちがうんでしょうね……」

久しぶりに槇商会を訪ねたところ、小口はもういなかった。

「牢屋に入って、出て、今は工事現場にいるって言われました」

槙商会を辞めた小口は派遣労働をしていると。

「槙商会で聞いた飯場に行ったからってほんとにいるんだかどうだか……、半信半疑で行ってみたら……、いたのですが、そのときは作業中だったから、メモをことづけてもらったのです……」

伝言は小口に届き、彼からの電話を奈美は諏訪に帰ってから受けた。公衆電話からだと言うので、諏訪に来ないか、諏訪で働かないか、交通費と滞在費はこちらでもつからと、単刀直入に提案した。

《行くよ》

奈美を苛立たせた変わらない声だった。蒲田にある槙商会がらみのクラブに、奈美が裏方の雑用を頼まれて行くと、小口がさしてきれいでもないホステスの尻を撫でて、彼女の肘で腹を突かれているところを何度も見たことがある。だが奈美には関心を示さない。

「商売女なら相手にできるタイプなんじゃないかな……。そういう人なら泉さんのことも……、何て言えばいいのかしら、冷静？　冷静にようすを調べてくれるんじゃないかと……、電話で《行く》という声を聞いたとき、この人に頼んだのは正解って思いました」

そして奈美は小口のために、塩尻にアパートの一室を用意した。

「亨さんの実家の〈快復堂〉が、お店の人のために用意しているアパートの部屋が一つあったのですが、そこの隣室がたまたま空いてるよってお義兄さんから聞いて……」

しばらくは小口を塩尻においておきたかった。泉が小口の顔を知る前に、小口に彼女を尾行してもらうために。

探偵まがいの尾行の後には、小口さえよければ〈たから〉で働いてもらいたいと、これは奈美の、女将としてのいつわりのない気持ちであった。

農園がいよいよ本格的になってきたので、泉はどうしても農作業とわらじ編みに時間をとられる。外回りの掃除や雑役をする男手が必要だった。香草園の脇の倉庫の一室を改装すれば、そこに住み込み従業員をもう一人おけるだろうと〈権蔵の家〉に改築を頼んでいたのだが、棟梁が尿路結石で入院してしまい遅れていた。

「塩尻駅に小口さんを迎えに行ったのは、松の内が明けた週の、雪が降った日でした」

昼間にひどく雪が降った。

「それが日が沈むとぱたりと止んで、星が輝き月が冴えわたる夜空になりました」

きゅうきゅうと雪を踏むスノータイヤの音を聞きながら、奈美は車で塩尻に向かった。

「念入りに化粧なおしをしていったのは、どこかで、小口さんに自分を見直させてやりたい気持ちがあったのかな……」

二十歳のころの自分を、二十九歳の当時は「つくづく子供だった」と思っていた。だが、あの雪の道を運転していた二十九歳の自分を、四十六歳の今は「二十歳と変わらないくらい子供」だったと、奈美は思う。

《乗って》

駅前で小口を認めるなり、後部座席に乗せた。

《横に二人並んで乗ってるところを、遠くからでも誰かに見られると困るのよ》

雪の降った塩尻で知人に見られる可能性は低かったが、見られたくないということを小口に示したかった。自分が「安くない」女だと示したかった。

《ご無沙汰してました》

フロントミラーに映った小口の目に向かって、奈美は言った。

《そっちも変わってない》

背後から、やはり変わっていない小口の声が聞こえてきた。だが、奈美のことを《そっち》と呼んだ。かつては《奈美ちゃん》だったのに。

「亨さんが泉さんのことを〈向こう〉って呼ぶのと同じなんだな、って思いましたね。それでハッとして、やだ、わたしったら何やってんだろうみたいな……。パサッと何かが自分から落ちたみたいな」

ひとかけらの感傷が消えた。

「素行調査を頼みたいの」

ビジネスライクに小口に依頼した。

6

そこで探偵まがいのことをすることになった小口から聞いた話を次章に設けるが、先に小口本人について記しておく。

小口は下の名を耕介《こうすけ》という。

耕《たす》すを介くるという名は、かつて小口の家は田んぼを持っていたからか。父親がつけた。

諏訪で田んぼを持つ者や魚を捕る者は、冬場によく東京に働きに行った。雪こそ少ないが凍るように冷える諏訪では、冬場に野良作業ができなくなり、海苔の大店に出稼ぎに行くことが、昔からよくあった。中にはそのまま海苔屋で働く者もいた。有名な山本海苔店にも諏訪出身者が多くいる。

耕介の父も海苔屋に出稼ぎに行って東京に地縁ができ、どこかへ行ってしまった。

「それで母親は二歳の俺を連れて父を探しに上京したのです。とりあえず諏訪の役場で紹介された六本木の蕎麦屋に住み込みました」

六本木という地名は現在ではネオンまたたく繁華街を想像させるが、一九五〇年代初めの当時は、一歩裏通りに入ればのどかな町であった。

父親の行方がすぐにわかろうはずもなく、母親は蕎麦屋を、田んぼを手放した金で買った。

「手持ちの田んぼぶんで買えたと母は言ってました。一九五〇年代ですから、戦争で身寄りをぜんぶ失くして絶望してる人がよくいたんです」

小口が母とともに住み込んだ蕎麦屋の店主もそうであった。

「その人自身ももう余命いくばくもなかったようで、母親の言い値でそっくり売ってくれたのでしょう」

父親には小学校三年の時に再会した。

「ぴかぴかの車に乗ってました。いえ、自分のじゃないんです。東五反田《ひがしごたんだ》のお金持ちの専任運転手になってて、同じ屋敷で働いてた女性と一緒になって、夫婦で安定した住み込みをしてたんですよ。

実は母親も知ってたんですよね。俺には隠してたけど、六本木に出てきて一年ほどして親父から連絡があって、もう離婚もきちんと手続きしてた……。ショック？　いや、なかった。父親の記憶がなかったので」

母親は蕎麦屋を一人で切り盛りした。子供の小口の目に、彼女はきわだってきれいな容貌だとは映らなかったが、男の客が母親の耳を囲み、何か言っているのをよく見かけた。吹けば飛ぶような小さな店だったのに、生活にさほど困らなかったのは、彼女には経済的に援助してくれる異性が複数いたのだろうと小口は言う。

「諏訪にいるころからしてそうだったんじゃないかな。六本木の店を紹介してもらうにあた

って も……。父親が出稼ぎに行って、どこかへ行ってしまった、っていうのも、そのあたりが少なからず関係してるんじゃないかなと、俺は想像してますね」

母親は小口に大学に行けと言った。

《あんた、学校の成績いいんだから、私立じゃなかったら行かせてやれるよ》

と。六本木よりは横浜で遊ぶことが多かった小口は、横浜にある国立大学を受験し、合格したのでしばらく通った。

「当時でしたから、デモをしたりもしましたが……」

夜中に本を読んでいるので、日中はずっと寝ているようになってしまった。

「十九くらいのころでしょう？　自意識過剰というか、通過儀礼的な頽廃《たいはい》というか……。吸血鬼みたいな生活がかっこいいと思えたんですね」

朝起きて、顔を洗って身支度をして、学校や会社に行ったり、田畑や工場や店に行ったりして、勉強や労働をし、家に帰り、めしを食って風呂に入って寝る。そんなふうなふつうの暮らしをするのは恰好悪くてつまらぬことだと嗤《わら》った。

太陽を避けて昼間に眠り、勉学や労働に勤《いそ》しむことをせず、どこかから泡銭《あぶくぜに》を調達し、幻想的な小説を読んで、歌舞音曲に耽る。吸血鬼のような暮らしが輝いて見えた。十代や二十代の初めの頃には、ほんの少し我の強い者ならみな吸血鬼に憧れるものである。小口もそうだった。

二年で学校には行かなくなった。家も出た。

「お袋に言い寄ってる男の金で行ってる大学っていう感覚がどこかにあったのかもしれない。蒲田に行ったのは……、蒲田の近くに実家のある連れがバイトしてて、辞めるから代わりにどうかって言われて」

歓楽街にクラブがあった。客のとなりに、長いドレスの女がすわって酌をする店。張りぼての宮殿のような内装の、ばか高いクラブ。そこで皿洗いと掃除をした。

「蒲田っていうのがいいなって思ったんですよ。泥臭くて。ローリング・ストーンズじゃなく都はるみを口ずさむ気負いって言えばわかります？」

ふつうをつまらないというのであれば、このような自分の真逆の行動もまたふつうであることに気づかぬ若さであったと、小口は言う。

クラブで皿を洗って床を掃いているうち、槙商会の仕事をするようになった。吸血鬼のように夜に生きていたら、いつのまにか若い衆になっていた。そのころに、槙商会が経営する喫茶店のアルバイトをしていた奈美と知り合った。

「横内（奈美）さんが牢屋って言ってたのは、留置場のことです」

ゴルフ場の乱開発に乗じて、槙商会は粗悪な除草剤を半ば押しつけるように売って儲けた。その金を持って逃げた男がいた。追いかけて金を取り返して来いと小口は言われた。刃物を持たされた。持たせた者には使わせる気はなく、持たされた小口にも使う気はなかった。はったりに過ぎなかった。が、逃げた男のほうが刃物を見つけ、使おうとした。避《よ》けようとして相手を刺すことになった。それで留置場に入ったが不起訴になり出てきた。

「すごい血でしたが、深くはなくて……。でもまあ、そういうことがあったおかげで槙商会を辞められました」

吸血鬼を辞めたかった。が、実家にはもどれない。

「だってどの面《つら》下げてってもんでしょう?」

建設現場で派遣労働をしていた。

するとある日、奈美からの伝言メモを渡されたというわけである。

母親は小口が蒲田に住むようになったころに再婚していた。相手は一回り年上の、かなり裕福な男だった。どういうふうに知り合ったのか、どれくらいのつきあいで入籍することになったのか、実母のそうした面を聞くのは生理的に避けたかったので詳しくは知らない。

「横内さんが来たのは暮れでしたから、なら、新年から諏訪で心機一転できるなって。ちょうどいいタイミングだったんです」

奈美から送られてきた特急の切符で、新春に小口は諏訪に向かったのだった。

13 雇われた小口耕介

1

……一九八四年。一月。

小口耕介は峠のふもとで下りた。

シオジリトーゲ。暗号みたいな音を左耳で受けたのは暮れである。奈美との電話。地名を聞き返した。塩尻峠。峠の部分が内耳にこびりついた。さぞかしうらさびしい所だろうと想っていたが、下りてみれば国内の在来線ならどこにでもありそうな駅である。

駅前に迎えに来た奈美の車に乗った。後部座席に乗れと言うから、そこにすわった。

在来線ならどこにでもありそうな小さな町。それは即ち、そこに住む者は大都市に住む者には想像できないほど人目を気にしなければならない場所だということだ、と奈美は言う。

「しばらくは塩尻で仮住まいをお願いするわ。実家に紹介してもらったアパートだから」

「実家? 蒲田の?」

「いえ……、旦那の……」

「だんな」

小口は口内で復唱する。ダンナ。看守のことを、そう呼ぶものがいた。《だんな、頼みますよ、いいじゃないですか》。旦那。漠とした人代名詞である。配偶者も情人も客も通りすがりの男も、それに看守も、これで済む。

「だんな……」

「ちょっと説明するのが難しい関係なんだけど……、〈快復堂〉って漢方薬局をお父さんがやってて……、いまはお兄さんが継いで……」

旦那の実家の家族構成や家業を、奈美はくどくど話した。くどくどしていてよくわからない。だんな。旦那というへんな言葉が小口を捉えつづける。

「……でね、仮住まいのあいだは家賃や光熱費やなんかは心配しないで。ストーブの灯油代も〈快復堂〉のつけがきく店を、あとでおしえるから」

「つけがきく……？　電話で頼んできた仕事をする前に、そのカイフクなんとかって薬局の手伝いをしろということなのか？」

旅館の雑役夫にならないか。その前に頼みたい野暮用がひとつある。それがすめば旅館に口利きをしてやる。小口が電話で奈美から聞いていたのはこれだけだった。

「ちがうわ……、一種の……」

奈美は言い淀む。

「一種の素行調査よ。厚いコートとか内に毛のついた靴とか耳を覆える帽子やなんかがいるわね。そろえてあとで持ってくるわ」

「素行調査？　後をつけるのか？　だれの？」

「中で話します。アパートに着いたから」

鉄板の階段がついた二階建ての建物。前方が駐車場になっている。車が二台、端に自転車も一台とめてあった。

「ここよ。入って」

入れと言うから入り、鞄を置いた。

「とりあえず要りそうな物はもう運んでおいたから。ストーブもよ。このあたりはとても寒いの。自転車も借りといた。わたしが気づかなかった物があったら自分で買いそろえて」

奈美は財布から札を数枚抜き、むきだしで小口にわたした。

「これで」

「こんなに？」

「口止め料よ。尾行するのに口が軽いのは困るわ」

「旅館の雑役夫だと言うから、野暮用というのも、そんな類のことなのかと思ってうんと言ったんだ。もし、やばい仕事ならやめる」

堅気で暮らしたいと小口は切望していた。だから奈美からの電話に即座に応じたのである。

「そんなんじゃないわ。頼める人がほかに思いつかなかったからよ。口の固い人が……」

泉のこと、亨のこと、自分自身の現状を、奈美は要領悪く話した。ある部分は過剰に具体的であり、ある部分は抽象的に過ぎて意味不明になる。

「わかった？」

「わからない」

「……」

奈美は長く息を吐く。

「いいわ、まずは〈たから〉に行きましょう。百聞は一見に如かず。そしてまたもどって話をするわ」

奈美は部屋を出た。金をポケットに入れ、小口も部屋を出た。

2

什器や寝具をしまうのだという倉庫の一室に小口は連れて来られた。

「ここだけ畳の部屋なのよ。大工さんが尿路結石になって改装が遅れてるけど、正式に小口さんがうちで働くことに決まったら急いで進めてもらうから」

暗闇で奈美がふりかえる。きぃーっ。ドアは音をたてて開いた。暗い。奈美は壁の上で手をぺたぺたと動かしてスイッチを探った。かち。スイッチにふれたがつかない。照明具は取り外されたままらしい。

「いくらなんでもこれじゃ困るわね。待ってて。懐中電灯を持ってくるわ」

使われていない匂いのする部屋に小口は残った。

しばらくすると目が闇に慣れた。靴を脱いで、窓の前に立った。カーテンはない。グラデーションのついた磨《す》り硝子が嵌まっている。立った小口の目のあたりから硝子は透明である。外が見えた。

(明るい)

意外なほど外が明るい。顎を上げた。月が出ている。星もまたたいている。月星がこれほど地上を明るく照らすことを、長く吸血鬼暮らしをしていたのにもかかわらず、大都市に住んでいた小口は気づかずにいた。

(そこは何だ?)

星ふる夜空の下は灯籠があるでなし、枝ぶりのよい小松あたりがあるでもなし。

(花壇か?)

丈のふぞろいな植物が黒い影となってあちこちにある。

左手に建物がある。小さい平屋。

右手にもある。こちらは大きい。庇《ひさし》の張ったところから灯りが洩れている。庇の下に三和土《たたき》があり、縁台がある。雪がそこに積もっている。

白い縁台がぼうっと照らされた。男が裸で出てきた。そうか温泉宿なのだから、あそこは風呂場なのだと小口は納得する。頭にタオルを巻いている。なら男ではなく老婆か幼女か。いわば夜の園を盗み見している状況において、裸体が視界に現れたなら、たいていの人間は程度の差はあれ、はっとしたりどぎまぎしたりする。だが小口は、ただ裸だと思った。彼の立つ場所が暗いから、向こうがこちらに気づきはしまいと思ったこともある。が、現れた裸体が、裸であるということにあまりにも意識のない動きだったからである。

腰や背中が曲がっていないから、では子供なんだろう。夜の庭に鶴か鷺でも下りて来たのを見かけたように、小口はガラスの向こうを見る。

裸の子はちょこんと縁台の前にしゃがみ、顔を縁台に押しつけた。そこに残った雪に。顔をはなすと裸の子は、次には立って夜空を見上げた。とてとてと歩いて来る。園の中で立ち止まり、ゆっくりと回った。裸体が小口の正面に向いた。すぐそことはいえ同じ室内ではない。はっきりとは見えない。だが胴体との対比から、とても乳房が大きいことがわかった。子供ではない。裸の女だ。わかったが、それでも子供が裸で月を見ているように見えた。小口は得をした気にならなかった。

（のぼせたんだろう）

裸だった理由を事務的に想った。月を見ていた子は、また風呂場にもどった。

「遅くなってごめん。廊下を歩いてたらお客さんに用を頼まれて」

畳に光の輪ができた。

「灯りが目立つ」

懐中電灯を奈美から取って消す。

「あの建物に住んでいるのか？　その倉……、倉本……」

「倉島泉《せん》さん」

奈美が教える。

「あっちには住んでないわ。あっちは宮尾と横内が……」

奈美も窓の前で小口と並んで立った。

「泉さんはそっちよ」

左の平屋を指す。

「昼間に見ればわかると思うけど、そっちはほったて小屋みたいな離れよ。お風呂もないから、あっちに入りにくるの。あっちは大きいお風呂が二つあるし、一人用の小さいのもあるし」

暖房のない部屋で奈美は手をこすり合わせる。

「泉さんっていう人がわたしには不気味なの……。わからなくて怖いの……」

奈美は自分と泉、亨との関わりを、時間を遡る順に小口に説明していった。今度はへたに要約しようとしたり、隠そうとしたりしないので、奈美の説明は小口にもよくわかった。

「本当に探偵みたいなことまでしてくれなくていいのよ。狭い温泉町でこうして同居してる人なんですもの、たいていのことは筒抜けよ。

大雑把でいいから後をつけてみてほしいの。それで何もないのならそれでいいのよ。探偵ごっこが終わったら、もしよければだけど……、ここで働けばいいわ。力仕事を頼める住み込みの男手がいないかって、前からみんなで言ってたのよ。この部屋に住んでもらえるから」

奈美は小口を、また塩尻まで送った。

車中で、奈美は小口に話した。

倉島泉という女は日の出より一歩早く起きて働く。掃除、洗濯、田畑の耕作、庭木の世話、宿泊客に向けた徒手体操と速歩教室の助手。休憩時間は雨でなければ自転車で出て行く。雨なら縁側でミシンかけをしている。深夜にはわらじを編む。いつもラジオを聞いている。

「そんな女の、いったい何を調べるんだ？　あの旅館に住んでる者ならだれでも、見てりゃわかるんじゃないのか」

塩尻に奈美が用意した部屋のストーブを小口はつけた。

「そうよ。たいていのことは筒抜けよ。調べるようなことがないような毎日なのよ、気味が悪くない？　テレビも部屋になくてラジオ聞いてわらじ編んで……」

「わらじね……」

「藁で編むんじゃないのよ、布で編むの」

「どっちでもいいが、わらじとはおそれいるよ」

声をあげて小口は笑った。今までかかわったなかで、わらじを編んでいた女はひとりもいない。奈美の真剣な表情と相まって、わらじを編む女というのが小口にはおかしい。

「すごく上手なのよ。旅館の収益に貢献してるのよ。わらじを何足もおみやげに買って帰るお客さんもよくいるし、泊まらないでわらじだけ電話で注文してくる人もよくいるの。倉島さんのアイデアで〈たから〉は業績をもりかえしたどころか前より、ずっとよくなったの。だったら、ふつうなら、オーナーとしてもっと財産に執着するもんでしょう？」

弁護士を通じて提示された離婚の条件を、奈美は小口に明かした。

「そりゃずいぶん気前がいい」

「でしょう？　気前よすぎるわ」

「ハイともらっときゃいいじゃないか。倉島って人から男も宿屋も」

「……いやな言い方はよして。横取りしたみたいじゃない」

奈美は立ち上がり、プラスチックの青い盥を渡してきた。二重になった盥には、まだ包装されたままのタオルと石鹸、それに盥と揃いの石鹸箱が入っている。

「ややこしいことを一気に聞かされて疲れたでしょう。はい、これ。銭湯はすぐ近くなの」

3

奈美が上着をはおったので小口もジャンパーをはおり、盥を持って部屋を出た。出たとたん、石鹸の匂いが鼻孔に入ってきた。

「あら、こんばんは」

同じように盥を持った、若い色白の、はちきれそうにぽちゃぽちゃした女が頭を下げた。隣人らしい。隣の部屋のドアノブに鍵を差し込んだ。髪の長い女である。

「こんばんは。お帰りなさい」

奈美も頭を下げ、小口が今日から入室することを告げた。

「まあ、そうなんですか。じゃ、社長のお知り合い？」

ぽちゃぽちゃした女は丸い口をしている。奈美とは顔みしりらしい。ころころと動く丸い口から何度も、カイフクドウ、カイフクドウと発音される。

「まあ、回りまわれば……」

奈美は小口のほうを向いて、隣室は〈快復堂〉の寮で、若い女ははじめ自宅から通っていたが今年から隣室から店に通っているのだと紹介した。

「一人暮らしは初めてなんです」

色白のぽちゃぽちゃした店員が小口に頭を下げたから、小口も下げた。

「よろしくお願いします。おやすみなさい」

隣人は隣室に入った。

「ふうん。いいアパートを見つけて来てくれたもんだ」

小口は拳で隣室を指した。

「そう。彼女、タイプだった？」

奈美は車に向かう。

「あれが女の人だと思うのよ……。ああいうものでしょう？　男の人だってそう……。みなそれなりにおしゃれして……、そりゃ、あくどく狙うっていうのとは全然違うわよ。みんな、心のどこかでいつも、どこかにいい人いないかなって漠然と思ってて、でも、そうそういるもんじゃなくて、ちぇってがっかりして……。それが若い人の……広い意味で若い人よ、年金もらうような年じゃない若い人の生活っていうものじゃない？

お隣の部屋の今の彼女みたいに二十代前半なら、髪のほんの撥ね具合だとか、分け具合だとかを細かく気にして、お給料の大半を洋服や靴やなんかに注ぎ込んで……、いつか白馬に乗った王子様に会えるかもと期待しつつも、毎日毎日はたいてい平凡で、それでもどこかでドキドキしてる……それがふつうの女の人じゃないの？」

奈美は銭湯の場所を小口に示すと車に乗った。そして車窓を下げた。

「倉島さんの生活って、わたしには信じられない。あんな生活に不満がないという人は、わたしは怖い」

「誰も知らない秘密のたのしみでもあるんじゃないのか？」

「でしょ？　そう思うでしょ？」

「休憩時間には自転車でどこに？」

「そのへん」

ちょっとした買い物や、たんに漕ぐためだけに〈たから湯治館〉の周辺を自転車で走っているらしい。

「……ねえ、倉島さんね、休日や休日の前の夜に、電車に乗ってどこかへ行くらしいの」

待ち伏せの噂を、小口は奈美から聞いた。

「休日はシフト制だから、倉島さんの休日がわかったらそのつど電話するから、何をしているのか、調べて」

「俺に見えた範囲でかまわないなら……」

④

二月のはじめ、塩尻の貸間を訪れた奈美に、小口は報告した。

「特に何もしてない」

奈美から聞いたとおり、たしかに泉は休日の午前中から電車に乗って出かけた。

「三回つけた。一回はおたくの旅館から近い寺、二回は松本だった」

「寺？」

「寺の中にある幼稚園」

曇った日だった。午前中は図書館。午後から寺の幼稚園に行った。

「ああ、照恍寺さんがやってる幼稚園。そこで？」

「軒先で先生としゃべって、それから運動場で子供と遊んでた。アート・ガーファンクルみたいな髪の子と」

ちりちりの天然パーマの女の子と砂場にしゃがんだり腹這いになったりしていた。

「ふたりで山を作って熱心にトンネルを掘ってた」

松本に行った日のうち一回は晴れ。もう一回は雨。

「晴れた日は、寺の前でその砂遊びをいっしょにした子供と待ち合わせて電車に乗ってった」

南条という表札の出た家に行った。

「玲香さんとこね。なんで照恍寺幼稚園に通ってる子といっしょだったのかしら？」

「南条という家にも子供がいて、家の子供二人がドアを開けて迎えたから、子供同士が仲がよくて連れて行ってやったんじゃないか？　げんに子供三人は庭で犬と遊んで、それを玲香、だっけ？　その玲香って人の夫らしき人が見てて……」

玲香と泉はいっしょに家を出た。玲香宅から近い喫茶店に二人は行った。

「どんな店？」

「ナポリタンとサンドイッチとケーキがあるような喫茶店」

玲香がナポリタン、泉はサンドイッチを食べた。それから玲香宅にもどると、泉はちりちり髪の子を連れて松本駅まで行った。松本駅前で子供の母親らしき女と待ち合わせた。母親は車の窓ガラスを下げただけだったが、泉は何度も辞儀をして子供を後部ドアから車内に入れた。

「それから自分は電車で帰ったってこと？」

「いや、駅ビルの漬け物屋でなにか買った。小さい包みだった。それを持ってバスに乗って、えらく立派な屋敷に入っていった」

「立派な屋敷？　煉瓦塀のある洋館？」

「ああ、そうだった。えーと……」

小口はメモ紙を取り出す。

「……片桐。この名前で表札が出てた。そこを十五分くらいで出てきて、バスで駅までもどって電車で帰ったよ。駅から〈たから〉まで、途中どこにも寄らず」

雨の日は午後から出かけている。松本の井上デパート。そこに二時間ほどいた。

「いろんな売り場に行くんだが何も買わない。はなから買う気はないようだった。ただ並んでるものはどれでもよく見てた。理科の観察でもするみたいに」

「観察って……」

「服の袖や裾を、まくって見てた」

「まくる？」

「まくって裏側を見てた」

「なんで？」

「さあ」

小口は後日に知るのだが、泉はたしかに観察していたのである。袖や裾の裏側は、その衣類の縫製が粗雑か丁寧かがよくわかる箇所なのだ。泉は衣類の品質表示のタグもよく観察した。アセテートが何パーセントか、綿が何パーセントか、製品化した国はどこか。洗濯やアイロンが自宅でしやすいかしにくいか等々を観察した。だが奈美も小口も、衣料品売り場で泉のような行動をしたことがなかったので、彼女が何をしているのかわからなかった。

「わからないが、とにかくたのしそうだった」

「たのしそう？　せっかくのお休みの日に、自分の子でも親戚の子でもない園児の子守をして、一人でデパートを観察して歩き回っているのが？」

「倉島さんが出してきた条件に他意はないんじゃないのか。たぶん結婚生活に執着がなかったんだろう。執着がないから盗られたという意識もないんだよ」

「そんなはずない」

奈美は言い返した。彼女が言い返すのも小口にはわかる。そんなはずはないと思わなければ、ぽいと捨てていい男と奈美は結ばれたことになる。

「男と女なんていうのは相性だから、いいじゃないか、向こうがどう思ってようと」

「そんなはずない」

自分は泉から夫を略奪しようなどとつゆほどにも思わなかったと奈美は小口に滔々と語るのである。なぜ横内亨が、自分に親切なあの泉の夫なのだろうかとどれほど悲しんだか。一線を越えてはならないと自制しながら、どうしようもないほど惹かれ、越えてしまったときのおののきと、それを凌駕する幸福との鬩《せめ》ぎ合いを。

「今思い出しても取り乱しそうになるのに、亨さんの正妻だった泉さんが何の執着もなかったのだとしたら、二人で苦しんだあの時間はいったいなんだったの？」

泉には別のエロスをちゃんと所有していてほしい。別の場所に恋があるからこそ、亨との離婚に応じてくれた。そうであってほしい。そうであればこそ、現在の自分の再婚があるのだと奈美は言う。聞いて、だが、小口は、

「倉島さんてのは何もしてないし、男もいないさ」

言い切った。

「つい先週はデパートを出た後、晩飯を食べてから電車に乗ってった。それも一人だった」

「夕飯って、どこで？」

「ラーメン屋」

「あなたも入ったの？」

「いや、入るのを見た」

「じゃあ、なかで、だれかいい人と会ってたかもしれないじゃない」

「あんな店で男と会わないだろ」

駅のすぐそばにあるラーメン屋は、ラーメン以外にもいろいろとメニューのある店ではあったがカウンターだけの店で、ほとんどがひとり客だった。

「いちおう、店の外からたしかめたよ。ガラスの引き戸だったから」

泉はカウンターの端に一人ですわっていた。ビールが前にあった。

「一人でラーメンを食べるにしては出てくるのがあんまり遅いんで、念のために時々、確か

めたがずっと一人だった。丼は前になくて平べったい皿があったから、餃子とか韮レバ炒めとかそんなもんを頼んでビール飲んで出て来たんだろう」

「なんでそんな侘しいこと……」

だぶだぶの男もののシャツとズボンの三十女。夫を従業員に略奪された旅館の女オーナーが、駅前のラーメン屋で一人ビールを飲む。それは奈美にとっては、想像するだけで侘しく悲しい光景なのだろう。

「……。そういうんじゃなかった」

「何がよ」

「何がって？」

「何がそういうんじゃなかったなの？」

「侘しそうだとか、悲しそうだとかいうふうには見えなかった。見てくれからして垢抜けてるじゃないか」

「えっ。垢抜けてる？　どこが？」

「だって、そうだろ」

「だってそうだろってどういうこと？」

「だって、そうだろうが」

「なに、それ。ちゃんと話してよ」

「ちゃんと話せと言われても困る。垢抜けてると思うっていうだけのことだ。とにかくみすぼらしいかんじはしなかったし、本人はしごくたのしそうだった」

「なぜ?」

「そんなこと知るかよ。何を食ってたかしらんが、そこのラーメン屋の出すもんがうまかったんじゃないのか。そっちも一回行って何か食ってきたらどうだ」

「じゃあ、小口さんが食べてきてよ」

十二年前のように、奈美は《耕ちゃん》と呼ばずに、金を出してきた。

「まだ続けるのか?」

「あと二週間くらいだけ」

5

奈美の車が行くと、小口はそのままコートのポケットに手を入れて仮住まいの周辺を歩いた。

アース製薬の殺虫剤のホーロー製の看板が壁に打ちつけられた薬局があった。柱時計が五時半を指している。マスクを買った。風邪をひいていたわけではない。頬に当たる風が冷たかったのである。

倉島泉をつけて松本には行ったが城を見損ねたままだ。まだつけろというのなら松本駅と城の位置関係だけでも確かめておこうと、小口は駅に向かった。

ホームで高校生が数人、ぎゃあぎゃあと騒いでいる。どの町でも高校生はやかましい。一つの缶コーヒーをみなで飲みまわしている。

寒い日だ。昼間も曇っていた。夜ふけにはもっと冷えるだろう。〈たから〉の風呂にでもつかりに行きたいくらいだ。

(あそこで住み込みで働くと、毎日温泉に入れるな)

悪くない。いや、いいじゃないか。そんな気になった。吸血鬼がはんと嗤うような生活。それは、だが、世の中では意外にも獲得することが困難なアレキサンドライトではないのか。

「二番線ホーム、電車が到着します。白線の後ろに下がってお待ちください」

ドアが開く。車内に入った小口はマスクを外そうとしてやめた。

泉が乗っていたのである。

「泉が」と、その名をはっきりと小口は意識できない。泉は小口にとって、まだ、「奈美からあとをつけてくれと頼まれた人間」である。「倉島」も「泉」も、ただ付箋のように小口の意識にある。

泉は、目を閉じていた。

小口は瞬間的に身を硬くし、離れた席にすわった。停車のたび、泉が下りるか窺っていたが、松本まで下りなかった。

(また、あのラーメン屋に行くのだろうか)

後をつけた。

泉は駅から城に行き、玉砂利をざくざく踏んで一周すると、門を出て道をとっとこ歩き、一軒の飲み屋に入った。

店は駅の近くというよりは、城の近くと言ったほうがいい。松本城から駅に向かう通りを、やや奥まったほうへ入ったところにある。入り口が目立たない。民家のように見えたから、泉が知人の家にでも入ったのかと最初は思った。表札のように小さな看板しか出ていないのだ。一、二分おいてから小口も入った。中は意外に広かった。混んでいる。とはいえ飲み屋である。ホールや野球場ではない。

にもかかわらず、小口は泉を見失った。

(何でだよ?)

少なからず焦った。

「いらっしゃいませ」

カウンター席に通された。渡されたタオルで手を拭きながら店内を見回したが、泉はいない。

「お飲み物はどういたしましょうか」

「ビール」

中瓶が運ばれてくる間も、運ばれて来て、それを飲み、つきだしに箸をつけても、泉を見つけられない。手洗いに行き、ぐるりと歩いて席にもどったが、いない。

(どこに行ったんだ)

中瓶に残ったビールが少なくなってもいない。もう一本、追加した。

「ポテトサラダ、どうです？　手作りなんですよ。おいしいんです」

店員が薦める。〈自家製・味じまん・ポテトサラダ〉。他より大きな紙に大きな字で書いてある。

「じゃ、それ」

それと二本目のビールが来た。

(気づかれたのか。裏口から出たのか)

見失ったのならば酒を飲むことにした。いい機会だ。小口は酒を飲むのは一人か、多くとも二人と決めている。大勢で飲むと騒がなければならなくなるのが煩《うるさ》い。自分で自分にしゃべっているのでなければ、だれかもう一人と、煮込むように会話をしたい。鶏の骨が溶けるように論理が酒でとろとろになり、翌日には忘れてしまうような会話の煮込みを肴にして飲むのである。だから女とは飲まない。女と会話する必要はない。女は口説いて抱くものだから。

（うまい）

ポテトサラダを食べて思った。マーガリンではなくバターが、それも少量に抑えて使ってある。作りおきしていないサラダは胡瓜と人参が硬い。歯茎と口蓋《こうがい》に心地いい刺激がある。岩塩で塩味がつけてある。炭酸の入ったビールが通過した喉に、なまめかしく擦り寄るような、ぽちゃぽちゃの柔らかい塩味。

（止め。探偵ごっこは今日は止め）

汗をかいたビールグラスに小口が手をのばした時である。泉がいた。

店の入り口近くの、通りに面した、小さな窓にくっついた小さな席に泉はちょこんと座っていた。

（え？）

小口のいるカウンター席の斜交《はすか》いに泉はすわっている。小口の席からよく見える席である。しかも、こちらからは向こうがよく見え、向こうからはこちらが気づきにくいはずである。

（ええ？）

小口に横顔を見せる位置なのだ。

（何で？）

泉がすわっている席は店に入ってすぐ見た。空いていたはずだ。

なぜ気づかなかったのだろう。気づかなかったことが気になる。

(何で?)

狐に鼻を抓《つま》まれた心地で小口は泉を見た。

箸を持った泉の手が鉢にのびる。白っぽいものが箸に載る。ポテトサラダに違いない。口に入《はい》る。

小口は笑った。つられたのだ。サラダを口に入れた泉の、えへへといかにもうれしそうな夷顔《えびすがお》に。次に泉の手はビールグラスにのびる。泡だったビールが注入される。泉の目が閉じる。口角があがる。

(うまい)

小口も思うのである。自分の手元にもある同じ組み合わせを、彼も追う。

次に泉は刺身らしきものを食べた。あれは何だろう。壁に貼られたメニューを見る。ポテトサラダと同じ大きさの紙に〈おすすめ・佐久鯉あらい〉というのがある。

(ここにはあるのか)

信州の名物料理は馬刺しと鯉だが、なぜか松本では鯉を食べないと奈美から聞いていた。

(きっとあれだ)

小口は佐久鯉の洗いと日本酒を注文した。泉のほうを見ると同じようにビールが熱燗に替わっていた。

佐久鯉の洗いは葱ぬたが添えられて出てきた。甘味を控えた酢味噌は芥子がつんときいている。鯉は切口がきりりと尖るほど鮮やかにさばかれている。シカシカと小骨が小気味よく口蓋に刺さる。熱く燗した酒を流し込めば、淡水魚特有のくせのある苦い匂いが鼻孔に広がった。

くーっと唸りたくなるうまさ。泉を見た。小口と同じように舌鼓を打っている。うれしそうだ。時々、窓から外を見ている。その時は、手は箸や猪口からはなれ、机上に置かれる。

(紙芝居みたいだな)

泉が面している窓はごく小さい。かつて公園などを巡っていた紙芝居屋の木製の枠のようで、泉のようすは、その枠の中で繰り広げられる無敵のヒーローの破天荒な活躍に見入る遠い昔の子のようである。

泉が手洗いに席をたったさい、小口は彼女がかけている椅子の後まで行ってみて、窓から何が見えるのかを確かめた。通りが見えた。行き来する人間が見えた。

(たぶん……)

なぜ泉に気づかなかったのか、その理由はおそらく、彼女が店になじんでいたからだろう。いったい一人で酒を飲んでいる女は、容姿の美醜にかかわらず目立つものである。だが泉には女が一人で飲んでいる気負いがまったくない。だから店の椅子や花瓶やメニュー紙のように、店に溶けこんでしまって、そのために気づかなかった。

酒がうまいのだろう。鯉がうまいのだろう。窓からいろんな人を眺めているのがおもしろいのだろう。泉はとてもうれしそうだった。そして、店を出ていった。小口も出た。〈たから〉までつけたが、だれと会うこともなく裏門から中に入っていった。

6

こうして小口耕介の似非《えせ》探偵業務は終わった。

「横内さんに報告しましたよ。休日に泉さんが何をしていたか……。べつに。このひとことだけの結果です。でも横内さんにしてみれば、他人の口から聞かされてやっと気が済んだんでしょう」

小口は〈たから〉で働くことになり、現在に至る。

「初日は粗大ゴミを集めて集積所に軽トラで持って行ったな……」

空き瓶をまとめたり、壊れたストーブを積んだりしていると、生き返ったような喜びがあったと小口は言う。

「虚業で暮らしてきたから……。幽霊だったのが足が生えてきてちゃんと息してるってかんじがしました。宮尾碩夫さんも真佐子さんも親切な人でね。

来たのが春の初めだったでしょう。ちょうど五月に向けていい季節になっていくころじゃないですか。諏訪湖近くのそのころっていったら……、あ、そのころに来られたこともある？　ならわかるでしょう？　こんもりと山が湖を囲んでるから、木々が緑になるとそれはもうフィトンチッド溢れるって感じで……」

ささやかな日常。吸血鬼に憧れていた十代や二十代初めの小口が蔑視していたもの。だが、諏訪に来てからの生活は彼には、反省などという殊勝な感覚ではなく、ストレートにとても新鮮だった。

「何といっても賄いのめしが抜群にうまかったんです」

硬い玄米から滲み出す甘露。牛蒡《ごぼう》の浅漬けの塩み。茹でただけの菠薐草《ほうれんそう》の甘み。舞茸の渋み。蕗《ふき》の薹《とう》の苦み。油揚げのこく。今では小口は、〈日本料理たから〉のメニューの一品一品を素材から風味まで人にガイドできるほどである。

「働きはじめた当初は、住み込みじゃなくて塩尻から通ってました。倉庫の……、そう、俺が諏訪に来た夜に横内さんに連れていかれた部屋の改装が遅れていたので……」

その間である。小口は親しくなった。隣室の丸い口のぽちゃぽちゃした女と。

「すぐ隣に住んでるわけでしょう？　すぐ顔を合わせることになるじゃないですか」

気がある。隣人は小口にそう思わせる態度をとった。

「どんなって……、訊かれると答えるのは難しいですが……、黄味がかっている態度」

ぽちゃぽちゃした隣人は自分が若いということをよく知っていた。若さは男を惹きつけられると。だから黄味がかっていた。だからそそった。女がかわいいとは、白色《はくしょく》ではなく、黄味がかっていることであると小口は言う。

「ええ、そうですね、自信過剰と言われればそうなるかもしれないが……、どんな女も自分に気があると思うわけではない。気があることを発信してくると言えばわかってもらえますか……。レディが発信してきて下さっているのにジェントルマンたるもの蔑《ないがし》ろにしては失敬だと、俺としては謙虚なつもりなんですが……。今でもこの考えは変わらないです……。あんなことがあっても……」

女慣れしたような言い分であるが、こう言う小口は枯れ枯れとして、どこかわずかにさびしそうであった。

14　女子高校生になった康子／飲んだ小口／泊まった矢作

1

小口が〈たから〉に住み込むようになったころ、康子は女子高校生になっていた。

「奈美さんが妊娠したので、わたしはよく旅館のほうを手伝うようになりました」

奈美が身籠もったことを小躍りして喜んだのは、亨以上に泉であったと康子は言う。

「奈美さんの身体を心配した泉ちゃんは、わたしに宿泊棟のほうの若女将役をしてねと頼んできました。女子高校生でしたから、着物が着られるのがうれしくて引き受けたんです。

女将というのは難しい仕事で、見習いでも簡単にできるものではないです。だからたいした手伝いをしたわけじゃありません。あくまでも奈美さんのアシスタント……、アシストにもならないくらいのアシストでした」

康子は着物を着て一日一回、フロントの花瓶の前に立っているようにと泉から言われた。

「花は泉ちゃんが花壇で栽培したものです。活けたのも泉ちゃんです。松本の片桐様のところでお花習ってましたから……。でも泉ちゃんは前から奈美さんにお水を取り替えるようにって……。奈美さんが妊娠したんで、お水取り替え係はわたしがしなさいって。お水を取り替えたら十分は花瓶の前に立ってるのよって……」

そうすれば、どこかで客がその姿を見かける。すると諏訪の旅から自宅にもどった客には、〈たから〉の女将の記憶が花と結びついてよみがえる。きれいな思い出として〈たから〉という旅館が残る……。そう泉から言われた。

「じゃあ泉ちゃんが立てばいいじゃないと言ったんですが……」

泉は「適材適所」ということばを使った。

《裏方さんの受け持ちは花を咲かせて活けるまで。活けた花のそばに立つのは女将の受け持ち。英語でデパートメント。松商の高三の一学期の英語の期末試験に問題が出た。各デパートメントがうまくいってるのを日本語で適材適所というんだ》

見ようによっては薄《うす》ら馬鹿のような、えっへんといった表情で言い、康子の抗議に取り合わなかった。

「そんなだから夫を愛人に略奪されるんだって腹が立ちました。現実の社会を何もしらない生意気盛りのティーンのころはね。

まったく子供だったわ。今はよくわかる。泉ちゃんは卑屈で陰に引っ込んでいたのではなくて、ひたすらお客様にとって快適なことを優先してたのよ。それは同時に〈たから〉にとってもいいことなのよね」

泉は康子に大学ノートをくれた。そこには華子から学んだ生け花の要点が、高校生の康子にわかりいいように、おもしろおかしく書き直されていた。花の栽培、花壇の手入れ方法についても書かれていた。

「今でもそのノート、重宝してるわ。全部コピーして、コピーのほうを使ってます。イラストみたいなのも描いてあってよくわかるの。泉ちゃんはきさくな人だったわ」

同居していた姉妹のうち、深芳はミーちゃんとは呼べなかったが、きさくな泉のことは泉ちゃんと呼んできた。それでいて康子は、深芳よりもむしろ泉に対して、ある種の「隔たり」を感じていたという。

「大きなサークルがあって、だれでもすぐにその輪に入れる。でも、サークルの中心に小さな輪がもうひとつあって、その輪の中に入ろうとするとものすごく難しい。そんな隔たり」

ミーちゃんとは呼べない深芳には、そんな不可思議な隔たりはなかった。温泉郷のアイドルのような深芳には何でも相談できた。

「夏休み、わたしは絽《ろ》の着物を着せてもらえたので、大人の女って気分で張り切って花の前に立ってました。おたくの事務所の所長の矢作さんが泊まりに来てくださったのも、その年の夏休みです」

肩凝りと腰痛に悩まされていた矢作俊作は〈ベイエリア〉で請け負った、旅行雑誌に紹介されていた〈たから〉の記事を見て、〈体質改善プラン〉で七泊したのだった。

「矢作さんは年よりうんと若く見えて、おしゃれで都会的ですてきな方でしたが、対応が難しくて……、あっ、言わないでね……、キライっていうんじゃないんですよ、難しいの……、ほら、ふつうこう言ったらこう返すもんだ、ってみたいなもんが世間にはあるじゃないですか、そういうの、あの方にはいっさい通じないでしょう？　うん、そうそう……、イヤじゃないんですよ、ちょっとキンチョウするってこと」

矢作と同世代で、同じプランで滞在していた調子のよい男性客がいた。

「その人なんかと比べたりするとって意味よ……、ぜひまたいらしてくださいって矢作さんに言っといてね……、やだ、ほんとよ、矢作さんは忘れられないお客さまの一人よ」

康子の外貌は父親の碩夫に似ている。碩夫は三枚目だが、その顔が女になると、彫りの深いエキゾチックな風貌になるのである。たおやかな奈美には淡い色調の着物が似合い、康子には、はっきりした色柄の着物が似合う。

これから先は、小口が〈たから〉に住み込んでからのようすを、康子や矢作や、それに小口自身から聞いて構成したものである。

2

……一九八四年。夏。

朝。

フロントの大きな花瓶の前で、康子は背後に視線を感じた。

ふりかえる。

目があった。

矢作と同日にチェックインした××。静岡からの客である。ことあるたびにしきりに康子に話しかけてくる。あいつはお調子者で、と同行者から言われていた。

朝食前に行われる速歩は、今日は雨のせいで室内での体操と筋肉トレーニングに変更された。××は運動からもどってきたところらしく、額や首をタオルで拭いていた。康子が会釈をすると花瓶のそばに来た。

「いい匂いだなあ。すごくきれいだね。康子さんが活けたの？」

「いいえ、活けたのは……日課運動の助手をしている……」

「ああ、あの煙突掃除みたいなおばさん」

「親戚です。管理栄養士です。献立も考えてくれてます」

「そうなの。ごめんごめん。だって、よくマスクして手拭いかぶって、煙突掃除するみたいな恰好してるじゃない？　この旅館、煙突ないのに」

「それは畑で無農薬野菜を育ててるから……」

「ふうん。それはそうと、ぼく、スマートになったと思わない？」

××は泉の話題は流したいようだった。

「ほんとだ、すらりとされましたよ」

「一キロ痩せたんだ」

××は汗を拭きながら部屋にもどっていった。

同日の午後三時過ぎ。

康子は泉と、煙突ならぬ風呂の掃除をした。客用の風呂のほかに、私宅棟にも浴室が二カ所ある。香草園に面した一人風呂を掃除し終わって手足を拭いていると、

「あの、康子ちゃん」

目立つピンクの紙で包まれた小さな箱を泉が渡してきた。

「××さんがこれを康子ちゃんにって」

受け取った康子は包みを開いた。

「鈴だわ。これ、うちのロビーでも売ってるやつだよね。××さんが？」

「プレゼントですっておっしゃってた」

「……いやだなあ」

前にも××からハンカチをもらった。泉経由で。

（なんで泉ちゃんにことづけるんだろう）

泉は××に興味も関心もあるまい。しかし女性として屈辱的な役目ではないか。そんな役目を負わされた同性にどう接するべきか困ってしまう。それがいやだった。

「鈴はつけなくても、部屋に置いておけば……。鍵につけておけば、鞄に入れたりしたとき、鍵を探しやすいし……」

鈴をつけるのがいやだと言ったのだと思ったらしい泉は、鈴の使途を考えてくれる。よけいに泉に悪い気がする。

「返す」

「返す？　それはよくない」

「だって、××さんからプレゼントをもらう筋合い、わたしにはないもの」

「うちのロビーでも売ってるくらいのものだからいいと思う」

旅館の従業員にとって当地は日常生活の場であるが、お客様にとっては非日常の場である。いつもとは違う気分で、いつもとは違う高揚がある。それが旅情というものである。誰かにプレゼントしたいという気分もまた旅情なのだから、それをむげにしてはいけない。そう泉は言った。

「康子ちゃんだって京都やジュネーヴに行ったら、土産を買いたくなる」

「でも……」

「じゃあ一五〇〇円以下ならよいことにしよう」

「何、それ」

「線を引く。杓子定規に線を引いておく。すると片づく。この鈴は六八〇円だからもらってよい」

泉はピンクの紙で鈴を包み、康子のジーンズのポケットに入れた。

「もし××さんが次に一五〇〇円の物をくれたとしたら、それももらって、でも、一五〇一円だったら返せばよいずら。な？」

泉は自分で言って自分で肯く。

「そうだね」

「そうだ」

「じゃあ、次は泊まりの棟のほうのお風呂場の掃除だね。手伝うよ」

「ありがとう」

康子と泉は、渡り廊下を宿泊棟のほうへ向かっていった。すると途中で泉が、

「あれ？」

きょろきょろした。

「どうしたの？」

「誰か見てる」

「やだ、キモチ悪いこと言わないでよ」

「いや、誰かが」

泉はきょろきょろした。

ガタと上のほうで音がした。窓を閉めた音。××の部屋の方向だった。

「あれ、××さん、もどってらしたのかな。さっき、この包みを康子ちゃんに渡してって言って出かけられたはずなのだが……」

「じゃ、もどってらしたのよ」

3

宿泊棟の硝子を拭きながら小口は、泉を見るともなく見ていた。

拭き終わったので電話をかけた。〈快復堂〉に勤めている元隣人に。夕方から明日にかけては非番なので会わないかと。また今度ねと断られた。

「また今度」は明後日か明々後日あたりだろうと小口は思う。体《てい》のよい拒否ではない手応えがある。「仮住まいの間に親しくなった」というのは、こういうことである。さわらせるが、すべてはさわらせない。色白のぽちゃぽちゃした元隣人は男の扱いに長《た》けていた。

同日の夕方。

雨。

小口は裏木戸の前で傘をさして立っている。

(松本まで行ってみるか)

松本の駅近くのラーメン屋。あとをつけていた泉が入った店。あんな店で何を長居していたのだろうかと、後日行ってみたところ、烏賊《いか》の紫蘇《しそ》炒めという皿がうまかった。これとセロリのはいったスープを頼むとビールに最適なのだった。ラーメン屋だから客の回転ははやいが、L字になったカウンター席のうち四席は、一人客が長居していてもよい雰囲気があり、居心地のよいラーメン屋なのである。

と、背後で勢いよく裏木戸が開いた。泉が出てきた。

「あ、小口さん」

作務衣ではなく、ざっくりとした木綿のシャツにズボンをはいている。地元の町から出るときにはいつもこの恰好なのを、元探偵は知っていた。

「申しわけない。しぶきが飛ばなかっただろうか。乱暴に開けました」

「いや、大丈夫です。飲みに行こうと思って……、どこにしようかと……」

「えっ。小口さんはお酒を飲むのですか?」

「えって……、そりゃ飲みますよ……。どうして?」

「お酒を飲む人が周りにいないので」

横内亨も奈美も真佐子も碩夫も、町にいる知人も、松本にいる親しい同級生も、みな酒を飲まないのだそうだ。

「じゃこれからいっしょに飲みに行きませんか? 松本まで行きましょう。店が多い」

さっさと小口は歩きはじめた。女と酒は飲まない。来なければ来ないでよい。〈たから〉に住み込んで働いている以上、同行を申し出ないのは無礼だと思ったのである。

しばらく歩いてふりかえると、五歩ほど遅れて泉はついてきている。ふりかえった小口に律儀な辞儀をする。またしばらく歩いてふりかえる。ついてきている。辞儀をする。

(横に並ばないようにしている)

小口は悟った。奈美も塩尻に迎えにきたとき、車の後部座席にすわれと頼んだ。あれと同様、小さい町でのマナーなのだろうと、小口にしてみれば、この時にはそう思われた。

電車内でも泉は小口からずいぶん離れた席にすわっていた。松本駅から出てようやく、

「鯉の洗いとポテトサラダがとてもおいしい店がある」

泉は小口の隣に立った。

「いいですね。鯉は好きです」

一度行ったことがあるとは言わない。

「それはよかった。〈たから〉のお客様には淡水魚を嫌う人もよくいる。では、すまないが、ちょっと待っていて下さい」

駅ビルの柱の陰にスッと立った。ズボンのポケットに手を入れ、お守り袋を出し、袋の口を開け、ちょうどふりかけを飯にかけるように頭にふった。

「よし」

ふって、出てきた。

「何をふりかけたんですか？」

「ハシバミの粉です」

「ハシバミ？　木というか草というか、植物のハシバミですか？」

「そうです。カバノキ科の、丈の低い、冬になると葉の落ちるやつです。秋に丸い実がなる。それを乾燥させてつぶすと、消える薬になる」

「消える？」

「頭にふりかけると消える」

「馬鹿な。今、俺には倉島さん、ちゃんと見えてますよ」

「透明人間になる薬ではない。気配を消す。小口さんは私の連れだから見える」

「気配を消す……。じゃ、そんな薬があるとして、なぜ気配を消さないとならないんです？」

「縁談に差し障りがあるといけないから」

「縁談？　誰の？」

「誰の？　そりゃ小口さんのずら」

小口がもし当地で誰かと結婚しようとした時に、彼の花嫁が不愉快になるような噂が耳に入ってはいけないと、泉は言うのである。〈勝守〉という文字が刺繍された諏訪大社のお守りをポケットにしまい、泉は店に向かって歩き出した。

「俺の縁談って……。それはどうもご親切に……」

ハシバミの粉をふりかければ安心するというのであればそれでよい。地方の町の世間体を恐れて、泉が自分と連れ立っていることを気兼ねしているのは気詰まりである。

（本当に消える薬なのかもしれない）

とも考える。むろん魔法などではない。ふりかけることで自己暗示の効果で自意識が希薄になってしまうのかもしれない。以前、俺はこの人を店で見失ったではないか。

そして入った店では、たしかに店員は小口にばかり注文を訊いた。が、男女の客には一般に店員は男のほうに訊くものだから、粉の効力の証だともいえないのだが……。

とまれ、酒を飲みながら小口と泉は、はじめて酒席をともにする同じ職場の者同士がかわすような通り一遍の会話をした。諏訪はいいところだ、俺は諏訪に越してきてよかったとか、そう言ってもらえてうれしい、私も小口さんが働いてもらいやすいように努めますとか。

ほかには赤穂浪士の話をした。松本の名物である馬刺しがメニュー表に書かれていたことから、小口はふと思い出したのである。

「大石内蔵助が馬喰に土下座をして謝った話があって……」

およそ史実ではなかろう民衆の赤穂浪士に対する願望のエピソードを。

「たしかその馬飼いの人は、あとで泉岳寺に出家するのです」

泉はその講談を知っていた。

「そうそう」

小口はうれしかった。

酒が入ると、おうおうにして人は感情的になり、おうおうにしてがさつになり、声が大きくなり、同じ冗談や同じ話題を馬鹿みたいに繰り返す。果ては愚痴ったり泣いたり、威張ったり喧嘩したり、暴力をふるったり好色になったりして、品性が卑しくなるのが常である。

だから酒を飲まない人間からは酒飲みは嫌われる。しかし、酒を飲む人間からすれば、酒を飲まずにいられる人間は、たとえそれが体質に因るものだとよくよく解っていても、冷血の、つまらぬ小役人に映るのである。

小さな小さな、取るに足らないほど小さな温《あたた》かいことが、一日のうちに一つか二つ、よくできた日なら三つか四つほどおこり、夜が来てその日が終わり、次の日になってまた、一つか二つおこり、次の次の日になって、一週間がたち、一月《ひとつき》がたち、一年が過ぎ、人は暮らしていく。それが何にも勝る幸福であることを、少量をきれいに飲みさえすれば、酒は思い出させてくれる。蕗の葉の下にいるコロポックルのような、雁《かり》の羽に乗ったニルス・ホルゲションのような小さな小さなサイズの発見やよろこびや夢やうれしさや期待を。

小口は泉がたまたまその講談を知っていたことがうれしかった。大石内蔵助を土下座させた講談の主人公を、「羊飼《ひつじか》い」のように「馬飼《うまか》い」と言う泉の話し方も。

「ラジオで聴いたのです」

「俺も。諏訪に来る直前にラジオの演芸番組で。しかも赤穂浪士の墓のある寺のそばの建設現場で働いてた時に」

その派遣作業では寝泊まりする部屋が提供された。六畳と四畳半の壁の薄い部屋に五人で三カ月寝泊まりした。夜中にイアホンで聴いたラジオ。ぽんと台所に出しっ放しにしておいても、ウォークマンでもなくステレオでもないごつくて重いばかりの大きなラジオを、もはや誰も盗まなかった。塩尻にも持ってきた。今も持っている。

「私が聴いたのもそのころです」

「へえ。同じ番組を同じ日の同じ時間に高輪と諏訪で聴いてたのかもしれないな」

それがどうしたというようなことだ。だが小口はうれしかった。鯉の洗いもポテトサラダもうまかった。前に食べたときよりさらに。

だから帰りの松本駅で手拭いを買った。もう閉めようとしていた土産物屋に吊るしてあった紺色の手拭い。夜空を見ている兎が白抜きしてある手拭い。よくある図柄だが、その手拭いの兎は、平和な尻と尻尾をしていた。

車内ではまた泉は小口から離れて立ち、下車すると離れて夜道を歩く。

「ハシバミの粉をかけたから平気なんじゃないんですか?」

五歩先からふりかえって訊いた。

「今日はお守りの中にあまり量が入っていなかった。あれは一つまみで一時間消える」

駅前から並ぶ温泉旅館から洩れてくる光の中で泉は辞儀をする。

「さっきからだいぶたったからもう効かない」

「そりゃ、不便な魔法だな。時間制とは」

裏木戸から〈たから〉の敷地内に入った。小口の部屋を設けてある倉庫が先にある。

「今日はうまい鯉の洗いが食べられてよかった。これを……」

ぱりぱりした透明な袋に入った手拭いを泉に渡した。

「たいしたものじゃないですが」

「承知しました」

承知したというのは妙な受け取り方だと思ったが、いったい泉の話し方全体が少し変わっているので、小口はそのまま自分の部屋に身体を向けた。

泉は兎の手拭いを持って香草園を抜けて離れにもどっていった。

4

五日後。

矢作俊作は、亨から鍼灸を施されたあと湖畔を三人で歩いている。

〈たから〉を発つ前日。

「きれいだなあ」

「きれいよ。諏訪湖はこうして散歩するのに本当にいいところよ。一カ月くらい泊まってよ、矢作さん」

康子は水玉模様のワンピースを着ている。

「秋にもいらしてください。深芳が子供を連れて来ると言ってます。秋の諏訪は夏にも増してきれいです」

泉は作務衣を着て、男ものの鍔の大きな麦わら帽子をかぶっている。きれいだとは、矢作は実は泉のことを言ったのだった。

「あの舟は漕げないのかな?」

〈墨絵の岸辺〉と泉が勝手に名づけた一角の一艘を指さすと、答えたのは舟にすわっていた釣り人だった。

「いやいや、まだじゅうぶんに漕げるずら」

竿を肩にし、魚籠《びく》をぶらさげている。

「権蔵《ごんぞ》の家の舟ずら。みな勝手に魚釣りに使うとるが」

釣り人は舟から道に出てきた。

「ほんと？　これ、権蔵爺《じい》の舟だったの？　わたし、今日の今日までぜんぜん、知らなかった。泉ちゃん、知ってた？」

「うん」

泉は釣り人と交代するように舟に乗り、腰かけ、櫂《かい》をにぎって漕ぐまねをする。康子も舟に乗った。矢作も乗った。

「ちゃぷちゃぷ動くから漕いでるみたいだな。明日はもう横浜に帰るから、今夜くらいはこの舟で風流に月影を愛でながら酒を飲みたいもんだ」

「だめよ」

康子はしきりに手を払う。

「秋にならないと。夏はアブや蚊がいるから、食べ物やお酒を持ってきたら、たちまち刺されて痒《かゆ》くなるわ、きっと」

「蚊取り線香を焚けばいいんじゃないか？」

「焼け石に水だって。部屋の中じゃないから煙が流れていってしまうもの。矢作さんは都会育ちだから、田舎の蚊の強さを知らないんでしょう」

康子が矢作の腕を軽く叩く。

キキィ。上方で音がした。

「あれ？」

泉は漕ぐまねをして握っていた櫂から手をはなした。

「どうしたの、泉ちゃん？」

「だれか見てる」

「見てる？」

康子がふりかえる。

湖沿いの道に黒い自転車に乗った男がいた。乗ったまま、男は帽子をとった。

「なんだ、小口さんじゃない」

康子は手をふると、

「小口さん、後ろに乗せて」

舟から下りた。

「奈美さんと交代しないといけないから、わたしは先に帰るわね」

自転車は権蔵の舟から遠ざかっていった。

「自転車を漕いでたあの男性は旅館の人ですか？」

「はい。小口さんといいます」

「さっきからずっとこっち見てたよ。ぼくは道のほうを向いてたから気づいてた」

「そうでしたか。康子ちゃんを見てらしたのです」

「康子ちゃんは人気者なんですね」

「人気者です」

矢作も宿泊中に顔みしりになった××からハンカチと鈴をことづかったこと、月を見ている兎の柄の手拭いを小口から康子にことづかったことを、泉は話した。ゆくゆく奈美の跡継ぎになってくれるのではないかと期待していると。

「彼女なら接客業が向いてるな。明朗快活だもの。十年もしたら、美人若女将とかなんとかクチコミで有名になるんじゃないか」

「そうなった時にも矢作さんはぜひいらしてください。今度はお子さまも奥様も御一緒にいらしてください」

泉さんも再婚すればいいじゃないか。矢作はそう言いそうになってやめた。夏の夕暮れの風に作務衣の袖をだぶだぶ吹かれている泉は、みずみずしく満ち足り、清らかに愉しげであった。

「あなたの事務所の矢作さんが帰られてから一カ月くらいたったときです。やっと俺の休みが重なりました」

小口と泉の休みが一致することがなかなかなかった。シフト制なのである。

また泉と酒を飲みたかった。それは彼にとって、それまで血液型はAだと言われていたのが実はOだったと訂正されたような、新鮮な自分の発見だったという。

「倉島さんと飲むまでは、女と飲みたいと思ったことはなかった。女性のあなたには心外かもしれませんが、口説くために飲み屋に誘うんであって、飲むために飲む時に女がいるのは困る。フェミニズムの方《かた》は男をいつもお叱りになるが、男は男でたいへんなんですよ。だって口説かないのは失礼でしょう？　どんな婆ぁだろうが醜女《しこめ》だろうが、酒席に女がいるなら、紳士なら口説かないといけない。とにかく俺はそう思っている」

彼の言う《口説く》とは、あながちセックスをさせろと要求することではなく、その場に女性がいた場合、彼女を主役にするということである。主役をたのしませるということである。

「飲むために飲む時というのは、酒を飲みたいわけです」

泉は小口にとって、きわめて例外だった。泉に対しての彼の行動も例外であった。

「そして倉島さんから聞いた話も」

嘘のような話だった。ただし泉が嘘をつこうとして話したことではないのを、小口は信じることができた。

「秋晴れの日の夕方でした。でも気温は低くて小寒かったな。俺の部屋で飲みました。うんそうだよ、夕方。二人とも朝が早いので寝るのも早いから、夕方に飲むんです」

そのときも泉はハシバミの粉を頭からふりかけて小口の部屋をノックしたという。

「梅干しの叩いたのだとか野沢菜だとか簡単な肴を弁当箱に入れて、遠足みたいに風呂敷に包んで持って来てくれました」

黒糖焼酎をポットの湯で割って飲んだ。小口が槙商会にいたころから持っていたスカイセンサーをつけて。

「アート・ガーファンクルの歌がかかってた。知ってるかな。〈ひとりぼっちのメリー〉って歌。わかんない？　わりとヒットしたんだけどね……」

小口は小さく低く、ほとんどふしをつけずに、この歌をうたった。ワンフレーズだけ。そのあとはずっとうつむいていた。

15 小口耕介とぽちゃぽちゃした女

1

Mary was an only child,
Nobody held her, nobody smiled.
And if you watch the stars at night,
And find them shining equally bright,
You might have seen Jesus and not have known what you saw.

……一九八四年。初秋。

チャランゴの伴奏とアート・ガーファンクルの歌声は、小口の部屋のスカイセンサーに吸い込まれるように消え、かわりに交通情報と天気予報をアナウンサーが明晰な声で読みはじめた。

「私のラジオと同じです」

高校時代に下宿していた先で買ってもらったソリッドステートイレブンは修理に修理を重ねてついに聞けなくなりスカイセンサー5800に買い替えたという泉のラジオ歴は、小口と同じだった。

「電灯の紐も同じです。康子ちゃんからもらった」

小口は部屋の電灯紐に、和菓子の袋についている紐を結わえて長くしていた。隣県の名物と知られる〈信玄餅〉の袋の紐はきれいな紫の織りで、数本を結わえるとその結び目がまた飾りになるのである。

「そう。俺も彼女からもらいました。電灯のスイッチ紐の延長に便利だと」

和風のスイッチ・アダプターだと、二人は、二人以外の人間が聞いてもおもしろくないであろうことをおもしろがった。

「アダプターといえば、ソリッドステートイレブンはアダプターをつけるとステレオでFMが聞けるのが売りだった。俺はめんどうなのでつけなかったけど」

「クラスの男子がアダプターをつけて聞いてて洋楽に詳しかった。当時はそれだけで、すごいとみんなから言われていた。その人、成績が学年でトップでした。私はその人に電話をしてみたくてたまらなくなったことがある」

「へえ、どうして?」

問うておいて小口には予想がついた。それが泉のおくゆかしい初恋の相手だろうと。

だが、泉の答えはそういうこととはまったく無関係だった。

ある夜、ラジオを聞いていた女子高校生の泉は、ローマ法王の被る帽子が〈ズケット〉という印象的な響きの名前であることを知った。

《なんてヘンな名前なんだろうとぼくは思いました》

泉同様にそう思った男子高校生からの投書はがきが読まれたのである。〈ズケット〉を知った彼のはがきはつづく。

《それでぼくはいいことを思いついたのです。世界史のテストの前の深夜に、勉強のよくできる奴の家に謎の電話をかけ、おまえ、ローマ法王の帽子を何というか知っているかと電話するのです。きっと勉強のよくできる奴だって、えっ、知らない、何ていうんだろうと電話口で考え込みます。そこですかさず囁くのです。答えはズケットだと。そしてガチャンと電話を切る。すると奴はズケットばかりが頭に残り、気になって翌日の世界史のテストがうまくできません。トップのこいつがしくじってくれればクラスの平均点がぐんと下がるので、ぼくも安心というものです》

……と。小口は長く笑い続けた。投書の内容も罪のないくだらなさでおかしかったが、この投書を聞いて、学年トップの成績の男子生徒の家に〈ズケット〉と囁く電話を試みようかと、一瞬でも本気で考えた女子高校生の泉を想像すると愉快だった。

「横内奈美さんから聞いたのですが、倉島さんは高校生のころから深夜放送を聞きながらわらじを編んでたんですよね」

「本格的に編んだのはそうですが、初めて編んでみたのはもっと前です」

冬休みだった。諏訪地方最大の祭り、御柱祭《おんばしらまつり》のあった年。

「その年は青年会議所ができた年です」

その当時、この部屋はまだ倉庫の一部だった。過日にお姉さん先生を特別招待した段ボールの秘密基地にまた泉は入ろうとしていた。ちり紙の束と月餅を持って。

「ちり紙の束?」

「昔は今みたいな引っ張れば取り出せるティッシュはなかった。洟をかむのは縮緬みたいに皺の寄ったちり紙だった。これくらいもある束だったから先にぽんと基地に放り込んだ」

手を五〇センチほども広げてみせた泉。彼女がかなしい顔をするのを小口は初めて見た。

「なぜちり紙を?」

「秘密基地は……、秘密にがっかりする所だ。世界中の子供のあいだでそうなっている。秘密にがっかりすると洟が出るからちり紙がいる」

泣く、という動詞を泉は使わなかった。目ががっかりするのを少しでもはやく止められるように、段ボールの内側においしそうな料理の写真や絵を何枚も貼っていた。おいしいものを見ていると、明日、これを食べようと思うからだ。

その日、泉はまず作り物のホットドッグを口の前まで持ってきて、ぱくぱくと食べるように口を動かして、がっかりしているのを忘れようとした。

「でも、その日はうまくいかなかった……。どんなにホットドッグを食べても……」

ちり紙が半分くらいいなくなってしまった。

「がっかりがっかりがっかりした。私なんか死んでもだれも困らない。それどころか私が見えたらいやな気分になる人もいる。神様、私を消して下さいとお祈りをした」

ぎゅうっと全身を丸めて縮こまらせて、泉は祈った。もっと小さく小さく小さくなってしゅうっと消してくださいと。

「そしたら、その時、そこの窓が……」

泉は小口の部屋の窓を指した。それは小口が塩尻に来た夜に、裸体を見た窓であった。

「ガタッと開いた」

その音にも、開いたことにもびっくりして泉はぴょんと立ち上がった。

「以前、そこは両開きの窓だったのです。窓を全開して人が立っていました」

泊まり客が庭を散歩していて、迷って倉庫のほうに来ることがたまにあった。

「そういうお客様には元の建物にもどれるようにおしえてさしあげないとならない」

泉は箪笥につかまって秘密基地を出た。迷い客は手を額にかざして日光を遮り、倉庫の中の泉をじっと見た。泉も客を見た。

「その人は貂《てん》に似ていました」

「テン？　貂に似たとは？　顔が？」

「ムードが」

「貂にムードの似た人……。俺、貂って見たことないんですが。たしか獰猛なんじゃ。諏訪にいるんですか？」

「小諸《こもろ》動物園で剝製を見たことがあったのです。そのムードに似てた」

貂に似た人は、大きな声で言った。

《ソノトーリ！》

ソノトーリ！　きーんと甲高い声。泉は最初、外国語かと思った。ソノトーリ。三回言われて、そのとおり、と言っているのだとわかった。

《そのとおり。あなたいなくなっても世の中、困らないざんす。そのとおり。あなた見るといやな気分になる人、いるざんす》

貂のような声だった。貂の声を聞いたことがなかったが、貂がもししゃべったらこういう声だろうというような声だった。爪で心をひっかき、尖った歯で嚙みつくような声。

《あなた感じ悪い。あなたのタンショ、感じ悪い。うじうじしてて感じ悪い》

貂の歯牙は泉の心を突き刺した。

《あなたじゃない人も感じ悪い。あなたじゃない人のタンショ、感じ悪い。あまねくタンショうじうじしてる。チョーショはセンチェント。うじうじしてるのはセンチェント。センチェントはうじうじしてる。タンショはチョーショ。チョーショはタンショ》
ある人間にはある人間の短所ばかりが目に入ることがある。するとその人間はその人間を見るといやな気分になる。牙をむいて叫ぶように貂に似た人は言った。
《みな同じざんす。そうりだいじん死んでも世の中は困らない。ボクシング世界チャンピオン死んでも困らない。さいざんす。生きて生れてきた者は全員さいざんす。これあまねく平等。なぜあなた、自分は例外に、死ぬと困られたいと嘆くざんす?》
詰問した。
《その人、その人いなくなると、その人じゃない人困らせるため生きてない。生きてる人、生きてるから生きてる。
あなたこれから中学なる。中学なったら小学ほど一週間長く感じなくなる。高校なったら中学ほど一学期長く感じなくなる。
なにゆえか。生きてるの、本当はいと短きあいだだから。大人になるの、生きてるの、本当はいと短きあいだなこと理解することだから》
そして貂に似た人は室内に入って来た。走り高跳びの選手のように〈はさみ跳び〉でぴょんっと桟を越えた。
《死はすぐそこあるゆえ、あわて死《じ》にするべからず》

碩夫と真佐子に会った。横内亭は施術中で会えなかったが奈美ともあらためて挨拶をした。

「あなたのお部屋も見せて、と言って一旦外の道に出て、裏木戸まで歩いて、そこから入ったの。入ってすぐにあの人が寝起きしている倉庫があって、その先に花壇みたいな畑みたいなのがあった」

小雨が降っていたが、香草園だと小口がおしえてくれたから、ヒットした外国の歌に出てくるローズマリーとタイムはあるかと訊くと、小口は園の中に彼女を連れていった。

「パセリとサルビア《セージ》はよく見たことがあったけど、ローズマリーとタイムははじめて見たわ。ちょうどそのときローズマリーのほうが青い小さな花をつけてた」

二人で一つの傘をさして、二人でローズマリーに顔を寄せた。

《この香りだったのか》

小口が言った。つぶやくような声でしかなかったが、若い恋人は聞き逃さなかった。

「倉島さんとは言わなかったけど……。そういう言い方するときというのは、接近したときに嗅いだ女の人の香水とかシャンプーとか石鹸とか、そういうものの匂いのことよね……」

《そこが倉島さんの離れ》

小口がゆびさしたほうを見れば、泉が縁側でわらじを編んでいた。小口は園から手をふった。泉がガラス障子を開けた。

《ガールフレンドです》

小口は泉に彼女をそう言って紹介した。それが彼女をいたく落胆させた。

「だって、ほかの人には婚約者だって言ったのに……」

しかし、それは正確ではない。小口は碩夫や真佐子から、《こりゃ、近いうち御祝儀を用意しないといけないかな》と言われて特に否定しなかったのであって、婚約者であると彼らに彼女を紹介したわけではない。

girl friendという英語は、小口としては婚約者に近い感覚であったが、彼女には日本語のカタカナで書かれた女の友達という感覚だった。

「倉島さんと会って直感したの。彼はこの人を愛してるって……」

決して肉体関係を疑ったわけではない。むしろ、そういうことはぜったいにないと勘が働いた。なぜなら彼女は泉に嫉妬をおぼえなかった。

「……なのに無性に怖かったわ」

彼のそばにいないで。彼女は願った。

「そばにいないで、っていうのは……、えっと、そんな恐ろしい意味じゃないのよ、彼にちょっかい出さないでねってことよ。

だって、彼が寝起きしている部屋のそばで寝起きしてるんですもの、いつどうまちがいがあるかもって、女なら心配じゃない？　心配の種は遠ざけたいじゃない？　そういう意味よ」

初めて泉に紹介された日、彼女は小口の身体を楯にするように、もじもじ立っていた。

泉はミシンのそばの籠から、わらじを取り出して彼女にくれた。小口に見せた、初めて編んだわらじをほどいて編みなおしたものだった。

《あれは初めてだったから編み目が大きくなって片方しか編めなかったが、今は上達したのでほどいて編みなおしたら、ちゃんとペアになった》

子供の足に合うようなサイズのわらじ。何の布なのだろう、キラキラ、キラキラしている。

《わあ、きれい》

彼女はわらじを両手に乗せて見とれた。

《家族が増えたら使ってください。お幸せに》

泉は言った。

「とてもきれいだった」

彼女は、わらじを手に乗せた日をふりかえる。

「とてもきれいだったわ……、いえ、わらじの布が光っているのがじゃなくて、……あ、それもだけど、倉島さんが……。

日に焼けて、日光皺があって、指が逆むけしてて……、それがどう言えばいいのか……、土を耕したりわらじを編んだり掃除したり、日々の暮らしの仕事を心《しん》からエンジョイしてる感じで光り輝いてて……、名前のとおりの人だと思った。何かが泉《いずみ》のように湧《わ》いて輝いてるの。きれいだったわ……、ほんとに」

でも、そばにいないで。だから、願った。

4

「そういった話はみんなカミさんから打ち明けられてましたよ。長い夫婦生活のあいだに徐々に。俺がいない所でならあなたと話すって？　カミさん、そうあなたに言ったんですか？　ふうん」

助手席のシートベルトを小口は外した。

「止めてるんだから外していいでしょう……。どうも窮屈で」

小口とは甲府駅で待ち合わせた。車を走らせながら、頻繁に車を止めて、彼の話を聞いている。筆者が甲府で車を借りたのは、山梨県内に住むもう一人を訪ねるためでもあった。それに同行することを、小口は引き受けてくれたのだった。

「カミさんと結婚してよかったと思ってますよ。いい妻でいい母親です。子供をよく育ててくれました。叱る時は厳しく、褒めるときは大騒ぎして褒めまくる。自然に騒いで喜べる性格というのかな……、結婚してよかったです。子供も二人とも無事に大きくなってくれた」

小口の言葉に、自分を自分で納得させている気配はない。筆者が取材を申し込んだ際に彼の妻が出した条件。《生ビールを奢ってくれるのなら》。申し込んだ者の気持ちを軽くさせる。会ってみればじっさい彼の妻はかわいい人だった。森に菫《すみれ》が咲いていれば、まあきれいな菫だわと愛でられる人だった。菫が美しいと愛でる資格が自分にあるだろうかと常に問うような小口耕介に、彼女は菫を見せられる人だったのだろう。小口の自己ではなく菫を。

「二十年も夫婦をやってきたら、生々しい女と男だったころのことも客観的に話せるし聞けるようになるんですよ。え、そうじゃない夫婦もいる？　そうかなあ……？　まあ、俺は若い時分に腐るほど遊んだんで……」

吸血鬼の生活を捨てて諏訪に来た時に望んだ幸せが叶ったと小口は言う。

「裏木戸でカミさんにわらじをくれたとき、倉島さんが我々が幸せになる魔法のことばを唱えてくれたのだと思っています」

ビビデバビデブ。泉は唱えたのだろうか。

「あの贈答品屋がそういう店だって知らなくて、俺、ひとりで行ってみたことがあるんです。大学は一応建設学科だったんで、あの店の建物に気まぐれな興味がわいて……」

自転車で行ってみた。

「げんなりするような飾りとか絵が並んでたんですが……、一つだけ、いいのがあった」

瀬戸物の蚊取り線香立てがあった。

四輪の箱型馬車の形になっている。一頭の馬と御者もついている。馬の手綱と馬車の後方が針金で繋がって、全体をぶら下げて持ち歩けるようになっている。

「蚊取り線香立てなのに仰々しい馬車をかたどってて、それがまたなかなかよくできてて、よくできてるところがイカサマっぽくておもしろくて買おうと思って、値段を聞いたら十五万だと言いやがった。まったくとんでもない親父だったぜ、あいつは」

とんでもない親父から買った馬車の話を、小口は愉快そうに語ってくれた。愉快にも、敬《うやま》い、慕《した》い、慈《いつく》しんで。

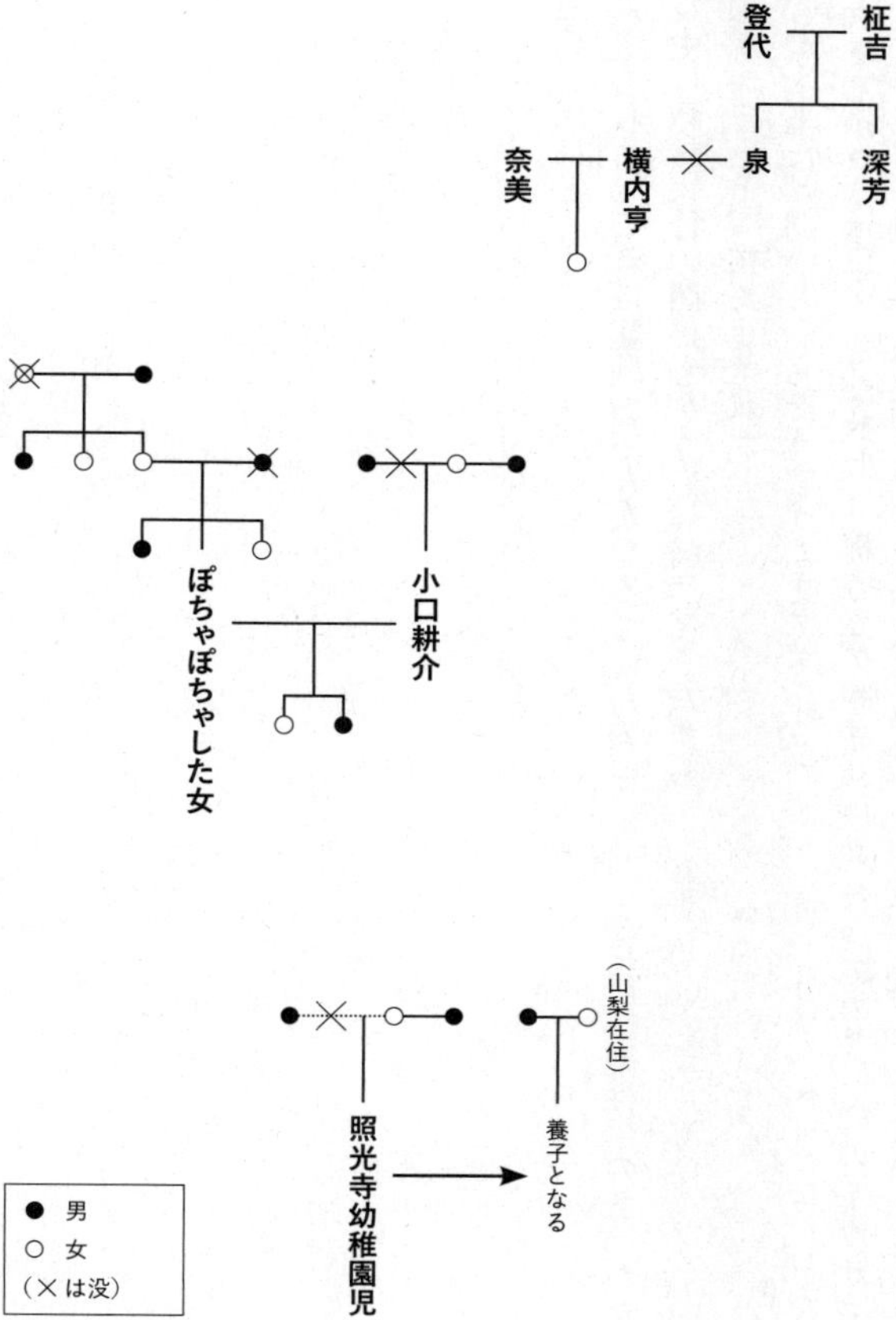
柾吉
登代
深芳
泉
横内亨
奈美
小口耕介
ぽちゃぽちゃした女
照光寺幼稚園児
養子となる
（山梨在住）
男
女
（×は没）

16 馬車

1

……一九八五年。

九月の午後。

贈答品屋で小口は馬車の蚊取り線香立てを値切った。

「一五〇〇円にしろよ」

「とんでもねえ。これは霊験あらたかなるものだのに……。五年前、御柱祭のあった年の、ある夜中に諏訪大社の関係者がうちに持ってきたずら」

「関係者って……、何だよそれ」

「秋宮から来たと聞いたからそう言うたまでで……」

「巫女《みこ》さんか？　巫女さんが蚊取り線香立てを売りに来たっての？　このイカサマ馬車を？」

馬車の横には、小箱に入った指輪があった。

「この指輪、すっげきれいじゃん」

御者にかけてみた。キリリと光った。

「いいね。騙しのテクニックも鮮やかな御者って雰囲気が出るよ」

「この指輪なぞはベルリンから廻り廻ってうちの店に入った舶来品です。戦争が終わって初めての御柱祭には宝物殿に献上しようかと思ったくらいの、ずっととっといたやつでして。あにさんになら特別に一万円ぽっきりに勉強させていただきますよ」

「夜店で売ろうかと思ってとっといた、の間違いだろう」

「罰当たりな言い方をしなさるな、あにさん。この世には科学で説明できないことがまだまだあるずら……」

指輪がベルリンからどうやって廻り廻ってきたかを、くどくどと店主は話しはじめた。長い話だった。

「曰くつきの指輪ですわい。そりゃ鑑定ではガラス玉だと言われましたよ。でも、きれいな指輪じゃないですかい。無形のロマンの代金が一万円ぽっ……」

「わかったわかった、両方買うから」

一五〇〇円をカウンターに出した。

「お願いします。一五〇〇円にして下さい。一五〇〇円で買います」

一五〇〇〇円出しても、一五〇〇〇円で買ったことにしたかった。泉が引いた線を守れる。

「あにさんにはまいったなあ」

へ、へ、と店主は笑ったような咳をしたような息を喉から洩らした。まるで盗んだかのように一五〇〇〇円をささっと抽斗に納めた。

（何が関係者だ）

帰り道、自転車を漕ぐ小口には、店主の馬鹿馬鹿しい作り話が愉快だった。

（どうせ防火のために電気蚊取りに取り替えた社務所から、不要になった蚊取り線香立てをもらって帰って来たんだろう。ただで手に入れたものを売るのに良心が咎めて、天の使いとは言えないものだから、言うにことかいて……）

秋宮の関係者ときた。あのおやじ、なかなかのストーリー・テラーじゃないか。指輪についても、眉間に深い皺を二本浮かべて、数奇な運命を吟じるように語っていた。

（何がベルリンだ）

ガラス玉のついた古い指輪がベルリンから渡ってきたものだとは、ほとんど少女趣味である。

（柄《がら》にもないことを）

あの金壺眼《かなつぼまなこ》の、いかにも吝嗇《りんしょく》な、抜け目のない店主が、外見にまるでそぐわぬロマンチックな作り話をしたのがおかしい。

（きっと好きだ。きっとおもしろがる）

聞かせたらきっと笑ってくれる。馬車のデザインも、ガラス玉だがきらきら光る指輪を首に巻いた御者も、店主の作り話も。全部の取り合わせのおかしさを、きっと笑ってくれる。泉なら。ペダルを踏む小口の足は軽かった。

②

同日。夜。

小口は離れの縁側のガラス障子を叩いた。八時半。泉が風呂からもどり、かつまだ床には入っていないだろう時刻を考えて。

「倉島さん」

呼んだ。

障子が右に引かれた。

「こんばんは」

「こんばんは。どうされましたか？」

「これを持って来ました」

腕を差し出す。

クッションシートでぐるぐる巻きにされたものはプレゼント然としていない。それはスムーズに小口の手から泉の手に移った。承知しましたとは泉は言わなかった。

「開けてみて下さい」

「はい」

泉は受け取った物を置いて、

「お上がりになってください。ここで話してもいいのですが、蚊が入ってくるので」

畳の部屋のすみの座布団に向かった。

小口は踏み石に下駄を脱ぎ、初めて泉の部屋に入った。スムーズに入れた。大きな円の中にある小さな円に入るには呪文も鍵も必要なかった。ただ入ればよかった。

文机。学習スタンド。スカイセンサー5800。一式の布団。質素な部屋。泉は一枚きりの座布団を小口のほうに差し向け、自分は敷き布団に座した。

「まだ蚊がいますよね」

掛け布団を折り畳んだ足元の灰皿に、ふかみどり色の渦巻き蚊取り線香が金具に刺し込んであった。

「いる」

泉は灰皿の縁《へり》にのせたマッチを開けた。

「いや、まだ火をつけないで。先に包みを開けて下さい」

「何だろう」

ぐるぐる巻きがぐるぐる解かれる。

「あっ、馬車」

泉は針金をつかんで慎重に馬車を持ち上げ、下ろした。

「蚊取り線香立て？」

泉は馬車の置かれた高さに目線を合わせるために敷き布団に腹這いになった。布団のタテではなくヨコに。

「そうです。塩尻に行くほうにある贈答品屋で一五〇〇円に値切って買ったんですよ」

一五〇〇円を大きな声で小口は言った。

「あそこのおやじ、傑作ですよ……」

小口はまず、店主の馬車についての粉飾話をした。

「五年前？　御柱祭のあった年です」

「そうそう。そう言ってた。祭りのあった年だからわしはよくおぼえておるぞよ、みたいにまことしやかに」

「私もおぼえていることがある。その年の秋に、健ちゃんを乗せて夜に下社に行きました」

「何しに？」

「夜だったから鳥居の前まで行ってすぐ帰ってきた。その年の運動会で健ちゃんはクラス対抗リレーで一人抜いた」

代表選手になってはりきっていた幼い同居人のために俊足を祈ってやったのだろう。

「こいつも駿馬《しゅんめ》ですよ、きっと」

瀬戸物の馬の背をなで、御者の首の指輪をなでた。

「こっちの指輪はグリコのおまけみたいなものです。あのケチおやじにおまけをつけさせた。ベルリンから廻り廻って諏訪に来たんだそうですよ」

《さる大店の妾だった女が結核になり、戦後は旦那からの相当な手切れ金で志賀高原で療養していたところ、東京から来た男と知り合った。男は、戦前にベルリン駐在だった書記官から譲り受けたものだという指輪を女に嵌めて求婚した。女は指輪がただのガラス玉なのはわかっていたが口説かれるのがうれしかった。そのうれしさで男に何度もけっこうな額の小遣い銭を渡していた。が、男はぷいと姿を消してしまった。指輪を見るといなくなった彼を思い出して切なくなるからどうか買ってくれと女が頼んできた……》

指輪を入手した経緯を店主はこう話したと、小口は泉に聞かせた。

「ははは」

腹這いから横向きになって、ラジオの深夜放送を聞くように馬車を見ていた。

「傑作でしょう？　きっとアクセサリーを売るときは、どの品物でも同じ話をしてるんですよ、あのおやじ」

小口は指輪を御者から外した。

「ロマンだそうです」

腕を上げ、指輪のガラス玉に電灯の光を当てた。

「倉島さんに以前あげた手拭いは……」

声を大きくする。康子ではなく泉に贈ったのだと伝わるように。

「以前の手拭いは六八〇円でしたし、この馬車も一五〇〇円でした。だからもらって下さい。この指輪を入れて一五〇〇円に値切ったんですよ。してやったりです」

指輪を敷き布団の上に置いた。

「倉島さんにあげる。さっそく今夜から使って下さい」

灰皿から線香を取り、

「焚きますよ、いいですね」

泉の返事を待たず小口は線香に火をつけ、馬車の後部から内部に入れた。すーっと煙が馬車から立ちのぼってきた。

煙が出ると動いてるみたいですね、と声に出せたかどうか……。わからない。不意に激しい睡魔に襲われたのである。

瞼が閉じそうになる。

(まぶしい)

電灯がついている。

（ちゃんと消して寝ないと……）

自分の部屋にいるのだと思った。自分の部屋と同じように〈信玄餅〉の紐が電灯からぶらさがっている。紐を引いた。

すぐそこに布団がある。ごろんと身体を動かして布団の上に横になった。りーりーと虫が鳴いている。蚊取り線香の匂いがする。突き落とされるように眠りこんだ。

（硬い）

途中、暗闇の中で指に指輪がふれた。

（これは倉島さんにあげたものだ）

ちゃんとあげないとまた倉島さんはだれかにわたしてしまう。

（ちゃんとあげないと……）

思いながら小口は、指輪を書留で郵送する夢を見ていた。

そうして小口と泉はすうすうと眠りこんだ。布団のタテではなくヨコに仰臥して。手をつないで。

次に目を開けたとき、小口は朝になったのだと思った。それほど深い眠りだった。

蒼い光。首を曲げて空を見た。いま満ちようとする月とあまたきらめく星。

（なんて、きれいなんだろう）

あたたかいものが手の中にある。

引き上げた。

泉の手だった。

「倉島さん……」

上体を起こした。

「小口さん……」

泉も上体を起こした。

二人は互いを見た。

「すみません。知らないうちに寝てしまった」

「すみません。知らないうちに眠り込んでしまいました」

互いに言い、互いの手を見た。つないだ手はスムーズにそこにあった。

「書留で送ったんじゃなかったのか……」

つないだ手がほどけ、ころりんと指輪が布団に出てきた。

「倉島さんがもらってください。あの夢見るケチおやじみたいに、倉島さんもこれに乗って舞踏会に行って下さい」

「ありがとう」

蒼い光の中で泉はそれを御者の首にかけた。

「ありがとう、小口さん。すてきな馬車です。いただきます」

泉は馬車の前で正座して、華子から教わった作法で辞儀をした。

「手提げにできるから、あの舟に持って行けますよ。権蔵《ごんぞ》さんの、あそこに放ったらかしの舟」

「そうか、そうだな。秋が深まると寒い。今なら間に合う」

明日は十五夜だと泉は言った。

「舟の上で月見をしませんか？」

小口はデートを申し出た。独身最後の飲み会を。

「明日はちょっと都合が悪い」

申しわけなさそうに泉は断った。

「じゃあ、そのうちまたポテトサラダと鯉を食べに松本に」

結婚後にも職場の上司と酒を飲んでも問題はあるまい。

「ぜひ」

「ええ、ぜひ」

「あ、明日は、その……、先約があるのです」

泉は妙にもじもじしていた。明日の約束が、うれし恥ずかしなものであるように、小口には見えた。

午前零時。スカイセンサー5800のスイッチを入れた泉を後にして、小口はガラス障子から出て自分の部屋にもどった。

3

翌日。午前六時。

香草園に水を撒いている泉に、料亭から出た空き瓶と空き缶を集めて裏口に運んで来た小口は、おはようございますと挨拶をした。

「小口さん、昨日は馬車をありがとうございました」

泉は元気溌剌といった表情で、小口の前に立った。

「私からも小口さんにさしあげる物があります」

泉は駈けるように離れに入り、出てきて、小口に大学ノートを渡した。

「これをもらってください」

ノートには、野菜農園や香草園についての様々な注意事項が記されていた。

「指導して下さる方がいたので、やっとこうして野菜やハーブが収穫できるようになりましたが、おさらいのために、今まで私が習ったこと、気づいたことをもう一度整理して書いたのです。二冊、作った。私の頭はそんなにできのよい頭ではないから、二冊くらい作らないとしっかり脳味噌に入らない」

客の名前と外見の特徴も、華子から習うお稽古事の注意も、みなせっせと大学ノートに書いていた泉だった。

「小口さんには、いずれ〈たから〉の野菜農園の右腕になってもらおうと期待しているのです」

どうぞよろしく。泉は深々と頭を下げた。

「何卒、今後ともよろしくお願いします」

また頭を下げるから、

「俺のほうこそ、よろしくお願いします」

小口も下げた。

「ノートをいただきます。ありがとう」

部屋にノートを置きに行こうとする小口の袖を泉が摑んだ。

「ここから投げればいいずら」

香草園に向いた窓から、泉はノートを室内に投げた。ぽんとノートが部屋に入っていくのを見て小口は、〈はさみ跳び〉で貂に似た人が部屋に入ってきたという泉の話を思い出した。

「小口さん、おめでとうございます。末永くお幸せに」

「え、いくらなんでも早すぎますよ。結婚式のスピーチみたいだ」

「そうですか？　そうだったかな」

　泉は空を見上げた。

「いい天気ですね」

「ほんとだ。雲一つない」

　小口も見上げた。

「お祝いの乾杯をしましょう」

　泉は水道栓を指さした。小口が初めて〈たから〉に来た夜、泉が風呂場から出てきて雪に顔をつけていた三和土に水撒き用の水道があるのである。

　泉が蛇口をひねり、小口は手で水を受けて飲んだ。小口が蛇口をひねり、泉が手で水を受けて飲んだ。

「ああ、幸せ。舞踏会ずら」

　青く晴れた空の下で水を飲んで、泉は笑っていた。日焼けの皺が満ち足りて、恵沢のあかしのようであった。

4

二〇〇七年。

「モクテキチ　ニ　トウチャクシマシタ」

カーナビゲーションの音声が車内に大きく響いた。小口は静かに言った。

「これで全部です。倉島さんと俺とのあいだにあったことは。あとは、俺じゃない人から聞いたことしか話せません」

とても静かに言った。

朝に小口と水を飲んだ泉は、夜に〈墨絵の岸辺〉に、夜空を見に行ったのだった。

「団子をディズニーのお姫様の絵の描かれた弁当箱に詰めて、おそろいの絵の描かれた水筒にお茶を持って行ったそうです。碩夫さんが言ってました」

蚊取り線香立てもいっしょに手に提げた泉を権蔵の舟で待っていたのは、ちりちりの天然パーマの女児である。照恍寺幼稚園にいたのが小学三年生になっていた。

「母親は非嫡出児でその子を産んで、その子を連れて再婚したのですが、再婚した相手の男がその子を邪険に扱うんで、母親のほうも男に合わせたのか、もともとあまり子供にかまわなかったのが、ひどく邪険にするようになって……、まあ、十八で産んだっていうから、まだ自分も好きなことをしたかったのかも……、原因は一つではないでしょうが……」

小口が照恍寺の先生から聞いた話によると、女児は幼稚園が終わってからも、いつも帰宅せずに暗くなるまで園に残っていた。泉は時間を見つけては女児を訪れ、砂場やすべり台で一緒に遊んでやっていた。

「自分も子供のころに照恍寺のお姉さん先生に一緒に遊んでもらって元気になれたから恩返しだ、みたいなことを言ってたそうです」

そうしたところ、女児は子供のない夫婦の養女になることになった。塩尻の眼鏡をかけた女医の縁戚で、患者からこの女児のことが夫婦に伝わっていった。泉と女児が最後に一緒に遊んだのが舟上のピクニックだった。

「そして、消えたんです」

八時半ごろに養父母が女児を舟まで迎えに来た。山梨県在住の四十代の夫婦はホテルに泊まっていた。〈墨絵の岸辺〉が窓から見えるホテルである。三泊して食事や入浴を女児とともにして自然なかたちで富士山麓の家に連れて帰ることになっており、三泊目が十五夜であった。

「その夫妻に、倉島さんはしっかりした口調で挨拶してるんですよ」

蚊取り線香立てを一旦、足元に置いて、泉はきちんと頭を下げたと夫妻が言ったのを、警察から小口は聞いた。

「ディズニーの絵の描かれた弁当箱と水筒は女の子に餞別としてあげたそうです。女の子といっしょに飲むんだから水筒の中はお茶です。そんな人が溺れるなんて不自然だ」

酒を飲んで酔っていたわけではないのである。

「舟は繋いだままだった。滑って水に落ちたとしても浅瀬だ。だいいち、九時前には康子さんと健くんたちが来てる」

康子が《わたしたちも権蔵の舟でお月見をしましょうよ》と提案したので、弟の健と、仕事が終わった仲居と、例の滝沢宏の「先輩」が四人で来ているのである。

「健くんは、倉島さんが夫妻に何度もお辞儀をしているのが道から見えたって言ってるんです」

なのに舟のそばまで来てみると泉がいない。

「一分か二分ですよ。それがいなくなってた」

湖に落ちたのではないかと、すぐに消防署に連絡をした。

見つからなかった。

警察は溺死だと判定したが、小口は信じていない。警察も、泉が団子弁当の他には水筒と蚊取り線香立てだけを持参していたことを女児から聞いている。ならば女児と別れた後の泉の持ち物は馬車だけである。

「溺れたって……、そんなのおかしいじゃないですか？　浅瀬な上に葦が繁ってるところなのに、仮に滑って水に落ちたとしても何かひっかかるはずだ。馬車はどこへ行ったんですか？　本人の身体も」

馬車も、衣類、靴も、むろん遺体も発見されなかった。夫妻ならびに女児と別れてからの泉の足取りは、二十余年経ってもまったく不明なのである。よって葬式はおこなわれていない。

「四月二十九日が天皇誕生日ではなくなって、みどりの日になった年に、身内で〈誕生会〉をしました。康子さんが言ったんです……」

《泉ちゃんの誕生日、みんなずうっと忘れてたんじゃないかしら》

「……って。俺も知りませんでした。キラキラ光るわらじをもらって、大学ノートももらって、一緒に飲んであんなにたのしくて、よく笑ったのに、俺は倉島さんの誕生日って知らなかった」

「誕生会」のあと、みな、泉は死んだものと扱うようになった。位牌も作った。離れも壊して建て替え、現在は康子一家が住んでいる。

解体のさい、押し入れ代わりの板の間の三畳に山本海苔店のアルミ缶を権蔵が見つけた。中には、一度も膨らませなかったらしいダッコちゃんと、イミテーションのホットドッグと、〈たからばこ〉。小学生の筆跡で、のばす撥ねるが正確な筆跡で書かれた紙が貼ってあった。深芳の描いた絵や古い婦人雑誌からの料理の写真の切り抜き、お姉さん先生力作のコーヒーの写真の焼き増しが入っていた。絵と写真は捨てられ、ホットドッグとダッコちゃんは昭和の流行風俗の品を展示する記念館に郵送された。

「死んだなんて、ぜったいに俺は信じられない。墓参りにも行かない」

死んだと信じられない小口は、むろん泉が自殺したとは思っていない。

奈美と深芳は自殺だと考えている。筆者はこの日、〈たから〉の私宅棟の玄関で奈美に会っている。

奈美は筆者に言った。《小口さんの結婚がショックだったのよ。ショックなのを隠して明るくふるまっていたのよ》

深芳は「誕生会」で奈美に言っている。《こんなこと言いたくないけど、小口さんの奥さんになる人に当てつけたのだと思うわ。わたし、同じことをされてますからわかるんです》

深芳が《同じことをされている》というのは、泉から当てつけをされたという意味ではない。深芳の再婚相手である区議会議員はこのころ（みどりの日が制定されたころ）、女性タレントとのスキャンダルでいくつもの週刊誌に報じられている。十九歳の愛人の自殺未遂（軽傷）は、どの記事も深芳への当てつけだとしていた。

《小口さんの奥さんは二十三歳だもの。かなうわけないから最大の当てつけをしたのでしょう。姉はかわいそうな人。かわいそうな人です》

かわいそうな人。深芳にはついに取材に応じてもらえなかったが、彼女の泉に対する感情がこの一語に集約されているような気がすると、奈美は言った。

しかし二女性が言ったことを、筆者は小口には伝えなかった。泉の死を信じていない彼は、泉について彼女たちのように思わぬゆえに信じていないのだと思ったからである。

「行きましょうか」

小口は車から下りた。

山梨赤十字病院。

泉と最後に会った天然パーマの女児を、筆者と小口は訪ねたのだ。

むろんもう女児ではない。三十歳である。髪は伸ばして束ねているのでくるくるしてはいない。ナースキャップをかぶっている。

「どうも小口さん、ご無沙汰いたしておりました。御家族の方もお変わりなく？」

彼女と小口は面識がある。筆者は小口から彼女に紹介された。

「小口さんにはお世話になりました」

ナースは真っ黒に日焼けしていた。昨年まで海外の被災地で看護活動をしていたためである。彼女は日本赤十字看護大学を、日赤奨学金で卒業していた。

「養父母はとにかく明るい。すごく仲がいいんです」

小学三年生なのだからすでに彼女の自我は確立していると聡明にも考えた彼らは、家に住むようになった彼女に言った。お父さん、お母さん、と呼ぶのは抵抗があるだろう。パパサン、ママサン、と呼んだらどうかと。

「家の窓から富士山が見えたので、山と自分たちを交互に指さして、《ほら、フジサン、パパサン、ママサンだ》って……。今でも、ほんとにしょうもない駄洒落を二人で競争して考えてるんですよ」

パパサンとママサンに引き取られてからは、彼女も駄洒落を思いつくとメモするようになった。二人は彼女が憂いなく好きに人生を歩めるようにと、彼女が大学に入学すると、夫婦で自宅近くにあるケア付きホームに入居してしまった。

「お金持ちじゃないです。貧乏でもないです。そんな家でした。パパサン、ママサンがわたしに気遣ってくれたように、わたしも二人にできるだけ負担をかけないで看護大学に通いたかった。だから、泉ちゃんと小口さんには本当に感謝しています」

ナースは小口に頭を下げた。

彼女が諏訪湖ではなく河口湖のそばにある養父母の家にひきとられてからも、小口は定期的に連絡をとっていた。

「大学ノートをもらって俺が農園業を引き継いだんで、この子のことも引き継ぎしなきゃ、みたいな気がしたんですよ」

小口の大学生の息子と娘が現在住んでいる部屋を、大学生時代のナースは借りていた。家賃は不要だと言う小口に、彼女は日赤看護大の寮（一年生のみ一年間入れる）と同等の金額を支払う、受けとらないなら借りないと言うから、看護大の寮のように食事がつくわけではないからと半額にした。

「援助というようなことは俺は何もしてない……」

小口は時計を見て、ナースを促した。

「休憩時間、そんなにないんだから、あれを」

「あ、はい。そうですね」

ナースはポケットからお守り袋のようなものを出した。

「これが台座です」

袋に指輪の、石を外した台座だけを入れてナースはいつも身につけているのである。

「倉島さんが消えてしまって、権蔵の舟に、俺が彼女に握らせた指輪だけが残ってたんです」

翌朝、日が昇ってから小口が発見した。

指輪は彼が泉に贈ったものだということを知ったから、奈美も泉が自殺したと考えたともいえる。そのことを奈美から聞いたから、深芳も姉は自殺したと考えたのかもしれない。

「指輪は警察で調べられて……」

あの贈答品屋が鑑定させたと言っていたガラス玉はダイヤモンドだった。一般装飾品クラスではなく投資クラスの大粒の。

あまりに大粒なのと台座がやくざな銀であったのとで、胡散臭い贈答品屋の、胡散臭い縁の、胡散臭い鑑定士は、胡散臭い鑑定結果をつたえたらしい。たしかな鑑定士が警察に報告したところによると、もし指輪が戦争前後にドイツで入手した品であるとすれば、彼地を脱出しようとした、あるいは脱出したユダヤ人から流れたものであろうとのことだった。警察から話を聞いたあの贈答品屋は、だが、悔しがるどころか断固として自分が頼んだ鑑定士はたしかだったと凄まじい剣幕で怒った。咳まで止まった。《胡散臭いのはそっちの鑑定ずら。わしの信用にかかわる！　あれはガラス玉だったずら、絶対に！》

泉は溺死であると警察が判定した後、指輪は小口にもどってきた。碩夫も真佐子も、奈美ほどではないが泉を自殺だと思っており、その原因は小口への失恋だと、これまたやはり微かに思っていたためである。

「倉島さんは馬車はもらうと言った。指輪は倉島さんにはグリコのおまけで、おまけはこの子のために使ってくれと俺に託したんだ」

信じています。小口は言った。

ダイヤモンドは高く換金できた。けなげな女子大学生の学業と生活をずいぶん助けた。

「ダイヤは取っ払ったけど、この台座は肌身離さず持っています。でも台座なんかなくてもいいのよ、ほんとは。だって何もなくても、わたし、泉ちゃんのこと忘れないもの」

「俺もそうです。みんなそうです。あなたの事務所の所長もそうじゃないですか」

そのとおりだ。矢作もＫもＮも、潑剌としてたのしく、それでいて聖蹟のように泉を語っていた。横内亨も奈美も、片桐華子も潤一も、南条（花岡）玲香も、照恍寺の母娘も、宮尾碩夫と真佐子も、滝沢宏もその先輩も、倉島登代と柾吉も、彼らそれぞれの心のうちの陰が反映されて哀しみを帯びる部分が、それぞれの語りにあろうとも、全員の語りの中に生きる倉島泉の清澄はだれからも犯されなかった。

「小六の冬休みに泉ちゃんが秘密基地にいた時、窓をはさみ跳びで越えて入ってきた人にお願いをした話を聞かれましたよね？」

ナースが筆者に言った。

「あの……、小口さんの前でこのことを言うのは避けているのですが……」

ナースはためらいがちに彼を窺う。

「不愉快になるんじゃないんだ」

「わかってます」

ナースは筆者を廊下の端まで連れていって訊いた。

「お願いの三つ目を、小口さんから聞かれましたか？」

筆者は首を横に振った。

「ピクニックをした夜に、わたしは泉ちゃんから〈はさみ跳び〉をした人の話を聞いたのです。子供だったので無邪気に三つを教えてもらいました……」

泉は団子を頬張りながら、未来のナースに答えた。

《自分の周りにいる自分じゃない人にいいことがあったら、自分もうれしくなれるようにしてください》

他人の幸運がわがことのように感じられるよう、他人の幸せをわがことのように喜べるよう、泉は願ったのである。

《えへへ。我ながら名案だったずら。他の人のラッキーポイントも自分のポイントカードに加算されるずら》

頬に団子の餡がちょこんとついていた。ラッキースタンプのように。

5

夕焼けの道を、私は小口を甲府駅まで送っていった。

「うちの抽斗に……、だいじなものをしまっておくところに、ずっとしまってあるんだよ。倉島さんのノートと、倉島さんの編んだ、片方だけじゃない、ちゃんとそろった……」

小口は私に顔を見せないようにした。

私は暗くなるまで待っていた。彼が泣き終わるまで。

哀しみに彼は涙すまい。決して。なぜなら私も彼も見るからである。月のように清《さや》かに、星のようにまたたく千尋の幸福を。倉島泉という人に。

Mary was an only child,
Nobody held her, nobody smiled.
She was born in a trailer, wretched and poor,
And she shone like a gem in a five and dime store.

Mary had no friends at all,
Just famous faces pinned to the wall.
All of them watched her, none of them saw
That she shone like a gem in a five and dime store.

And if you watch the stars at night,
And find them shining equally bright,

You might have seen Jesus
and not have known what you saw.
Who would notice a gem in a five and dime store ?

ひとりぼっちの子供

意訳

ちょっと昔。ある女の子《メリー》がいた。

ひどいとこで生れて、ひどいとこで暮らしてた。

よい子だと撫でられもせず、かわいいと褒められることもなく。

それでも彼女は輝いてた。100円ショップにまぎれこんだ宝石のように。

ケータイで始終メールし合ったりマックで時間潰しをしたりして

群《つる》むような仲間は、その子にはいなかったから、

スターの写真を何枚か壁に貼って、きれいきれいと喜んでた。

スターたちは彼女を見てた。でもわからなかった。彼女が輝いているとは。

星降る夜。

毎日を生きるみんなの瞳に、星はきらきら映る。

きみは今、清く尊いものにふれたね。

でも、ふれたことに気づかなかったかな。

まさか100円ショップに宝石があるなんて、みんな思わないから。

『リアル・シンデレラ』はファンタジックなアレゴリーである

文庫版あとがき

姫野嘉兵衛《カオルコ》

会社員のA子は、同僚のB子から過日の礼にランチをおごると言われた。

「すごくおいしいお店を見つけたのよ」

「まあ、うれしい」

A子はいそいそとB子についていった。

「ここなの」

店の名前は『更級日記《さらしな》』。木戸を開けて入ると、店内には絣《かすり》の座布団が敷かれた椅子《いす》。琴《こと》の音色《ねいろ》。おいしい蕎麦《そば》の店なのだとA子は思った。

だがメニューを見ると、蕎麦はどこにもない。チーズオムレツ、子牛のカツレツ、マカロニグラタン等々、洋食ばかり。

(え?)

とまどうA子。とまどうまま、「この店ではこれがおすすめなのよ」と言うB子と同じものを頼んだ。レンコンとズッキーニのハンバーグを。食べ終わり、店を出たところで、

「ね、イケたでしょう？」

B子から訊《き》かれたが、

「そ、そうね……」

A子は力なげに相槌《あいづち》を打つだけであった――。


――と、このようなものがアレゴリー allegory です。寓意《ぐうい》、寓喩《ぐうゆ》と訳されます。会社員のA子とB子のランチの風景が綴《つづ》られていますが、レストラン『更級日記』の宣伝ではありませんし、A子とB子の味覚対決でもありません。寓意は「期待が招いた思考停止」といったところでしょうか。

このランチでは、A子はレンコンとズッキーニのハンバーグの味などよくわかりませんでした。なぜか？　A子は『更級日記』を「蕎麦の店にちがいない」と想像していたからです。限定した想像は、強い期待に変化することがあります。A子は、蕎麦だけを期待していたのです。そこにハンバーグが出てきてもフリーズしてしまいます。それがどんなにおいしいハンバーグであろうとも、A子の気持ちは蕎麦だけにあるのです。


このランチのような状況でも、ごくまれに「なるほど、『更級日記』でハンバーグと来たか」と、すみやかにモード・チェンジできる人がいますが、ふつうはこういきません。

「わたしは想像とちがったことに対してショックを受けているのだな」と冷静に自分を把握

できる人はそういるものではない。私などA子以上にびっくりして、ナイフとフォークを床《ゆか》に落としてしまうと思います。

ランチだろうが洋服だろうが、映画だろうが小説だろうが、何かについて限定して想像し、強い期待を抱き、実際がそれとちがっていた場合、とまどいのために対象を鑑賞するどころではなくなってしまうことが、人にはままあります。

だから表4（文庫の裏の、カンタンな内容説明文）や、帯（文庫に巻いてある紙）につけるキャッチ・コピーは、じつに難しいのです。

本書『リアル・シンデレラ』が単行本で刊行されたのは二〇一〇年。第一四三回の直木賞候補作となりました。おそらく選考委員（の大半）も限定した期待を抱かれたのではないかと今は思います。というのは、今は二〇一二年だからです。原稿を書き上げた直後（＝単行本の刊行時）には気づかなかったことに、二年ほどを経ると気づくことがあります。

書き上げた直後は、なんといっても書き上げたばかりですから、内容を細部まで詳しく知っています。そのため、「内容を知らない人（＝読者）」が、表紙なり帯のコピー文なりを見てどんなふうに内容を想像するかが、よく想像できないのです。

そこで、二年を経て気づいたいくつかのことを頭においての「文庫版あとがき」を書くことにしました。

＊＊＊

『リアル・シンデレラ』はアレゴリーです。

いわゆる「女性の一代記もの」ではありません。映画『プリティ・ウーマン』の長野県版のようなポップ・ストーリーでも全然ありません。

『リアル・シンデレラ』の「リアル」は、「まるで実際の事件をルポしたような」とでも受け取って下さい。本質的にはファンタジーなのですが、口あたりならぬ目あたりはドキュメンタリーなので、それを「リアル」と意訳してみました。

「シンデレラ」は「幸福」の寓意として扱いました。ところが、〈童話シンデレラ〉のストーリーに頑《かたく》ななまでにこだわる（固執する）直木賞選評があり、かかる固執を予想だにしなかった私は、正直言ってびっくりしました。無粋《ぶすい》ながらくりかえします。『リアル・シンデレラ』の「シンデレラ」は、幸福や善や美や豊かさの寓意です。

ただし、何が善くて美しいのか、幸福とは何なのか、そんなことは数ⅡBの問題の答のように、はいコレですと言えるものではありません。

美女だとか美男だとか、やさしいとか冷たいとか、頭がいいとか悪いとかもそうです。こうしたことは、見る角度によってちがいます。見る人によってもちがいます。たとえば本書カバー装画（ベルギーの画家、ポール・デルヴォー作）の女性に惹《ひ》かれる男性がいる一方で、「全然ピンとこない。あだち充の描く女のコのほうがぐっとくる」と思う男性もいます。

『リアル・シンデレラ』では、取材に応えて登代《とよ》さん、玲香《れいか》さん、碩夫《せきお》さん、滝沢《たきざわ》さん、康《やす》子《こ》ちゃん等々が順に語ります。倉島泉《くらしません》についてというより、彼らそれぞれの来し方を。

本書の主役は、むしろ彼らだといえましょう。倉島泉はある種の抽象であり、かたや彼らのほうは、富や美や善を具象として見せる役を担っています。彼らの人生は価値観のさまざまなバリエーションです。（各界の名鑑やいろんな人のプロフィール、履歴書を読み比べるのって、たのしくありませんか？　私だけでしょうか。プロ野球など見ないのに各チームの選手名鑑を読むのはおもしろくてなりません。）

もし取材者が、「今日まで生きてきて、あなたは今、幸せですか？」と、登代さんに訊いたら登代さんは答えるでしょう。「そりゃいやなこともいろいろあったけどさ、全体としては幸せじゃないかしらね」と。碩夫さんも似たようなことを答えるでしょう。玲香さんも滝沢さんも。

人はみな、自分が心地よくなれるように（幸せを求めて）人生を歩きます。不幸になりたいと願う人などいません。ですから、奈美《なみ》さんの人生、潤一《じゅんいち》さんの人生、横内《よこうち》さんの人生、深芳《みよし》さんの人生、みなそれぞれに幸せなのではないでしょうか。それぞれの求めに応じた結果を得ています。

けれども。

どんな生き方をする人にも、倉島泉の祈りがまたたいていてほしい。『リアル・シンデレラ』はそんなアレゴリーです。

＊＊＊

ラストについては、さざなみていどの物議（泉ちゃんの安否について）を醸《かも》しましたので、次の暑中見舞いはがきを掲載しておきます。

暑中お見舞い申し上げます
このたびは「リアル・シンデレラ」をお買い上げいただき、ありがとうございました。
皆様には御心配をおかけいたしましたが私は元気に暮らしております。
皆様の御健康と御多幸をお祈りいたします。
とある湖の町にて
倉島泉

さて、私（姫野）は毎日、床《とこ》に入る前にほんの短い間ながら聖書を読むのですが、幼いころはむろん若いころも、聖書に綴られた文面をひたすら拝礼するように追っていました。でも最近は、シナイ半島の砂漠気候と日本の湿潤気候との差がおかしかったりして、ときどきクスクス笑って追っているときがあります。「あ、ごめんなさい、パウロ様」などと思って、枕元の電気を消すとカーテンの隙間から月星の光が布団を照らしていたりする。そんなとき、私も、矢作《やはぎ》さんやぽちゃぽちゃした奥さんや健《けん》くんのように思うのです。小さないやなことがいくつかあったけど、よかったたと。

二〇一二年・六月

二〇一〇年三月　光文社刊

光文社文庫

リアル・シンデレラ

著　者　姫野《ひめの》カオルコ

2012年6月20日　初版1刷発行
2019年10月10日　4刷発行

発行者　鈴　木　広　和
印　刷　萩　原　印　刷
製　本　榎　本　製　本

発行所　株式会社　光　文　社
〒112-8011　東京都文京区音羽1-16-6
電話　(03)5395-8149　編　集　部
8116　書籍販売部
8125　業　務　部

落丁本・乱丁本は業務部にご連絡くだされば、お取替えいたします。
ISBN978-4-334-76429-6　Printed in Japan

JASRAC　出1206282-904　　組版　萩原印刷